KB240042

축제

2013년 6월 12일 초판 1쇄 인쇄
2013년 6월 17일 초판 1쇄 발행

지은이 이정숙
발행인 이종주

기획 편집 박지해

발행처 (주)로크미디어
출판등록 2003년 3월 24일
주소 서울시 용산구 원효로97길 46 5층
Tel (02)3273-5135 Fax (02)3273-5134
홈페이지 http://blog.naver.com/rokmedia · **E-mail** rokmedia@naver.com

ⓒ 이정숙, 2013

값 9,000원

ISBN 978-89-257-3286-2 03810

feStival
축제
이정숙 장편소설
ROCOCO

CONTENTS

Prologue~No way out

더운 날이었다.

하지만 명인의 온몸을 태울 듯 달려든 열기는 날씨가 아닌 전혀 생각지도 못한 곳에서 시작됐다.

그 아이의 짧게 자른 머리카락도 헐렁한 남방도 땀에 푹 젖어 있었다. 열심히 망치질을 하던 그 아이가 문득 누군가가 건넨 생수병을 받아 들었다.

가늘고 긴 손가락.

햇빛에 비친 손등은 지나칠 정도로 얇아서 안의 푸른 핏줄이 들여다보일 정도였다.

'사내 녀석치고 참 하얗군.'

그렇게 생각하는 순간, 그 아이가 생수를 마시기 위해 살짝 머리를 젖혔다. 그와 동시에 내내 모자에 가려져 있던 얼굴 전

체가 드러나는 순간 지켜보고 있던 명인의 눈동자가 진동하듯
커졌다.

　하얀 얼굴, 도저히 사내라고 생각할 수 없는 커다랗고 맑은
눈동자에 명인의 저 안쪽 어딘가에서 알 수 없는 감정들이 날
뛰기 시작했다. 시끄럽도록 심장이 뛰었다. 놀라움과 긴장으로
명인의 온몸이 버석 굳었다.

　생수병의 입구에 닿은 그 입술이 살짝 벌어졌다. 청량한 물
이 꽤 조그마한 입술로 채 다 들어가지 못해 턱을 타고 흘러내
렸다.

　한 줄기, 턱을 타고 흐른 투명한 물줄기가 목의 곡선을 따라
도로록 굴러 남방 속 저 어딘가로 사라졌다. 그 물방울이 남방
너머의 희디흰 곡선을 타고 흘러내리는 상상을 한 순간 명인의
온몸에 저릿하는 열기가 퍼졌다. 설명할 수 없는 그 열기가 허
리 아래 한 지점으로 몰려들었다.

　저 거추장스러운 옷가지를 벗겨 내면 상앗빛으로 빛나는 굴
곡 진 여체가 숨어 있을 것 같다는 생각.

　등허리가 뻣뻣하게 굳어 모든 신경이 그 아이에게 하나하나
다 집중되었다. 목선을 따라 마치 실처럼 이어진 가느다란 핏
줄. 땀으로 반짝거리는 야윈 목선은 건장한 남자의 팔뚝보다
얇다. 그 동그란 이마, 예쁘장한 콧날, 그 입술……. 손가락으
로 건드리면 딸기 과즙 같은 달콤함을 톡 터뜨릴 것 같다. 사탕
을 깨물듯 이로 톡 부수면 청량한 향이 퍼질 것 같다. 명인은
저도 모르게 자신의 입술을 살짝 혀로 핥았다.

한참이나 후에 담뿍 물기를 머금은 입술이 드러나자 명인은 도리어 자신이 갈증을 느꼈다. 이마에 맺힌 식은땀이 한 방울 한 방울 선득할 정도로 다 인식이 되었다. 마치 몇 날 며칠 사막을 헤맨 사람처럼, 그는 목이 탔다.

그 아이는 내용물이 반 이상은 사라진 작은 생수병을 어딘가에 놓고는 턱을 타고 흐른 물줄기를 성의 없이 손등으로 슥 닦았다.

그 입술을 직접 품어 보고, 그 맛을 느껴 보고 싶다. 그 젖은 턱을 잡고서 강제로 키스하면, 바르작거리는 몸을 무자비하게 억압하고 깨물고 바스러뜨린다면.

과연, 그때 네가 흘리는 신음은 어떤 색일까.

명인의 시선이 그 아이에게서 떨어질 줄 몰랐다.

Nobody knows

'윙—!' 하고 커터기가 돌아갔다. 목재가 스킬톱을 지나가자 톱밥을 날리며 정확하게 반으로 잘렸다. 전기 드릴이 위협적인 소리를 내며 벽채에 구멍을 뚫고, 한쪽의 철 골조 팀에선 용접을 하느라 마그마 알갱이 같은 불똥이 이리저리 튀었다. 에어 타카의 시끄러운 바람 소리, 공기의 압력에 의해 철심이 날아가 합판에 박히는 소리.

현장은 시끄러웠다.

그 아이는 헐렁한 군용 바지에 체크 남방, 검정색 모자를 푹 눌러쓴 채 공구 주머니를 뒤에 차고서 망치질을 하고 있었다. 온통 술과 삶에 찌든 중년 인부들 속에서 그 어떤 위화감도 없이 자연스럽게도 섞여 있었다.

대여섯 명씩 팀을 이뤄 일하고 있는 목공 팀의 인부 중 한

명. 누구도 그 아이를 주시하지 않았고 주시할 이유도 없었다. 그 녀석은 말 그대로 '노가다꾼'이었고, 평균 연령 50대의 아저씨들 사이에 젊은 놈 하나가 끼어 있구나, 정도로 인식되었다.

인부들의 지치고 피로한 표정들.

점심때 한 잔씩 목을 축였는지 한쪽에 쓰러져 굴러다니는 빈 막걸리 병. 굳은살 박인 투박하고 큰 손들. 주름이 깊이 파인 까만 얼굴, 달라붙은 머리카락, 땀내가 밴 셔츠, 땀에 젖었다가 마르기를 반복해 소금기가 말라붙어 있는 티셔츠의 목 언저리들.

좋은 사람인 척 말한다면 사람 냄새였고, 있는 그대로 표현한다면 삶의 거친 질곡이 묻은 노동의 냄새였다.

명인은 곧 있으면 유리가 달릴 거실 창의 프레임 위에 걸터앉아 가만히 그들을 지켜보고 있었다. 아니, 명인의 시선이 닿는 곳은 처음부터 단 한 곳이었다. 자연스럽게 섞여 있는 듯하지만 묘한 위화감을 주는 저 깨끗한 생김의 사내 녀석. 눈동자가 유난히 동그랗고 크다. 어깨도 몸도 이 거친 일을 하기에 턱없이 자그마했다. 그럼에도 진지하게 일에만 집중하고 있다. 한시도 쉬지 않는다. 땀방울이 녀석의 턱을 타고 흘러내렸다. 아무리 봐도 예쁘장한 사내 녀석이다.

그때 다른 현장을 둘러보다가 명인의 연락을 받고 막 달려온 친구 주용의 차가 앞마당으로 진입하는 걸 보고 명인은 몸을 일으켜 세웠다.

순간 입구를 향해 걸어가던 명인과 계단 쪽으로 걸어오던 그

아이의 어깨가 툭 부딪쳤다. 하지만 녀석은 무심한 표정으로 부딪친 어깨만 툭툭 털고 지나갔고 명인은 그런 녀석의 뒷모습을 눈을 가늘게 뜬 채 지켜보다가 곧 밖으로 걸어 나왔다.

뭔가 부딪치는 순간 사내 녀석치곤 너무 종잇장처럼 가볍다는 생각이 들었지만 대수롭지 않게 넘겼다.

아직 골조 작업 중이라 바깥에서도 내부의 모습은 잘 보였다.

주용과 이런저런 얘기를 하며 안의 작업하는 광경에 시선을 두고 있었다.

그때 모자를 푹 눌러쓴 그 아이가 누군가가 건넨 생수 병을 받아 들었다. 그때부터였다. 기이한 자극에 심장이 건드려져 몸의 열이 비정상적으로 올라간 것은.

그 거친 현장에서 어떤 전기적인 자극을 손으로 직접 건드린 것 같은 느낌. '찌릿' 하고 말초신경을 건드린 그것은 차라리 벼락같은 느낌. 피하고 싶다고 피할 수 있는 게 아닌, 뇌우를 온몸으로 받은 느낌이었다. 저 하얀 아이, 마치 계집아이 같은 그 녀석에게 일순간 관능적인 충동을 느꼈다면 그건 웃긴 걸까, 자신이 정신이 이상한 걸까.

이런 시끄러운 현장에서, 도리어 그랬기에 더 잠시 잠깐 이성을 놓친 걸까?

마치 충전 드릴이 거칠게 돌아가며 무자비하게 뇌를 뚫고 들어온 느낌, 시끄러운 현장의 소리들에 떠밀려서 심장에 뭔가 사나운 철심이 날아와 박힌 것 같다. 그래서 녀석을 보기만 해도 비정상적으로 땀이 맺히고 숨소리가 거칠어졌다.

벗겨 내 보고 싶다. 과연 저 애매한 껍질 속에 숨어 있는 진실은 무엇일지.

위험할 정도의 즉물적인 호기심이 그를 사납게 건드렸다.

"노동 강도가 상상을 초월하지. 낮에 일하고 밤새 술 마시고 다음 날 또 미친 듯 일하고 또 술 마시고."

삼겹살이 지글지글 익어 가고 있었다.

아버지가 하던 목조주택회사를 물려받아 운영하고 있는 친구 주용의 말을 들으며 명인은 소주잔을 엎어 놓은 채 물만 연거푸 마셨다. 하지만 얼음이 담긴 차가운 물이었음에도 벌써부터 시작된 갈증은 쉽게 가시질 않았다. 머리는 그나마 차가워졌지만 여전히 몸은 더웠다.

"진짜 안 마실 거냐?"

"대리 부르는 거 성가시다."

"아무튼 깐깐한 자식."

"저쪽."

"응?"

"술잔이 빨리 도는 것 같은데."

한쪽 테이블을 가리키며 명인이 말했다. 그 애매한 녀석이 중년 사내들과 어울려 앉은 쪽이었다.

"당연하지. 노가다 하면 술이잖아. 맥주 글라스에 깡소주 꽉 꽉 채워 마시는 저 사람들, 넌 잘 이해가 안 되지? 그렇게라도 마셔야 잠을 자거든. 안 그럼 몸이 아파서 도통 잠이 안 와. 양

분만 쏙쏙 빠져나가 뼈가 아프다는 말, 넌 그게 무슨 뜻인지 백 번 다시 태어나도 모를 거다. 진통제 겸 마취제 겸으로 알코올을 들이붓는 거지."

주용의 말처럼 그곳은 속도전을 방불케 했다. 삼겹살이 채 익기도 전에 각자의 목으로 들어가 사라지고, 술잔은 더 빠른 속도로 돌고 있었다.

5년 만의 귀국. 명인은 혼자 지낼 조용한 공간이 필요했다. 도심에서 1시간 정도 달려야 하는 한적한 곳에 땅을 사들이고, 집 짓는 것부터 인테리어까지 모두 주용에게 맡겼다. 오늘은 공사가 시작되고 2주 만에 처음 들러 보는 것이었다.

온 김에 인부들에게 인사도 할 겸, 집주인으로서 잘 지어 달라는 부탁의 의미도 담아 삼겹살이나마 대접하고 있는 것이었다. 주용의 말로는 삼겹살과 소주 정도면 인사치레로 적당하다고 했다.

"넌 이제 아주 한국에 터를 잡는 거냐, 아버지 일 이어받는 거야? 돈놀이는 싫다더니. 네 아버지도 당신의 귀하디귀한 자식이 돈놀이하는 거 바라지도 않으실 테고."

"인부들이 꽤 많군."

"짜식, 아무튼 사람 말 안 듣는 그 버릇은 독일서도 못 고쳤지? 야, 집이 어디 뚝딱 도깨비 방망이 휘두르면 나오는 건 줄 아냐? 철골, 배관, 전기, 설비, 목수. 목수 팀만 해도 외장목수, 내장목수, 조공, 기공, 끝이 없어, 야."

"쟨 좀 어린 거 같은데."

"사람 말을 좀 들으라고! 근데 누구?"

"남자애…… 같은 저 녀석."

"아 쟤?"

굳이 더 부연 설명을 하지 않아도 주용은 누구를 가리키는 건지 바로 알아차렸다.

그 아이는 기차 화통을 삶아먹은 듯 떠들어 대고 있는 중년 남자들 틈에서 묵묵히 소주잔만 비우고 있었다. 소복한 눈썹에 동그랗게 적당히 튀어나온 이마, 코끝은 마치 반죽을 한 듯 예쁘게 동글동글 곡선이 져 있다. 다시 봐도 아직 솜털이 뽀송한 게 어리고 또 유난히 하얗다. 어떻게 보면 한없이 연약하게도, 또 어떻게 보면 암팡지게 단단한 듯도 했다.

"뭐야, 이명인. 네 눈썰미도 이제 갖다 버려야겠다. 어디 저 게 남자애 '같은'으로 보여? 저건 남자애 같은 게 아니라 그냥 남자야. 속지 마라, 저 자식! 다시 보자, 저 자식!"

명인은 눈을 가늘게 뜨고 그 녀석을 뚫어지게 봤다. 어떻게 봐도 여자일 거라고 생각했는데, 역시 이런 현장에 여자애가 있을 리 만무했다. 아무리 많이 봐도 스물두셋 정도, 그 나이대의 아가씨가 저렇게 거칠게 살아가고 있을 리 없다.

"목수?"

"어, 인테리어 목수. 자기 아빠가 이 일을 했었다나 뭐라나. 드릴 하나 못 들 것처럼 비리비리하게 생긴 게 어느 날 갑자기 찾아와선 일하겠다고 난리 치더니 아직까진 버티고 있다. 아무 튼 골 아파지니까 쟤에 대해선 더 알려고도 들지 마. 나도 두

손 두 발 다 들었어.”

“……그건 무슨 뜻이지?”

“아, 몰라 몰라. 너 같은 도련님께서 관심 둘 레벨이 아니야. 괜히 골 아프고 싶지 않음 그냥 딱 못 본 척해.”

하지만 명인은 여전히 집요하게 그 녀석을 쳐다보고 있었다. 아니, 자신도 모르게 그쪽으로 시선이 간다고 표현하는 게 옳으리라. 지치지도 않고 자신의 시선은 녀석의 얼굴을, 비밀을 품은 듯한 그 몸을 훑고 있다.

벌써 스무 잔째, 소주가 또 녀석의 목으로 넘어갔다. 소주가 저만치나 빠른 속도로 들어갈 수 있다는 게 놀라웠다. 따라 주면 받아 마시고, 안 따라 주면 자기가 따라 마시고. 안주는 먹는 둥 마는 둥 소주만 연달아 넘기고 있었다. 그런데도 미동 하나 없이 꼿꼿하게 앉은 폼이 술이 꽤 센 듯, 한 치의 흐트러짐도 없었다.

“꽤 세군.”

“뭐가?”

명인이 픽 웃었다.

“저쪽 말이다, 계집애 같은 총각. 술이 꽤 세.”

“아, 그 자식. 신경 쓰지 말라니까! 너 쟤 별명이 뭔지 알아? 목조계의 개또라이야, 개또라이!”

순간 명인은 피식 웃고 말았다.

겉보기엔 더없이 조용할 것 같은데.

잠깐 밖으로 나와 전화를 받고 돌아서던 명인의 몸이 멈칫했
다. 나올 때는 없었는데 식당 앞에서 그 녀석이 쭈그리고 앉아
있었다. 하늘 쪽으로 무심히 시선을 둔 채 얼굴엔 살짝 미열이
돌고 입술은 반쯤 벌어져 있다. ‘후우…….’ 취기를 식히려는
듯 볼로 바람을 만들어 밖으로 내뱉었다.

명인의 짙은 눈썹 아래 색이 진한 눈동자가 번뜩였다. 그는
녀석에게서 한 치도 시선을 떼지 않으며 휴대폰을 천천히 재킷
안주머니에 넣었다. 그때 녀석이 갑자기 남방의 이곳저곳을 툭
툭 뒤지는가 싶더니 낮은 욕설을 뱉었다.

“젠장. 담배를 안 갖고 나왔잖아.”

무릎을 툭 짚고 일어나 돌아섰다가 그때까지도 그 녀석을 지
켜보고 있는 명인과 시선이 마주쳤다. 녀석이 고개를 갸웃하곤
자신의 좌우 옆을 돌아보았다. 아무도 없다는 게 확인되자 바
지 주머니에 양손을 쿡 찔러 넣곤 덜렁덜렁 걸어와서 앞에 툭
멈춰 섰다.

“덕분에 잘 먹고 마십니다. 집주인이시죠? 그런데 지금 나 보
고 있었던 거 맞습니까? 아무리 봐도 그랬던 거 같은데.”

그래도 명인은 아무런 반응이 없었다. 그저 물끄러미 쳐다보
기만 했다. 가까이에 선 녀석에겐 오히려 더 강한 여자의 기운
이 풍겼다. 녀석의 따뜻한 숨결에서 술기운이 묻어났다. 독한
소주 냄새 따위는 느껴지지도 않고 오히려 지척에서 움직이는
입술에만 시선이 갔다. 취기로 풀어진 연한 갈색 눈동자와 살
짝 벌어져 있는 매끄러운 입술이 성별 구분을 흐리게 하는 주

범인 듯.

"아나, 형씨. 왜 그렇게 사람을 구경하듯 보는 겁니까? 말은 한마디도 안 하고 사람을 구멍 나게 쳐다보네. 내 얼굴에 뭐라도 묻었습니까?"

"묘한 혼동."

"예?"

"그게 묻었다고."

"아나 참, 뭐라고 하는 거야? 내가 취한 거야? 집주인이 취한 거야? 멀쩡하게 생겨 갖고 이상한 소릴 하시네. 건 그렇고, 혹시 담배 있습니까?"

명인은 고개를 설레설레 저었다.

지금 무슨 생각을 하고 있는 건지.

겉모습이 어떻게 시각을 속이든 이 녀석은 명백하게 사내놈이다. 그럼에도 계속 녀석을 시선으로 좇고 있었던 자신에게 황당해서 명인은 녀석을 두고 돌아섰다. 순간 뒤에서 녀석이 난데없이 명인의 팔을 확 잡아챘다.

"사람 참, 성격 이상하시네. 담배가 없으면 없다고 대답해 주고 가든가. 벙어리도 아니면서 매너 참 안 키우시네."

명인은 천천히 고개를 돌려 자신의 팔을 잡고 있는 녀석의 손을 내려다보았다. 역시나 그 손 또한 작다. 어이없을 정도다.

"안 피워, 담배. 됐나?"

"하…… 네, 됐습니다. 되게 음침한 사람일세. 아! 알았습니다. 가십시오."

녀석이 재킷을 잡고 있던 손을 놓으려는 순간이었다. 명인은 자신도 모르게 그 손목을 확 움켜잡아 자신 쪽으로 끌어당겼다. 순간 녀석의 몸이 딸려 오고 지척에서 두 사람의 얼굴이 닿을 듯 마주쳤다. 숨결마저 섞일 정도의 가까운 거리에서 녀석이 갈색 눈을 끔뻑끔뻑하더니 천천히 입을 열었다.

"지금 뭐 하자는 플레입니까?"

"너, 사람 헷갈리게 하는 얼굴 갖고 있는 거 알아?"

순간 녀석의 눈빛에 날카로운 섬광이 지나간 듯했다. 하지만 그건 아주 잠시일 뿐.

"아, 또 그놈의 헛소리. 하여튼 이런 변태가 꼭 하나씩은 있다니까. 개 눈깔을 박았나, 그렇게 사람 보는 눈이 없어?"

거친 말과 함께 어이없다는 듯 헛웃음을 흘리곤 녀석이 손목을 빼려고 했다. 하지만 어차피 한 줌도 안 되는 손목은 명인의 커다란 손에 갇혀 꿈쩍도 하지 않았다. 그제야 사태 파악이 됐는지 녀석의 표정이 냉랭하게 굳었다.

"이거 놓으시죠? 명색이 집주인인데 한 대 날렸다간 나도 입장 사나워지고 그쪽도 쪽팔릴 테고."

"주먹에 자신 있나 보군."

"이딴 닭살 돋는 변태 포즈보다는 자신 있지. 예의 지키는 건 이게 마지막입니다?"

"그것참 무섭군."

명인이 피식 웃곤 손목을 놓아주었다. 풀려난 녀석이 투덜거리며 자기 손목을 주물렀다. 그다지 힘주어 쥔 것 같지도 않은

그 손목엔 빨간 자국이 남아 있었다.

"아 제길, 별……!"

뭔가 퍼부으려는 듯하던 녀석의 표정이 멈칫했다. 명인이 손을 뻗어 그 입술을 엄지로 슥 훑은 탓이었다. 검은 눈동자와 갈색 눈동자가 마주치고, 그의 손가락 아래에서 입술의 연한 살갗이 느껴졌다. 도톰한 입술이 엄지가 쓰는 대로 말랑거리며 옆으로 밀렸다. 취기로 살짝 풀린 녀석의 눈동자가 잘게 흔들렸다.

입술의 따뜻한 온도가 손가락의 열을 가속도로 지피는 것 같다. 벌어진 입술 너머로 하얀 치아가 살짝살짝 보였다. 녀석은 타이밍을 놓친 건지 아무런 행동도 못 하고 그대로 서 있었다. 명인이 피식 웃곤 눈을 똑바로 마주한 채로 엄지의 앞면을 녀석에게 들어 보였다.

"몰랐나? 이딴 게 묻어 있었어."

"젠장! 고추장! 그럼 말을 해 주지 무슨 헛짓!"

한 템포 늦게 녀석이 펄쩍펄쩍 난리를 쳤다.

"그 입술은 다물고 있을 때가 그나마 보기 좋았군."

피식 웃곤 명인이 돌아서자 뒤에서 녀석의 방방 뛰는 소리가 이어졌다.

"이거 왜 이래! 내 입술은 욕하고 담배 빨고 술 넘기라고 있는 입술이야! 어이 변태 양반, 거기 안 서? 한판 붙어! 붙자고!"

"기술자가 대접받는 세상을 위하여! 건배!"

　그것은 피차 안 좋은 감정으로 명인과 그 녀석이 각자 자신의 자리로 돌아간 후 몇 분도 안 지나 저쪽 테이블에서 울린 목소리였다. 명인은 아무래도 자꾸만 녀석을 건드려 보고 싶어 하는 자신이 어이없어 황당한 기분이었고, 저쪽은 난데없는 명인의 행동에 성이 잔뜩 난 듯했다.

　주용과 몇 마디를 주고받고 있는데, 지금껏 왕왕 시끄럽게 울리던 중년 남자들의 목소리와 전혀 다른 목소리가 명인의 귓속을 찌르듯 파고들었다. 그 녀석이다.

　벌써부터 느낀 거지만 확실히 못이 박힌 목소리와는 다른 말랑말랑 얇은 목소리였다. 거기에 일부러 건들거리는 기운이 섞여 변성기 이전 소년의 목소리 같기도 했다.

　남자애 같은 여자, 아니면 여자애 같은 남자. 도무지 구분이 안 갔다. 주용의 말도 그렇고 녀석이 행동하는 것도 그렇고 남자애임은 확실한 듯한데.

　"저거 또 시작됐네. 발동 걸렸어. 평소엔 얌전한데 술만 마시면 저 지랄이다. 이 현장 이십 년 삼십 년 뼈 묻은 십장들까지 찜 쪄 먹으려 든다니까, 저게?"

　명인은 픽 웃었다.

　어디가 얌전하고 조용하다는 건지는 모르겠지만 확실히 지금은 시끄럽기는 했다. 무슨 거창한 인생지사를 논하는 건지 나름 진지한 얼굴로 옆자리 인부의 담배를 빼앗아 척 꼬나물고는 불을 붙인다. 제법 멋들어지게 연기를 내뿜고는 이마에 핏대까지 세우며 갑론을박을 이어 갔다.

꽤 꼿꼿하게 굴기에 신이 내린 주량인가 싶었더니 꽤나 취한 듯했다. 눈에 새빨간 핏발 같은 것도 서 있다. 하는 행동은 오버 액션에 거칠기 그지없고 시끄럽고 건들거리고, 그런데 왜 명인의 눈에는 그 모든 행동들이 풋내기가 발악하는 것처럼 보이는지 모르겠다. 의도성이 짙게 밴, 마치 연극하는 듯한, 그 반경이 큰 행동들이 마치 초등학생이 폼 잡는 것처럼 훤히 들여다보이는 것 같다.

날카롭게 그 녀석을 쳐다보던 명인은 천천히 시선을 거두어들였다. 혹시나 했던 마음도 이제 완전히 지워져 있었다. 아무리 봐도 저 녀석은 남자가 틀림없다. 그것도 일부러 센 체하는 그 나이 또래의 청년. 염색체에 조금 이상이 있어 여성스럽게 태어난 건지도.

아마 그 특이함에 눈이 갔나 보다.

"먼저 간다."

"벌써 가려고? 불금인데 이렇게 일찍? 아쉽게?"

"불금 같은 소리 한다. 가족들 기다리는데 일찍 들어가, 인마."

"유부남은 인간 아니냐?"

주용과 몇 마디 주고받고 있는 그때였다. 갑자기 저쪽 테이블이 소란스러워지는가 싶더니 테이블이 확 엎어지고 소주병과 접시 들이 와장창 떨어졌다.

"누가 노가다야?"

그리고 동시에 튀어나온 목소리.

화려하게 주사를 피워 주는 건 바로 그 녀석이었다. 이래서 저 나이 또래의 어린 사내 녀석들은 감당이 안 된다. 술 마실 때 얌전한 놈일수록 한번 취하면 더욱 뵈는 게 없다. 바로 저 녀석처럼.

“하, 주사까지. 갖출 건 다 갖췄군.”

명인은 점점 더 어이없어질 뿐이었다. 저런 녀석을 두고 멈출 수 없을 정도로 기묘한 생각에 빠져들었다니.

“뭐? 노가다라서 장인어른 보기 창피해?”

“야야, 지후야, 그렇게 말한 거 아니니까 그만해, 인마.”

싸움이 난 건 지후라 불린 그 아이와 마흔 초반쯤으로 보이는 다른 남자였다. 멱살잡이라도 할 듯 달라붙는 두 사람을 나이 지긋한 남자 하나가 필사적으로 막아 내고 있었다. 하지만 마흔 쪽도 보통 화가 난 게 아닌 듯.

“이 새끼가, 어디서 데모도가 눈 똑바로 뜨고 반말질이야?”

“아 씨발! 목수에 데모도가 어디 있어? 목공 일 하면 다 목수고 다 십장이야! 내가 당신보다 몇 달은 더 일했고 나이 빼고 당신한테 꿇릴 거 없으니까 그딴 소리 들을 이유 없다고!”

“지후야, 인마. 김 기사 말은 그게 아니라, 1년 전만 해도 자기도 사장 소리 듣던 사람인데 갑자기 몸 써서 일하고 있으니까…….”

“그래서 창피해? 기술이 뭐가 창피해? 그럼 여기 죄다 창피한 인간들만 있어? 노가다면 어떻고 데모도면 또 어때! 뭐? 여기 오기 전에 보일러 사무실에서 사장 소리도 듣고 교회에서 집사라고 대우받았는데 지금은 이깟 일 하고 있어서 쪽팔려?

여기 있는 인간들이 다 우스워 보이지? 당신이 1년 전에 어떤 사람이었건 그딴 게 뭐가 중요해?"

"당신?"

"그래, 당신! 기분 나빠? 사장 소리 듣다가 망치 잡고 공구리 치고 있으니까 뺨이 화끈거려 죽겠지? 그럼 그 창피한 일 하지 마! 그 창피한 일이 신념만큼이나 중요한 다른 사람들 힘 빠지니까!"

"아, 저 자식 또 지랄이네. 봤지? 왜 개또라이라고 하는지."

주용이 혀를 차더니 난장판이 된 그쪽으로 쌩하니 달려갔다.

"뭣들 하는 거야! 넌 자식아, 술만 들어가면 위아래도 없어? 김 형, 아니꼽게 받아들이지 말고 애가 어려서 그런 거니까. 술 들어가면 망나니 되는 거 아시잖아요. 지후 넌 자식아! 이딴 식으로 판 엎을 거면 다시는 술 마시지 마!"

그 현장을 물끄러미 보던 명인은 표정을 굳힌 채 그대로 돌아섰다.

지후라는 저 아이의 눈빛엔 불꽃이 있었다. 저 나이에 뭐가 그렇게 진지하고 절절한 건지는 모르겠지만 가슴속에 지글지글 끓고 있는 불덩이의 부피가 작지는 않은 듯.

'노가다'라고 불린 것에 대한 피해의식인지 아니면 자신만의 지론이 있는 건지는 모르겠다. 다만, 자신은 한 번도 저 녀석처럼 저렇게 세상 전부를 적으로 돌려 가며 열렬하게 뭔가를 옹호하고 반항한 기억이 없는 것 같다. 제 한 몸 깨뜨려 부딪칠 정도의 열기도 없었던 듯. 미친놈 소리를 들을 정도의 열렬함은 자신과 거리가 멀었다.

또라이 같은 불꽃을 지닌 예쁘장한 사내 놈.

그렇게 결론 내리면 좋을 듯.

이런 생각이나 하며 명인이 식당을 빠져나가려는 그때였다. 주용이 개입한 걸로 다툼이 일단락된 줄 알았더니, 문득 둔탁한 파열음에 흘끗 돌아봤더니 벌써 그 녀석의 이마가 찢어져 피가 나고 있었다. 김 형이라고 불린 40대 남자의 손에 깨진 병이 들려 있고, 주용이 펄펄 뛰고 있었다.

"아 작작 좀 하시라니까! 기어이 애 머리 깨뜨리니까 기분 좋아요? 이 자식, 너도 대들긴 왜 그렇게 대들어? 너보다 나이가 한 바퀴는 더 먹은 사람이야! 술만 처먹으면 정말 왜 이래? 너 때문에 너희 팀 전체가 잘려야 속이 시원하지!"

주용이 지후의 이마에 물수건을 눌러 주며 이쪽으로 끌고 오고 있었다.

"누가 병원에 전화 좀 해!"

"놔요."

그 녀석이 주용의 팔을 뿌리쳤다. 순간 물수건이 떨어지며 찢긴 이마에서 피가 흘렀다.

"이 자식이 정말!"

"이딴 걸로 병원까지 안 갑니다. 됐습니다."

그 녀석이 휴지 몇 장을 끊어 이마를 누르고는 혼자 걸어오다가 앞에 서 있는 명인을 발견하곤 멈칫했다. 명인은 눈살을 찌푸린 채 지후의 찢어진 이마에 시선을 두고 있었다. 잠깐 멈

칫하는가 싶던 그 녀석은 상관없는 사람이라는 듯 무심하게 다시 걸음을 옮기려 했다. 하지만 물끄러미 그 녀석을 지켜보던 명인은 지후가 자신의 옆을 지나가는 순간 그 팔뚝을 확 낚아챘다.

"뭡니까?"

녀석은 놀람도, 반응도 없이 그저 흘끗 볼 뿐이었다. 명인은 대리석처럼 차갑게 굳은 얼굴로 녀석을 가만히 지켜보았다. 저 터진 이마 때문에 왜 자신이 화가 나는지는 모르겠지만, 그는 천천히 주용을 향해 입을 열었다.

"최주용, 이 녀석 내가 데리고 간다. 넌 정리나 해."

그렇게 말하고 곧장 지후의 팔뚝을 움켜쥔 채 걸음을 옮겼다. 순간 지후가 명인의 손목을 잡아 그대로 뒤로 확 꺾었다. 깡마른 몸 어디에서 그런 힘이 나오는지는 모르겠지만 악력은 꽤 됐다. 하긴 웬만큼 육체노동에 단련이 된 사람들도 버티기 힘들다는 이런 현장에서 버티고 있었으니.

"형씨, 집주인이면 집주인답게 한턱 쏘고 빠져 주면 되는 겁니다. 간섭해도 좋다고 허락한 사람도, 도움 청한 사람도 없으니까 상관 말고 갈 길 가시죠?"

기껏해야 한 뼘밖에 안 되는 손으로 협박이라도 하는 건가. 명인은 픽 웃었다.

"너 더럽게 건방지구나."

"그쪽은 더럽게 오지랖이고."

"애교는 그쯤 해 둬. 사내자식이 기분 상하게 계집애처럼 쨱

쩍거리지 말고."

　그대로 손목을 다시 꺾어 녀석의 어깨를 비틀어 움직임을 봉쇄한 후 처박히려는 녀석을 어깨에 덜렁 들쳐 멨다. 그대로 걸음을 옮기려는 순간 명인의 눈동자가 살짝 흔들렸다.

　"……."

　그것은 직감이었다. 아까 집 내부에서 부딪쳤을 때도 약간의 위화감은 있었지만, 지금 직접 몸을 접촉하고 보니 더욱 그런 느낌은 강해졌다. 깃털처럼 가벼운 몸은 말라서 그렇다 치더라도, 어깨에 닿아 있는 말랑한 허리의 느낌, 바르작거리느라 등에 와 닿는 몸의 굴곡은 역시나 어딘가 이상했다. 사내라면 응당 마른 장작처럼 툭툭 꺾이고 부딪쳐야 할 몸이 도리어 유연하고 부드럽기까지 하다.

　자신도 모르게 와 닿은 감각에 명인의 걸음이 우뚝 멈춘 사이 등 뒤에서 지후가 아우성을 쳐 댔다.

　"지금 뭐 하는 거야, 이거 안 놔? 안 내려놔?"

　명인은 천천히 걸음을 옮겨 굳은 표정 그대로 식당을 빠져나갔다. 녀석이 뭐라고 계속 소리치건 말건 이 정도 조그마한 녀석을 제압하는 건 무리도 아니었다. 주먹을 휘두르건 발로 차 대며 몸부림을 치건 별 어려움 없이 자신의 차 보조석에 던져 넣고 그대로 엑셀을 밟았다.

　"눌러."

　명인은 손수건을 보조석으로 툭 던졌다.

지후라는 녀석은 씩씩거리며 보조석 문에 딱 달라붙어 가시를 바짝 세우고 앉아 있었다. 들쳐 멜 때만 해도 기세등등하더니 완력이 통하지 않는다는 걸 파악했는지 이후론 저 상태로 독기만 내뿜고 있는 상태였다.

"필요 없습니다!"

손수건을 거들떠도 안 보고 약이 바짝 오른 고양이처럼 으르렁거렸다. 명인은 별 반응 없이 조용히 핸들을 돌렸다. 그의 머릿속은 지금 혼란으로 꽉 차 있었다.

아무리 봐도 헷갈리는 녀석이다. 보통 사내 녀석의 몸이 그렇게 부드럽게 휘어지는 느낌인가. 살집이라도 있다면 그것 때문이려니 해도 물컹하게 와 닿았던 그것은 살집 있는 사내의 그것이라고 보기엔 무리가 있었다.

복잡한 녀석이군. 생긴 것도 저 모양인데 몸 생긴 것까지 사람 헷갈리게 타고난 건가. 뭔가 걸리는 게 있었지만 그렇게 생각할 수밖에 없었다.

"힘에서 밀리면 억울해도 고개를 숙여야지. 수컷의 세계에선 그렇지 않나?"

"닥치라고 했습니다."

"너나 입 다물고 피나 닦아."

도대체 어떻게 된 녀석인지 아직도 피가 철철 나고 있는데도 그저 손등으로 슥 훔치는 게 다였다. 통증을 느끼는 세포가 마비된 건지, 저 정도면 꽤 아플 법도 한데 인상 한번 안 찡그렸다. 저런 모습 보면 또 사내 녀석 그 자체고.

"가만두면 굳으니까 냅 두시죠."

"묘한 처치법이군."

"대체 뭐 하는 인간입니까?"

"넌 뭐 하는 인간이냐."

"하…… 됐습니다. 말을 말죠. 딱히 알고 싶어 물었던 것도
아니고."

"이름이, 지후라고 했던가?"

"그쪽 이름은 오지랖입니까? 오지랖이 아주 조선 땅 반을 덮
을 정도던데요. 힘은 무식하게 세선."

"두 번 말 안 한다. 그 힘 다시 구경하고 싶지 않으면 입 다물
고 상처나 눌러. 내 시트에 피 묻는 거 용서해 줄 정도로 상냥
한 성격 아니니까."

그제야 지후가 구시렁거리며 손수건을 자기 이마에 댔다. 상
처가 건드려졌는데도 여전히 신음 하나 없이 태평 무심하게 눈
만 끔뻑끔뻑하고 있다.

"아픈 건."

"없습니다, 그런 거. 알코올이 들어가서 마취됐나 봅니다."

명인이 혀를 찼다.

"이깟 것쯤이야 애들 장난이지. 커터기에 손 잘려 봤어요?
엄지랑 검지 사이가 반이 잘려 나가서 하얀 뼈가 다 보였는데.
손가락 안 잘린 게 천운이지. 와, 레지던트 그 미친 인간이 손
잘려서 갔는데 마취도 안 하고 식염수를 막 쏟아붓고는 인정사
정없이 문질러 대는 바람에 태어나서 의사 죽이고 싶었던 건

또 처음이었네."

생각만 해도 불쾌해서 명인의 눈썹이 찌푸려졌다. 지후가 피식피식 웃었다.

"체격도 대빵 큰 사람이 겁 집어먹었나 봅니다?"

명인은 옅은 한숨을 흘렸다. 자신이 지금 뭐 하고 있는 건가 싶다.

"근데 형씨, 뭡니까? 쪽팔리게 사람은 왜 납치하듯 태워서 피차 난처하게 이래요? 어디 원양어선에 팔아먹을 요량 아니면, 형씨 게이요?"

"게이라도 너 같은 건 안 주워 먹어."

명인이 싸늘하게 말하자 지후가 픽 웃었다.

"듣던 중 반가운 소리네요. 아무튼 기왕 게이 양반한테 차 얻어 탔으니 이수역까지 갑시다. 거기서 내려 주쇼."

"거기가 뭔데."

"집이지 뭐겠습니까?"

"찢어진 이마부터 치료해."

"누나가 양호 선생이라 불러서 대충 바느질하면 되니까 신경 쓰지 마십쇼. 난 좀 잘 테니까 도착하면 깨우든가."

뻔뻔한 건지, 넉살이 좋은 건지, 싸가지가 없는 건지, 녀석은 그 말을 끝으로 휙 돌아앉아 팔짱을 끼고 눈을 감았다.

명인은 기가 찼지만 하는 짓이 귀여워 그냥 두었다. 불쾌해질 만하면 정신 나간 녀석처럼 웃어 대고, 짜증이 치솟으려 하면 또 동정이 들어 화내면 뭐할까 싶게 만들어 버린다. 전투력을 상실하게 만드는 녀석 같다. 변죽 좋은 녀석이다.

겁이 없어도 심하게 없다고 할까. 그런데 그게 크게 거슬리진 않는다. 이런 조울증 같은 정신 상태에 시끄러운 녀석 따위 딱 질색이었는데 제멋대로 떠드는 게 제법 들어줄 만하다.

순간적으로 열이 확 올라서 들쳐 메고 나왔지만 별로 그 행동에 대한 위화감은 없다. 자신은 이 녀석이 그냥 좀 불쌍했나 보다. 잘났다고 대들어 대다가 터지고 깨진 끝이 일순 안쓰러웠는지도 모르겠다. 그저 지하철에서 불쌍한 사람을 보면 도와주고 싶듯, 가까운 거리에 있었기에 손길 한번 정도 내밀 수 있다.

어쩌면 녀석에 대한 첫인상이 '여자 같다'라는 느낌이라서 더욱 이 녀석을 보호받아야 할 대상으로 생각해 버린 건지도 모르겠다. 그런 녀석의 이마가 깨져서 피가 철철 나고 있으니 무심코 지켜볼 수는 없었다.

만난 지 채 몇 시간도 안 지난 인간에게 이렇듯 수많은 종류의 감정을 느껴 본 적도 처음이지 싶었다. 처음엔 자신의 몸을 흔들고, 그다음엔 동정심을 흔들고, 지금은 또다시, 몸을 흔들고 있다. 차문 쪽으로 콕 박혀서 잠들어 있는 좁은 어깨와 하얗게 드러나는 목선이 자꾸만 평정심을 흩트렸다. 이상하게도 손에 땀이 배고 갈증이 탁탁 인다.

이 녀석은 과연 뭘까.

좁은 공간에 누군가와 함께 있다는 것만으로 이렇게 긴장한 적이 있었던가. 차 안이 고요해질수록 녀석의 호흡 소리가 선

명하게 느껴지고, 자신의 숨소리가 커지는 것 같다. 여자에 궁한 것도 아닌데 대체 이 반응은 무엇인지 모르겠다.

왜 그때 그 단순히 물 마시는 모습을 보고 어딘가가 동했던 건지 도통 모르겠다. 묘한 충동을 불러일으키는 녀석이다.

그때 녀석한테서 작은 움직임이 있어 명인은 그쪽을 흘끗 쳐다보았다. 아주 미세한 움직임이었지만 녀석에게 집중하고 있었던 탓에 다행히 알아차린 것 같다. 명인의 눈이 살짝 커졌다. 고개를 저쪽으로 틀고서 몸을 웅크리고 있는 녀석의 어딘가에 문제가 있어 보였다. 명인은 그대로 핸들을 틀어 갓길에 차를 세우고 안전벨트를 풀었다. 상체를 확 기울여 봤더니 역시나 끙끙 앓고 있다.

"한심한 놈……."

이마가 찢어져도 찍 소리 하나 안 한다 싶었더니.

애초에 술에 싸움질에 이마는 찢어지고, 제아무리 깡패 체질이라도 잔혹한 육체노동 뒤에 그 살풀이까지 벌였으니 멀쩡할 리가 없었다.

혀를 차며 양복 재킷을 벗어 덮어 주려는데 순간 녀석의 몸에서 더운 열이 확 하고 번져 와 명인은 멈칫했다. 명인은 바로 지후의 어깨를 잡아 자신 쪽으로 몸을 틀게 했다. 역시나 얼굴엔 열이 잔뜩 오른 듯, 또한 반쯤 열린 입술에선 진득하게 더운 숨결이 흘러나오고 있다. 순간 그 입술에 혼이 팔린 듯 시선이 박혀 있단 걸 깨달은 명인은 스스로에게 혀를 차고 손을 이마에 대 봤다.

"……돌겠군."

녀석은 단지 끙끙 앓는 게 아니었다. 몸이 펄펄 끓고 있었다.

"가지가지 하는 놈이다, 너. 이봐, 내 말 들려?"

지후의 뺨을 톡톡 치며 말을 걸어 보았지만 이미 혼수상태에 빠진 지후는 정신을 차리지 못했다. 눈꺼풀 들 힘도 없이 그저 땀만 비처럼 흘리고 있었다. 그때 녀석의 젖은 목선을 타고 땀방울이 쪼르르 굴러떨어졌다. 그 순간 몇 시간 전 녀석의 턱을 타고 흘러내린 물줄기가 겹쳐졌다.

또르르 턱을 타고 흘러내린 땀방울이 남방 속의 흰 셔츠 너머로 사라졌다. 하얀 목, 물이라도 고일 듯 옴폭 파인 애처로운 쇄골이 알 수 없는 감상을 불러일으켰다. 이런 상황에서도 그 망상에서 벗어날 수가 없다니 자신이 어떻게 된 것 같다. 열은 이 녀석이 아닌 자신에게 나는 건지도 모르겠다. 이 남방을 풀어헤치고 티셔츠를 걷어 올리면 바로 봉긋하게 솟아오른 눈부신 젖가슴이 드러날 것 같다. 마치 비밀처럼 동그란 두 개의 굴곡을 숨기고 있을 것 같다.

'하아…….' 하며 그때 녀석이 내뱉은 낮은 신음이 그의 청각을 건드렸다. 더운 열을 흘리며 가쁜 숨을 몰아쉬고 있는 그 모습이 정사 중의 표정과 흡사하다. 일순간 이 녀석이 앓는 게 아니라 자신의 아래에서 범해지고 있는 게 아닌가 하는 착각이 일었다. 괴롭게 숨을 할딱이는 모습이 자신의 것을 쑤셔 넣고 찔러 올리는 순간의 표정 같다. 그런 생각이 든 순간 몸이 확 달아올랐다. 이미 녀석의 신음을 들어 버린 순간부터 허리 아

래 그의 것이 단단해져 있었다.

'큰일이군.'

쉽게 넘어갈 문제가 아니었다.

명인은 천천히 녀석의 뺨에 손등을 댔다. 축축하게 젖은 뺨에서 나는 열이 그의 손등에 불을 지피는 것 같다. 그 손을 움직여 입술을 살짝 스치고 식은땀으로 젖은 녀석의 목을 한 손으로 움켜쥐었다.

"이건…… 반칙이지."

기묘함. 왜 자신은 이런 꼴통 같은 녀석에게 몸이 동할 정도의 감각의 술렁거림을 겪고 있는 걸까. 한 손에 다 들어오는 가는 목을 순간 그대로 꺾어 버리고 싶다는 강렬한 파괴욕마저 일었다. 들끓는 욕망. 파괴적인 욕구. 명인은 시트를 한 손으로 짚은 채 녀석의 얼굴에 자신의 귀를 바짝 붙였다. 열이 펄펄 끓어 반사적으로 벌어진 입술에서 습한 숨결이 내뿜어져 그의 귀를 적셨다. 마치 내장까지 끓는 듯 뿜어 나오는 열기가 위험할 정도였다.

"추워……."

그때 명인의 귀를 파고들듯 그런 목소리가 들렸다.

간헐적으로 끊어지는 목소리. 한기를 호소하며 와들와들 떨고 있다. 천천히 상체를 세운 명인은 녀석을 잠시 안아 들어 재킷을 등에서부터 목까지 단단히 끌어 올려 주곤 곧장 차를 출발시켰다.

병원에 도착해 차를 세운 명인은 지후 쪽으로 몸을 기울여 뺨을 톡톡 쳤다.

"이봐, 병원이니까 눈 떠 봐."

하지만 지후는 여전히 눈꺼풀을 들어 올릴 힘도 없어 보였다.

"일어나. 여기에서까지 옮겨 달란 소린 아니겠지. 이봐."

그제야 지후의 눈꺼풀에 미세한 움직임이 일더니 속눈썹이 서서히 들렸다. 생기라곤 없는 흐릿한 갈색 눈동자가 드러났다. 동그란 그 눈동자가 선명한 빛을 띠고 있다면 아마 맑은 물처럼 정갈한 느낌이었으리라. 이 정도의 중성적인 외모라면 자신 뿐 아니라 누구라도 속을 만하다. 최면에라도 걸린 사람처럼 아직도 머리 한쪽은 이 녀석이 주장하는 성별을 의심하고 있다.

"여……여긴 어딥니까?"

"병원. 치료를 받든 뭘 하든, 이제 그만 가라."

명인은 이 스트레스에서 해방되고 싶었다.

"어, 어디…… 지금 어디라고 했습니까?"

"병원. 네 발로 걸어 나가. 보호자까지 해 줄 의리는 없으니까."

하지만 녀석은 정신이 돌아온 것 같음에도 여전히 내릴 생각을 하지 않았다. 도리어 몸을 더 동그랗게 말고 부들부들 떠는 게 기이했다. 다리까지 좌석 위로 죄다 끌어 올려선 무릎에 얼굴을 박고는 덜덜 떠는 그 모습이 예사롭지 않았다.

"시, 싫어. 싫다고 했는데 왜 이리로…… 왔어……. 빨리…… 빨리 나가……."

도대체 무슨 말인지 알아들을 수 없었다. 얼굴을 박고 웅얼

거리는 통에 몇 마디 제대로 들리지도 않았다.

"무슨 소리야, 똑바로 알아듣게 말해."

"병원 싫단 말입니다!"

그 녀석이 고개를 번쩍 들더니 난데없이 소리쳤다.

"누가 병원으로 데려다 달랬습니까! 이수역에 내려 달라고 분명히…… 헉! 시, 싫다고 했는데…… 왜 이리로 데리고 와요. 싫다고…… 싫다고 했잖아요!"

소리치는 것도 힘든지 중간에 숨을 멈추고 몸을 웅크린 녀석이 하아하아…… 가슴께를 움켜쥔 채 숨을 몰아쉬다가 갑자기 운전석을 덮치다시피 해서 제멋대로 시동 버튼을 누르려 했다. 명인은 그런 지후가 이해가 안 가서 녀석의 몸을 떼어 내 보조석 시트에 확 붙여 눌렀다.

"너 정신병이야? 왜 이렇게 난데없이 굴어?"

명인의 완력에 몰아붙여진 지후의 목에서 통증이 섞인 신음이 터졌다. 터져 나오는 더운 숨결이 명인의 앞 머리칼을 어지럽혔다. 마치 그의 마음을 어지럽힌 듯, 이 녀석 때문에 혼란스럽다.

이 녀석을 여기까지 데리고 온 것은 자신이다. 자신의 호기심이 녀석을 묘하게 인식해서.

"내려."

하지만 이 녀석이 보이는 이 발작 같은 반응을 이해할 수 없었다.

"계집애라면 귀엽게라도 봐 주지."

낮게 내뱉으며 녀석을 놓으려는 순간이었다. 그 순간 지후의 어떤 부분이 눈에 확 들어왔다. 그리고 겹쳐지는 낮의 기억.

반 이상 마신 생수병을 그 녀석이 어딘가에 툭 놓는다. 턱을 타고 흐른 물줄기를 성의 없이 손등으로 슥 닦아 낸다. 그때 분명, 물을 마실 때 드러난 그 목 어디에도 목울대는 보이지 않았었다. 어딘지 뭔가가 묘하게 걸린다고 생각했던 건 바로 그것이었다. 그리고 지금 땀에 젖어 번들거리는 녀석의 목에도 목울대 같은 건 없었다. 무엇 하나 걸리는 것 없이 매끈하고 부드럽게 이어지고 있었다.

"하아."

명인은 천천히 자신의 자리로 돌아가 등을 툭 기댔다. 한 손으로 얼굴을 스윽 쓸어내렸다. 천천히 다시 지후를 돌아보았다. 녀석은 웅크린 채로 떨고 있었다.

"너, 뭐냐."

시선만 고정한 채로 낮게 물었다. 하지만 지후는 지금 무언가를 대답할 상태가 아니었다.

기도 안 찼다.

명인은 그렇게 시트에 등을 붙인 채 낮은 헛웃음을 흘렸다. 역시나 이 녀석은 사내 녀석이 아니었다. 그렇게 생각하는 게 말도 안 되는 일이었다. 뭔가 내내 걸렸었는데 이제야 몇 번이나 툭툭 걸리던 위화감의 정체를 제대로 파악했다.

"이유가 뭐냐, 너."

그렇다면 왜 이 녀석은 저렇게나 사내자식처럼, 마치 제가

진짜 사내이기라도 한 양 저러고 있는 건가.

툭툭 내뱉고 거칠게 행동하는 면은 어느 모로 보나 사내 녀석 딱 그대로다. 하지만 그렇게 입고 걸치고, 걷고, 행동한다고 하더라도 결코 가릴 수 없는 뭔가가 있다. 그게 이상하게 명인의 눈에는 들어왔었다. 하지만…….

모르겠다. 자신은 그저 생각지도 못한 상황에서 저 거칠 대로 거친 녀석의 꼭꼭 숨겨 있던 여성성을 발견하고 기묘했었고, 거기에 직접적인 충동을 느꼈다.

"대체 널 어떻게 해야 할까."

중얼거리는 그 순간 명인의 눈이 커졌다. 달팽이처럼 움츠린 채 꽁꽁 앓던 지후의 고개가 그 순간 옆으로 툭 떨어졌다. 이상하게 그 순간 심장이 덜컹했다. 명인은 그대로 시동을 걸고 엑셀을 밟았다.

갈아입을 옷과 물수건을 만들어 온 명인은 지후를 천천히 안아 들었다.

순간 맥없이 흔들리던 몸이 그의 몸에 툭 쓰러졌다. 명인의 눈동자가 멈칫했다. 천천히 고개를 내려 자신의 가슴에 기대듯 쓰러져 있는 지후를 내려다보았다.

결국 이 녀석을 자신의 레지던스로 데려왔다. 집이 완성되기 전까지 그가 지내고 있는 곳이었다. 그렇게 벌벌 떨며 싫어하는 녀석을 강제로 병원에 데리고 들어갈 수는 없었다.

지후의 짧은 머리카락이 그의 턱을 간질였다. 그렇게 펄펄 날뛰던 게 무색하게 지금의 녀석은 바람 빠진 풍선 같았다. 실 끊어진 관절 인형처럼 구겨져 있는 지후를 내려다보던 명인은 천천히 손을 움직여 지후의 팔을 조심스레 잡았다.

가슴에 안은 채 자유로운 다른 손을 움직였다. 단추에 닿는 순간 손이 멈칫했지만 그는 눈빛을 굳힌 채 단춧구멍에서 단추를 천천히 빼냈다. 톡, 톡, 단추가 풀려 갈 때마다 긴장으로 몸이 경직되었다. 스스로도 놀랄 정도로 심장이 시끄럽게 소리를 냈다. 천천히 남방의 앞섶이 벌어지고 가냘픈 목선과 쇄골이 드러났다. 그의 눈빛이 멈칫했다.

지후는 지금 온전히 그의 품안에 있었다. 그리고 자신은 이 녀석을 두고 거칠 것 없는 상상을 했었다. 그래서 그저 열을 내리기 위해 옷을 벗기는 일련의 동작도 부담이 됐다. 단지 옷가지를 벗기는 게 아니라 드러나는 몸에 자신의 몸이 반응하고 있다. 안아 들다시피 하고 있었기에 녀석의 뜨거운 얼굴이 뺨에 닿고 입술이 슬쩍슬쩍 스쳤다. 앓는 신음은 그에게 묘한 정염을 불러일으키기에 충분했다.

명인은 옅은 한숨을 흘리곤 시선을 드러나는 살결이 아닌 다른 곳으로 돌리고 다시 옷을 벗겨 냈다. 힘껏 쥐면 그대로 부러질 것 같은 팔에서 천천히 소매를 벗겨 내자 안에 받쳐 입은 흰 티셔츠가 드러났다. 가는 몸. 하얗게 드러난 팔뚝의 살결. 핏줄이 들여다보이는 동그란 손목. 그 손목을 잡고서 명인은 천천히 티를 걷어 올리며 안으로 손을 넣었다.

순간 안의 열기가 손바닥에 확 번졌다. 이 티셔츠를 벗기면 아마도 그가 확인하고 싶던 모든 게 드러날 것이다. 부드러운 여체, 곡선이 지는 허리, 물줄기가 흘러내렸을 가슴의 굴곡까지. 천천히 티셔츠가 올라가자 평평한 배와, 송골송골 땀이 맺

힌 허리, 그리고 앙상한 갈비뼈가 차례차례 드러났다. 이마에 닿지 않도록 조심해서 마지막까지 위로 벗겨 내는 순간 명인의 동작이 그대로 정지했다. 살짝 찌푸려져 있던 그의 이마에 새로운 형태의 주름이 졌다. 그의 눈빛이 흔들렸다.

하얗게 어깨까지 완전히 드러난 상반신, 그 가슴께에 단단하게 둘러진 건 분명 압박붕대였다.

"어이가 없군."

이 아이는 무엇 때문에 이런 짓까지 하면서 자신의 성性을 억압하고 있는 걸까. 젖은 옷을 갈아입히는 일련의 행동은, 원했건 원하지 않았건 이 녀석의 성별을 확인한 작업이 되었다. 거기엔 분명하게 확인하고 싶었던 자신의 욕망이 담겨 있었고 그리고 확인했다. 역시 밖으로 알려진 이 녀석의 성별이 잘못돼도 한참 잘못됐다는 뜻이다.

"돌아 버리겠군."

외과 레지던트를 마친 친구 녀석을 닦달해 집으로 불러들여 이마의 찢어진 상처를 봉합하게 한 후 보내 버린 게 몇 분 전의 일이다.

'도대체 무슨 일이냐? 뭐 하는 앤데? 남자야, 여자야? 무슨 짓을 했기에 이마가 이 모양인데?'

당연히 친구가 온갖 호기심을 담아 질문의 폭우를 쏟아 냈다. 하지만 명인이 대답해 줄 건 하나도 없었다.

'노코멘트'라고 일관된 반응을 한 후 안 가려는 녀석의 등을 떠밀다시피 해 쫓아냈다. 단비 같은 비번 날에 난데없이 끌려 와서 바느질만 하고 내쫓긴 친구가 불평을 쏟아 냈지만 명인은 별 무리 없이 면전에서 레지던스 문을 닫아 버렸다.

열이 심하니까 젖은 옷 갈아입히고 따뜻한 물수건으로 몸 좀 닦아 줘. 일단 열부터 내려 줘라. 근데 여자 맞지?

친구 녀석이 돌아가면서 보낸 문자였다. 도대체 병원에 무슨 호러와 같은 감정을 갖고 있는지 몰라도 죽어도 병원에 가지 않겠다니 방법이 없었다.

턱 밑으로 들어와 있는 지후의 몸이 안쓰러울 정도로 계속 떨리고 있었다. 잠시 굳어 있던 명인은 그제야 생각에서 깨어 나 녀석을 다시 쳐다보았다.

꼭 손바닥 위에 작은 새를 잡아다 올려놓은 것처럼 잔인할 정도로 선명하게 진동이 느껴졌다. 마치 한없이 연약한 그것을 손바닥 위에 올려놓고 장난이라도 치는 것처럼 자신이 굉장히 나쁜 짓을 하는 것 같다. 자신은 지금 단순히 간호를 하고 있는 건가, 아니면 병자인 이 녀석을 두고 뭔가를 느끼고 있는 걸까. 토독토독 하고 뛰는 작은 심장 소리에 악마적인 쾌감이 이는 건 사실이었다.

비밀스러운 뭔가를 자신만이 파헤치고 있는 느낌. 그것을 자 신이 소유하고 있는 느낌.

지후의 머리카락에선 그 녀석 본연의 냄새 같은 낯선 내음이 흘러들었다. 땀이 잔뜩 젖어 있는데도 전혀 나쁘지 않았다.

셔츠는 지후가 내뿜고 있는 더운 숨결로 이미 눅눅히 젖어 가고 있었다. 생생하게 들리는 숨소리가 그를 자극했다. 뜨거운 열기로 내뿜어졌다가 단숨에 냉각돼 얼음 조각으로 응결되는 것처럼 숨결은 극치의 열기와 냉기를 반복하고 있었다. 바로 그 숨결이 내뿜어지는 곳이 심장 위치라는 게 명인을 곤란하게 했다.

이런 상태라면 의지가 없음에도 몸이 달아오를 터였다. 그런데 자신은 이미 녀석을 두고 자극적인 상상을 했었고, 지금 흐트러진 모습에 더욱 자극받고 있다. 백 퍼센트 위험한 선동이다.

지후의 몸은 유연하면서도 또 탄탄했다. 가느다란 팔뚝엔 일반적인 여자들에게선 도통 발견할 수 없는 잔근육이 촘촘히 잡혀 있기도 했다.

생동감 넘치는 몸.

열로 인해 가슴이 가쁘게 오르락내리락하고 이마엔 땀방울이 송골송골 맺혀 있다. 그 이마를 커다란 손으로 덮어 약간의 열기를 나눠 가졌다. 시선을 고정한 채 그 얼굴을 바라보고 있자니 자연스럽게 녀석의 콧망울과 입술이 눈에 들어왔다. 녀석이 달싹거리며 입술을 움직였다.

"추……워……."

가만히 그 머리를 끌어당겨 안아 주며 뺨에 입술을 댔다. 순간 녀석이 본능적으로 몸을 붙여 왔다. 명인은 진동하는 심장을 지그시 누르며 그 뒷머리를 어루만져 주었다. 옅은 신음과 같은 한숨이 그의 목에서 흘러나왔다.

이제 이 녀석을 어찌하나.

뺨에 입술을 댄 채 지후의 머리를 매만지고 있는 그 순간이었다. 지후가 몸을 움직이는 바람에 스르르 얼굴이 돌아가며 스치듯 입술이 부딪쳤다.

마치 굳은 듯 명인은 그대로 정지했다. 이미 입술은 떠났고 지후는 매달리고 있는 것뿐이었다. 한 번 감각을 건드린 자극은 쉽게 물러가 주지 않았다. 천천히 지후의 어깨를 잡아 쥐고서 지후의 뺨을 입술로 덧그렸다. 갈라진 입술을 위 아래로 스치다가 가만히 입술을 머금었다.

순간 그 입술의 파르르 떨리는 진동이 그의 심장을 일시에 확 하고 덮쳤다. 갓 태어난 새가 눈도 채 못 뜬 상태에서 먹이를 물어다 주는 어미 새를 향해 고개를 쳐들듯 지금의 지후가 그랬다. 그 강한 성격을 갖고 있는 녀석이 입술이 닿았음에도 거부의 의지라곤 없었다. 도리어 그의 호흡이 새어 나오는 쪽으로 자석처럼 고개를 따라 움직이며 온기를 갈구했다. 마치 신생아가 양수를 묻힌 방향을 따라 고개를 돌리며 반응하듯.

용케 찾아온 입술에 보상이라도 하듯 명인은 지후의 입술에 몇 번이고 가볍게 입을 맞춰 줬다. 갈라진 입술이 안타까워 그저 온기를 나눠 주는 정도의 접촉만을 했다. 그럼에도 그의 심장은 펄펄 끓어 댔다.

무심한 접촉에 자신도 모르게 흥분해 시작한 입맞춤은 길어지고 횟수도 잦아졌다. 뺨에, 턱에, 입술에 살짝살짝 입을 맞춰 주며, 마치 사탕을 주며 아이를 구슬리듯, 안심하라고 다독여 주듯 숨결을 나눠 주는 정도로만 접촉하며 천천히 바지 벨트를 풀고 다리를 지나쳐 벗겨 냈다.

이 녀석은 아마 이게 입맞춤이란 것도, 그 입맞춤을 해 주는 게 이명인이란 것도 전혀 모를 터였다. 그저 본능적으로 누군가에게 매달리는 것이다. 사람은 아프면 누구나 약해지고 누구에게든 의지하고 싶어진다. 독기를 상실한 채 매달려 오는 그 녀석은 그야말로 연약했다. 그 맹목적인 매달림이 가엾다 못해 사랑스럽기까지 했다. 자신의 손에 모든 걸 맡기고 있는 몸짓, 그 연약한 나신을 온전히 자신이 소유하고 있다는 충족감. 순식간에 몰려드는 감정은 실로 엉킨 실타래처럼 복잡했다.

바지가 다 벗겨지자 다른 부분에 비해 비정상적일 정도로 하얀 허벅지와 한 줌도 되지 않는 발목이 드러났다.

"도대체……."

이런 몸으로 그 거친 일을 버텼다는 게 신기할 정도였다. 갈비뼈가 드러나 보일 정도로 깡마른 몸은 제아무리 잔근육이 잡혀 있다고 해도 강아지 한 마리를 안은 것보다 가벼웠다.

"넌……."

명인은 지후를 안은 채 중얼거렸다.

"아무리 봐도, 여자인 것 같다."

그저 사랑스러운 여자다. 연약하고 부드러운 살결을 가진 여자다. 뼈마디가 작고 가는 여자다. 정상적인 남자라면 누구나 충동을 가질 정도로 탄력적인 피부의, 묘하게 남심을 끄는 여자. 아니면 자신만이 이렇게 충동적으로 반응하는 건지. 심장이 뛰는 횟수가 스스로도 놀라울 정도다.

하지만 이 녀석은 이렇게 기이한 행태를 하고 있다. 이제 남은 건 속옷 한 장, 브래지어도 하지 않은 채 녀석이 입고 있는 건 남성용 브리프였다.

"미치겠군."

순간적으로 욕설마저 올라올 정도로 화가 나서 그대로 벗겨 버리려고 손이 갔지만 결국 멈칫하고 말았다. 지금 이 정도로도 자신은 위험한 수준인데 녀석의 마지막 여성성을 벗겨 낼 자신이 없었다. 그 꼴은 불쾌했지만 그대로 두고서 명인은 천천히 물수건을 갖고 왔다.

가슴에 안은 채 따뜻하게 적신 수건으로 등을 닦아 주고 천천히 침대에 눕히려는 순간 지후의 고개가 뒤로 젖혀지며 머리카락이 그의 턱을 쓸고 지나갔다. 까끌까끌한 그 감촉이 마치 직접적으로 심장을 비질하고 지나간 느낌.

압박붕대에 압사당하고 있는 가슴이 그의 가슴 바로 아래에 있었다. 유연하게 흘러내리는 허리에 그의 손이 닿아 있었다.

새까만 머리카락과 하얀 얼굴, 선홍색 입술, 성별을 구분할 수 없는 생김, 소년 같으면서도 소녀인, 소녀 같으면서도 또 소년인 그 중성적인 얼굴이 그를 흐트러지게 한 건 순식간이었다. 결국 꾹꾹 눌러 참았던 모든 게 한꺼번에 터졌다.

그는 그대로 가슴을 감싸고 있는 붕대로 손을 가져가 휙 끌어내리고 드러난 분홍빛 망울에 입술을 확 가져갔다. 자신도 설명할 수 없는 충동이었다.

그 젖가슴으로 입안을 가득 채우고 치아 사이에 들어온 열매를 혀로 희롱하면서 앉은 채 자신의 것으로 꿰뚫어 버리고 싶다는 생각.

그 달콤한 맛을 혀끝으로 느끼고 부드러운 우윳빛 가슴의 살결을 맛보고 싶다. 온몸을 쓸어내리고 어루만지고 비비고 할 수 있는 모든 행위를 녀석의 몸에 퍼부어 주고 싶다. 따뜻한 이 녀석의 안쪽을 자신의 것으로 느끼며 질의 가장 안쪽에 사정을 하며 자신을 놓아 버리고 싶다.

그런 거친 생각이 일순간 들었다.

열렬히 품고서 땀으로 온통 적셔질 때까지 움직이다가 그대로 품에 끌어안고 까무룩한 잠에 빠져들고 싶다.

그런 생각을 해 버린 것 같다.

상식에서 한참이나 떨어진 비정상적인 파괴 욕구였다.

건드리고 만지고 갖고 싶다.

맛보고 느끼고 터뜨리고 싶다.

제어가 안 되는 무서운 욕구.

말도 안 되는 욕망.

그건 폭력 이상의 그 무엇도 아니다.

움켜쥐었던 가슴의 붕대를 천천히 제자리로 돌려놓고 손을 놓았다. 선홍빛 유실 바로 위에서 정지한 입술의 온도도 다행히 식어 있었다.

"미친놈."

냉정하게 이성이 식은 상태에서 명인은 지후의 몸을 놓아주었다. 지금 이 감정을 식히고, 비상식적인 욕구에서 벗어난 선명한 상황에서 다시 생각해 볼 필요가 있다. 이런 동물적인 욕구에 휘둘리는 자신이 어이가 없었다.

명인은 곧 자신의 티를 갖고 와 입혀 주었다. 친구 녀석에게 전화상으로 증세를 알려 주어 이미 챙겨 오게 한 약을 갖고 와 다시 침대에 걸터앉았다.

꽁꽁 앓고 있는 지후의 머리맡에 앉아 어깨 아래로 손을 넣어 상체를 들어 올렸다.

약을 물에 타서 입술로 가져갔지만 몇 시간 사이에 바짝 말라 버린 입술은 도통 열리질 않았다.

"입 벌려."

바로 몇 시간 전, 담뿍 물을 빨아들여 생기에 가득 차 있던 그 입술과 같은 입술인가 싶었다. 약은 턱을 타고 줄줄 흘러내렸다. 닦아 주려고 손을 대자 그의 손이 큰 건지, 녀석의 얼굴이 작은 건지 손 하나에 얼굴이 다 들어왔다. 부자연스럽게 벌어진 바싹 마른 입술에선 '바삭' 하고 부서지는 소리까지 날 것 같았다.

물끄러미 지후를 바라보며 명인은 자신의 입에 약을 머금었다. 그리고 천천히 지후의 입술에 입술을 포갰다. 턱을 위로 치켜든 채 강제로 입술을 열어 약을 흘려 넣자 콜록콜록 하며 녀

석의 몸이 튀었다. 그대로 더욱 턱을 올려 기도를 열어 주자 다행히 약이 꼴깍 하고 어떻게든 무사히 넘어갔다.

잠깐 입술을 떼고 지척에서 지후의 얼굴을 살폈다. 제대로 약을 삼킨 건지 확인하려는 마음이었음에도 잘게 떨리는 속눈썹에 시선이 박힌 순간 명인의 심장이 움찔했다. 지끈거리며 이상하게 그 작은 얼굴이 마음을 아프게 했다. 갈라진 입술이 안쓰럽다. 그저 약을 먹이는 것으로 끝났어야 했다. 하지만 결국 명인은 서서히 얼굴을 내려 입술을 맞물려 겹쳤다.

자신의 타액으로 그 입술을 촉촉하게 적셨다. 녀석이 무의식 중에 입술을 떨며 몸을 바르작거렸다. 그 팔을 양손으로 부드럽게 누르고서 몇 번이고 입술을 섞었다. 잠시 적셨다가 확인하고 또 적시고는 또 확인하고 잠깐 입술을 뗀 사이에 이마를 쓸어 올려 주고 입술을 다시 겹치기를 반복했다. 그저 입술 표면을 적시려고 한 키스는 사실 그의 마음을 적셨나 보다. 그 입술에서 쉽게 멀어지지 못한 건 바로 자신이었다.

말할 수 없이 뜨겁고 도톰한 입술. 거칠게 일어난 살결이 부드러워질 때까지 명인은 그 입술을 보듬듯 핥았다.

천천히 입술을 떼어 내고 지후를 내려다보았다. 녀석은 그저 잠들어 있었다. 키스조차 의식에 없는 듯.

"잘 자라. 이제, 귀찮은 일은 없겠지. 도둑 키스를 받은 너도, 그리고 해 버린 나도."

목에 손등을 대 보니 열은 여전했다. 반사적으로 짙은 한숨이 흘러나왔다. 시트를 당겨 지후의 몸을 덮어 주고 명인은 천천히 침대를 떠났다.

　인간의 체온은 36.5도로 일정하게 유지된다.
　사람마다 열이 더 많고 적고의 차이는 있겠지만 대체로 인간의 체온은 늘 그렇게 항상성을 가진다. 하지만 때로 그 따뜻할 정도의 체온이 세상에서 가장 뜨거운 무언가가 될 수 있다는 게 어쩌면 더 신비로운 일인지도.
　객을 침대에 눕혀 두고 명인은 소파에 이불을 깔았다. 그 객이라는 게 잘 아는 사이도 아니었고, 이름이 지후인 것과 묘하게 중성적인 얼굴을 가진 똘기 가득한 청춘이라는 것 외에는 전혀 알지 못하는 인간이라는 게 신기할 따름이었다.
　불을 끄고 잠을 청했지만 의식은 또렷해지기만 했다. 왜 저 아이가 이렇게 신경이 쓰이고 자꾸만 몸이 동하는 건지. 와인이든 위스키든 한 잔 털어 넣는 게 나을지 어떨지 고민하고 있는데 그때 침대가 놓인 방향에서 귀에 거슬리는 묘한 소리가 났다. 그리고 또 뭐라고 웅얼거리는 아주 낮은 소리.
　불투명한 유리 파티션으로 막아 놓은 공간이라 애초에 정확한 구분은 없었다. 명인은 일어나 침대 반대편의 불을 켜고는 침대로 가 보았다.
　지후는 시트를 돌돌 말다시피 한 채로 폭 파묻혀 더 심하게 꽁꽁 앓고 있었다. 마치 사막의 밤 한가운데 떨어진 것처럼 오들오들 떨면서 한기에 몸서리쳤다. 귀에 거슬린 소리는 녀석의 앓는 소리였다.

"추워……."

간헐적으로 끊어지듯 들린 말소리가 좀 더 선명해졌다.

몸에서 열이 저렇게 펄펄 끓는데도 반대로 오한이 온 듯 추워지기도 한다. 인간의 몸은 똑똑해서, 열이 나고 몸이 뜨거워지면 체온을 유지하기 위해 땀을 배출한다. 하지만 비정상적으로 땀이 많이 나게 되면 오히려 너무 급격하게 떨어지는 체온에 대한 반작용으로 감각신경들이 춥다고 느끼면서 경고를 한다. 이렇게 마치 금방 죽을 것처럼 오한을 느끼게 하는 것이다.

지금껏 몇 번이나 한기를 호소했었던 게 떠올랐다. 안 그래도 벼랑 끝에 걸린 것처럼 위태로워 보이는데 저렇게 으드드 소리가 날 정도로 떨기까지 하니.

"후우."

명인은 혀를 차며 침대에 걸터앉았다. 시트를 더 꼭꼭 여며 주고 뺨에 손등을 대 보았다. 어쩌다가 보모 노릇을 하게 된 건지.

"병원 안 가고 사서 고생하는 건 너야."

여전히 열이 나는 뺨에서 손을 빼려는 순간 지후가 명인의 손을 잡아 방금까지 머물러 있던 그 뺨에 다시 가져다 댔다. 명인은 멈칫해서 지후를 내려다보았다.

"뭐 하는 거냐."

하지만 애초에 들리지도 않을 테고, 뭔가를 의식하고 한 행동도 아닐 터였다. 단지 따스한 어미 품을 찾아 반사적으로 움직이는 갓 태어난 동물처럼, 그 녀석은 명인의 손을 더듬어 원했다.

꼭 잡은 채 제 뺨을 대고 있다가 오들오들 떨며 그 손을 시트 안으로 당기더니 그의 손안에 작은 얼굴을 파묻었다. 시트와 명인의 손의 온도, 그것만이 그나마 오한을 줄여 주는 유일한 구원이라는 듯.

자신이 따뜻한 인간이라고 생각해 본 적은 없었다. 이 녀석처럼, 자기가 열 받아 하는 것에 이마가 찢어질 정도로 맞서 부딪칠 정도의 불꽃같은 것도 없는, 어쩌면 그냥 겨울바람처럼 서걱서걱한 온도를 가진 남자.

그랬기에 그 시트 안에서 열을 내고 있는 자신의 체온이 신기할 따름이었다. 그리고 난감했다.

"그만해. 의식도 없으면서 사람 곤란하게 하지 말고."

손을 빼내려 했다. 애초에 그 녀석은 힘도 없었기에 조금만 쑥 당겨도 쉽게 빠져나올 터였다. 하지만 그 손에 쏟아지고 있는 가쁜 숨결을 인식하는 순간 그저 마음이 이끌렸다.

이건 도대체 어떤 종류의 감정일까.

무슨 같잖은 친절인 걸까.

무엇보다 지후, 너는 대체 뭐지?

"아빠……."

그 순간 지후가 아주 작은 소리로 그렇게 불렀다. 속눈썹이 순식간에 젖어 들고 눈물이 얼굴을 타고 흘러내렸다. 가늘게 떨리는 눈꺼풀, 젖은 속눈썹이 비를 잔뜩 맞은 강아지의 털처럼 애처롭다.

불쌍할 정도로 떨리는 야윈 어깨, 야윈 몸……. 명인은 천천히 시트를 열어 그 안으로 들어갔다.

반사적인 행동이었다.

가만히 지후의 앙상한 어깨를 끌어안아 주었다. 자신으로서는 한 번도 없었던 동정이, 마치 퍼부어지듯 이 녀석에 한해서는 끌어모아진다. 마치 상냥한 인간이라도 되듯 명인은 지후를 향해 가슴을 열었다. 팔을 열었다. 그 아이를 끌어당겨 가슴에 안았다.

작은 몸이 담쏙 몸에 안겼다. 가슴으로 폭 들어와 한 치의 빈틈도 없이 자신의 몸을 그에게 붙여 오고 있다. 그 또한 본능적인 행동이리라.

추위에 떨다가 구조된 사람처럼, 그 앞에 놓인 따뜻한 난로를 향해 정신없이 다가가듯 그렇게 지후는 순식간에 명인의 가슴속으로 파고들었다.

순간 지후의 열에 전염되기라도 한 듯 명인의 몸에도 불이 지펴졌다. 웅크린 지후의 팔이 단단한 그의 팔에 닿고, 지후의 세워진 무릎이 그의 허벅지에 닿았다.

마치 자궁 속에 들어앉은 태아처럼.

그 녀석은 자신의 품 안에서 회귀를 꿈꾸었는지도 모르겠다. 순수로의 회귀. 하지만 그 순수함을 끌어안은 명인은 그렇지 못했다. 그 가냘픈 불꽃을 자신의 정염의 붉은 업화로 집어삼키고 싶다. 당장이라도.

순수함은 때로 욕망을 건드리는 가장 나쁜 독이 되곤 한다.

그 어떤 여자를 안았을 때보다 더욱, 이 거친 작은 몸이 그를 건드리고 있다.

안은 채로 지후의 턱을 들어 당겼다.

"곤란해, 너."

샅샅이 핥듯이 녀석의 얼굴을 바라보았다.

"눈 떠."

"추워…….."

"눈 뜨고 날 봐."

"…….."

"내 정신이 아니야, 지금 난."

천천히 얼굴을 훑어 내리다가 본능이 시키는 대로 입술을 훔쳤다.

한번 맛본 지후의 입술은 그에게 제어라는 걸 빼앗았다. 마약처럼 중독의 늪으로 빠져든다. 생각하기도 전에 몸이 먼저 움직였다. 열에 들뜬 것처럼 입술을 번갈아 빨아들이고 혀를 감아올리자 무의식인 듯 지후가 스스로 입술을 벌렸다. 잠시 잠깐 그 희미한 눈이 떠졌던 것도 같다. 하지만 금세 다시 무거운 추에 눌리듯 눈꺼풀은 닫혀 있었다.

그런 상태에서도 지후는 명인에게 매달리고 있다. 그게 단지 추위를 덮어 줄 무언가를 찾는 건지 뭔지는 모르겠다. 관능적인 키스를 하는 순간 그 녀석의 목에서 신음 같은 소리가 새어 나왔다는 사실이 그의 뇌를 건드릴 뿐.

꿈속에서 키스를 받아 주는 것인가. 아니면 인간이라면 누구

나 갖는 본능이 건드려져 녀석 자신도 성욕이 발동한 것뿐인가. 잠시 전처럼 혼자 하는 키스가 아니었다. 명백히 지후도 반응하고 있었다. 적극적이라고 할 수는 없었지만 필사적으로 그의 혀에 자신의 혀를 비비려고 한다. 그의 타액을 받으려고 한다. 몸을 붙이고 그의 안으로 들어오려고 한다. 애처로울 정도로 그 녀석은 지금 욕구에 몸부림치고 있었다. 마치 그곳이 유일한 도피처라도 되듯, 그의 품에 파고든다. 그의 입술에 달라붙어 온다.

입술이 섞이는 소리만이 지배하는 공간, 불같이 타오르는 뜨거운 순간적인 욕망을 키스만으로 달래며 명인은 천천히 입술을 뗐다. 젖은 입술이 더 달라붙으려고 벌어져선 그에게 요구하고 있었다. 그게 그의 심장을 징 하고 울리게 했다.

그 입술 안에 손가락을 넣고 희롱하며 몸을 가져 버리고 이 욕구를 다 태울 정도의 섹스를 하고 싶다. 참는 게 힘든 건 도리어 그쪽이었다.

"하지만 지금은 어쨌건…… 네 생명줄을 붙들어 둘 선한 천사가 되어야겠지."

씁쓸하게 중얼거렸다.

다행히 몸은 지후의 오한을 중화시켜 줄 정도로 뜨거웠다. 열이 나고 있다. 순식간에 넙혀져 뇌끼지 데울 것 같은 이 뜨거운 열기.

오한은 동반하지 않은 이 뜨거운 열은, 대체 어디에서 기인한 걸까?

Devil's temptation

'찰캉' 하고 얼음이 크리스털 잔에 부딪쳤다.

명인은 친구들과의 모임에 나와 있었다. 술잔이 돌고, 화기애애한 대화가 오갔다. 여자들의 몸에선 온갖 보석들이 조명을 받아 빛을 발하고, 가슴이 깊게 파인 드레스 코드를 선택한 그녀들의 가슴골에선 향수 내음이 노골적이지 않게 풍겼다.

주고받는 대화는 너무 무겁지도 가볍지도 않은 일상적인 화제였다. 직접적이지 않은 우회적인 대화법은 친구이지만 상대방에 대한 예의를 지키는 선이었다. 그들은 만남보다는 만남의 분위기를 중시하는 사람들이었다.

그 공간에서 명인은 딴생각에 빠져 있었다.

이틀 동안 내내 지후를 품에 끌어안고 잔 것 같다. 열은 쉬이 떨어지지 않았고, 좋아졌다 싶으면 어느 한순간 확 다시 치솟았다. 사무실에도 나가 보지 않은 채 이틀 내내 지후의 곁만 지킨 것 같다.

지후는 갑자기 의미를 알 수 없는 헛소리를 흘리며 횡설수설하기도 했고 난데없는 발작을 하다가 또 언제 그랬냐는 듯 푹 꺼져서 죽음처럼 잠에 빠져들곤 했다. 그런 지후의 입에서 가장 많이 나온 단어는 그것이었다.

아빠.

그게 묘하게 명인을 건드렸다. 지후와 그의 아버지 사이에 대체 무엇이 있는 걸까.

약을 챙겨 먹이고 친구에게 한 번 더 부탁해 수액을 놔 주었다. 그럼에도 지후는 열이 오르락내리락하며 죽을 것처럼 추워했다. 그나마 끌어안아 주면 정상적인 숨소리로 돌아오곤 했다.

'그 녀석이 추운 건, 몸이 아니라 다른 곳이 아닐까.'

그런 황당한 생각도 잠시 했다.

그렇게 이틀을 보내고 오늘은 빠질 수 없는 모임이 있어 나왔다. 그랬다면 평소처럼 이 자리를 즐기면 될 텐데, 왜 아픈 아이 두고 외출한 엄마처럼 이렇게 신경이 쓰이는 건지 모르겠다.

스스로도 황당해서 술잔을 입에 대는데 그때 옆자리의 친구가 그를 불렀다.

"명인아."

딴생각에 빠져 있던 그는 그제야 시선을 돌렸다. 순간 그의 눈동자가 흔들렸다. 테이블 앞에 한 여자가 서 있었다. 늘씬하

게 키가 큰, 5년 전이나 지금이나 한 치도 변하지 않은 우아하고 단아한 느낌의 그녀였다.

"……무슨 생각을 그렇게 하고 있어? 우리 5년 만에 본 거 같은데. 여전히 그대로인가? 잘 지냈지?"

그녀의 말처럼 5년 만의 재회다.

한때는 저 여자가 몸에 걸치고 손으로 만지는 모든 것이 되고 싶었던 적이 있었다. 그보다 다섯 살이 많은 여인. 그저 그런 액세서리도 그녀가 하면 빛나 보였고, 그저 그런 색도 그녀의 몸과 섞이면 세상에서 최고의 색이 되곤 했었다.

태어나서 처음으로 사랑한 여자.

그저 저 여자에게 넋이 나가서 정신을 못 차렸던 것 같다. 더 없이 아름답고 정갈한 이미지를 지닌 그 여자는 한 폭의 정물화 같았다. 때론 그 그림을 망쳐 놓고 자신의 아래에서 떨게 만들고 싶기도 했고, 때론 자신조차도 건드리지 않고서 그저 그 위치에서 아름답게 피어 있는 가련한 꽃이길 바라기도 했다. 이율배반적인 생각을 동시에 가졌었다.

충동적으로, 저 여자를 위해서는 죽을 수도 있다는 같잖은 생각까지도 했었다. 그 한때엔 그랬었다.

하지만 막상 그녀를 붙들고서 키스할 순간이 오면 그는 발을 빼곤 했다. 연인인 듯 아닌 듯 그렇게 3년을 위태롭게 지내다가 그녀는 결국 다른 사람과 결혼을 했고, 한때의 죽을 것처럼 깊던 사랑이 끝났음에도 그는 아무런 통증도 느끼지 못했다.

애초에 목숨까지 내줄 수 있을 것처럼 사랑하던 그 감정도

실재하던 것이었는지조차 의심됐다. 공식적인 연인 관계가 끝나지도 않았음에도 그녀는 다른 남자를 선택했다. 어찌 보면 뒤통수를 맞은 것일 수도 있었다. 혹은 명인에 대한 복수일 수도 있었을 테고. 하지만 그는 배신감도, 미안함도 느껴지질 않았다.

그녀가 결혼식을 올리고 그는 바로 독일로 떠났다.

행복하라고, 떠나기 전 마지막으로 만난 그녀에게 그가 말했다.

행복했었다고, 그녀는 그에게 말해 주었다.

딱히 그녀가 싫을 것도, 그렇게 방치해도 될 만큼 그녀가 잘못한 것도, 다툰 기억도 없었다. 그저 사랑이 아니었던 것 같다.

그렇게 불타던 마음조차 사랑이 아니었다니, 대체 무엇이 사랑일까?

감정의 교류를 해야 한다는 게 그녀와 자신 사이를 가로막은 가장 큰 장벽이었다. 우습지 않은가. 그 감정 교류를 위해 세상 모든 사람들이 사랑을 하는 것일 텐데.

이기적인 사랑이었다.

그녀 입장에서 보면 최악의 남자가 아니었나 싶다.

그다지 좋은 추억이 없었을 것임에도 그녀는 일부러 다가왔고 또 상냥한 안부도 전해 주었다. 일상적인 대화를 잠시 나눈 뒤 그녀는 남편이 기다린다며 예약된 자신의 테이블로 갔다.

그녀가 다가가자 가볍게 뺨에 입을 맞춰 주고 자상하게 의자를 뒤로 빼 주는 그녀의 남편이 보였다. 그녀는 자신의 곁에 있

을 때보다 몇 배는 더 안정적이고 아름다운 미소를 짓고 있었다. 그녀는 행복해 보였다.

자신이 할 말인지는 모르겠다만, 다행이다.

술자리가 익어 갈 즈음 밖에 나와 전화를 받고 돌아서는데, 노유진이 그의 앞을 척 막았다.

"여기 있었네? 갑자기 사라지지 마. 찾았잖아."

난데없이 나타나 묘한 소리를 흘리고 있는 그녀는 그의 꽤 오래된 친구이자, 며칠 후 오픈할 그래픽 디자인 회사를 함께 시작한 동료다.

"기분은 괜찮아? 혜인 언니가 와서 알은척할 줄은 몰랐네. 네가 가장 사랑한 사람이었잖아. 아니, 유일하게 사랑한 여자인가?"

노유진이 답지 않게 사생활 털기를 하고 있다. 본래 신중한 성격이라 저런 소리 함부로 할 타입이 아닌데도 술이 들어간 탓인 듯.

"가정 꾸려서 잘 살고 있는 사람 들으면 불유쾌할 소리 하지 마."

"하긴 남편도 섹시하고. 딸 하나 아들 하나 행복하게 살고 있다는 것 같더라. 아, 취한다. 오늘 좀 마셨나 봐. 이명인 때문이지 이거?"

"들어가."

"싫어. 나온 김에 나랑 좀 앉았다 가."

그러고는 명인의 손을 멋대로 잡아끌어선 창가 근처에 마

런해 놓은 긴 의자에 털썩 앉혔다. 명인은 고개를 설레설레
저었다.

"술 좀 깨고 들어가자고. 어우, 뿔 난 거 봐. 귀찮다 이거지?
너무하네. 친구이자 동업자로서 이 정도도 못 해 주니?"

늘 새침떼기 같은 깔끔한 모습만 보여 주더니, 볼에 열이 올
라 있는 그 얼굴이 제법 귀엽기도 했다. 노유진은 본래 도도하
고 이지적인 쪽이었지 딱히 '프리티'와 어울리는 쪽은 아니었다.

"오픈 앞두고 한창 바쁜 땐데 이틀이나 안 나타나서 혼자 바
쁜 척 다 하고 다녔다. 뭐니? 시작하기도 전에 사장이 자리를
비우고. 나 걱정해야 되는 거야?"

이상하게도, 취기로 빨갛게 물들어 있는 그 뺨을 보고 있자
니 취기가 아닌 병색으로 열이 돌던 다른 뺨이 생각났다.

"그럴 일이 좀 있었어."

"그럴 일이면 무슨 일? 개인적인 일?"

"아마도."

"연애?"

"노코멘트."

유진이 피, 하며 입술을 삐죽 내밀었다. 노유진은 취하면 좀
아동틱하게 바뀌나 보다. 나이가 한 살씩 더 들면서 전에 없던
여유가 생긴 때문이겠지. 예전엔 웃음소리 한번 크게 흘리지
않는 얼음공주로 유명했었다.

"하여튼 이명인 넌 네 얘기 진짜 안 해. 도통 뭘 생각하고 있
는지 알 수가 없어. 음흉한 자식."

명인이 픽 웃었다.

"신상 털기 별로 안 좋아해."

"왜 아니겠어요? 알겠습니다. 앞으론 조심할게요. 쫓겨나지 않으려면 제가 알아서 기어야죠, 사장님."

명인이 혀를 끌끌 찼다. 유진과는 처음부터 같이 일한 건 아니었다.

공간연출을 전공한 유진은 뉴욕 파슨스 디자인 스쿨에서 디자인을 전공한 후 국내 유명 회사의 아트디렉터로 일했다. 하지만 자신만의 크리에이티브를 만들고 싶다는 욕구가 강해 결국 회사를 그만두고 개인 브랜드를 준비하던 중 명인을 다시 만났다. 그게 2년 전의 일이었다.

명인은 본래 회화를 전공했다. 혜인과 헤어지고 바로 베를린으로 건너가 내내 지냈는데, 그때 우연히 타이포그래피를 접하고 관심을 갖게 되었다. 본디 베를린이 유럽의 출판, 그래픽, 음악 등 다양한 문화의 중심지인지라 어쩌면 당연한 일이었다.

이후 타이포그래피와 아트워크, BI 같은 데 몰두하던 명인은 잠깐잠깐 한국에 건너올 때마다 그래픽 디자이너와 공연 미술 쪽 아티스트들과 만남을 가졌다. 그리고 예술가들을 후원하는 '크라우드 펀딩'에 참여하던 중 유진과 우연히 다시 만났다.

책을 쓰든 공언을 올리든 그림을 그리든 공개적으로 사람들의 후원을 받고 후원자들에게 결과를 되돌리는 게 바로 '크라우드 펀딩'이다. 그때 유진과 만나 많은 얘기를 주고받은 명인은 때가 되어 베를린으로 다시 돌아갔고, 어느 생각지도 못한 날 유진이 그를 찾아왔다.

'어때? 우리 한번 화려하게 뛰어들어 보지 않을래?'

유진이 활짝 웃으며 제안했다. 명인도 주저할 이유가 없었고, 그렇게 해서 두 사람은 현재 그래픽 디자인 회사 창업을 앞두고 있었다.

"집 공사는 잘돼 가? 널린 게 아파트고 빌란데, 아무튼 이명인 난데없는 건 못 말린다니까. 아니면 같이 살고 싶은 여자라도 생겼나?"

"혼자 살아도 지붕이랑 바닥은 있어야지."

"뭐야, 교외에 집 짓고 있다기에 어디서 여자랑 애를 동시에 'get'했나 했더니. 단순히 비바람 막고 등 붙여 누울 곳 마련하는 거였어?"

"신상 털기는 거기까지. 일어나자."

"그 집에 데리고 들어갈 여자로, 난 어때?"

명인의 몸이 멈칫했다.

"그거 프러포즈냐, 셋방 달라는 청탁이냐?"

"전자도 좋고, 후자도 상관없고. 결혼해도 괜찮고 동거도 문제없으니까."

"주사치고 좀 부담스러운데."

"취중진담 쪽은 어때?"

그녀가 다가왔다. 상체를 그에게 바짝 붙이고서 눈꺼풀을 들

었다. 반짝거리는 아름다운 눈빛이 거기에 있었다. 지후에 비하면 눈앞의 유진이야말로 완벽한 여성 그 자체였다. 화사한 미모, 향기로운 체향, 부드럽게 물결치는 머리카락, 풍만한 가슴, 담배 냄새도 땀 냄새도 거친 언어도 유진에게는 없다. 그녀에게는 그저 여성스러움과 아름다움, 담백함, 쿨함, 그런 매력적인 것들만 있다.

“보여? 나 지금 이명인을 유혹하는 거야. 못 본 새에 아주 관능적이 됐지? 어때? 좀 관심이 가?”

명인이 고개를 설레설레 저었다.

“글쎄……. 회사 시작하기도 전에 너무 큰 과제를 주는 거 아닌가?”

“한마음 한 몸으로 헤쳐 나간다면 도리어 플러스일 수 있지. 왜? 우린 연애도 사업도 같이 잘할 수 있을 거 같은데.”

“연애는, 사업과 달라. 머리가 아니라 마음이 가는 상대랑 해야지.”

“훗, 그 말은 난 머리만 가는 상대라는 건가? 좀 기분 상하지만 이명인, 나는 그렇게 생각해. 이 세계에 필요한 네 재력, 재능, 외모, 전부 다 나한텐 가치가 있어. 그러니 내가 널 선택할 이유는 충분해. 하지만 난 역시 네 몸이 가장 끌려.”

명인이 조용히 유진을 응시했다. 그녀가 천천히 말을 이었다.

“나 별로 헤픈 여자 아닌 건 알지? 너랑 키스하고 싶어.”

그녀의 손가락이 그의 입술을 쓸었다.

“혜인 언니 보고 생각났어. 나 두 사람 때문에 꽤나 속 뒤집히고 그랬던 거 같아. 언니 결혼하고 너 바로 떠났고, 나도 이 나라에 없었지. 그래서 다시 만나면 한 번쯤 고백해 봐야지 했어. 지금이 바로 그때인 거 같아. 술 냄새가 좀 날지는 모르겠지만, 너랑 키스할래.”

그녀가 부드러운 가슴을 더욱 밀착시키며 그의 입술에 자신의 입술을 가져왔다. 붉은 입술. 적당한 자신감. 끈적이지 않고 쿨한 본성. 모나지 않은 성격. 흘러드는 나쁘지 않은 향기. 남자라면 누구나 현혹시킬 수 있을 정도로 아름다운 외모.

잠깐 그 여성성이 그를 자극한 건 사실이었다. 하지만 그게 딱히 흥미로울 정도는 아니라서 몸이 동하진 않았다.

다만 잠깐 자극당했던 건 단 한 가지, 취기로 상기된 유진의 붉은 뺨이었던 것 같다. 그 손끝에서 느껴지는 은은한 열기 때문이었던 것 같다.

붉은 뺨, 열기.

이틀 동안 지척에 있었기에 어느 틈에 익숙해져 버린 그 온도. 바로 그 온도가 그를 건드렸다.

“노유진.”

천천히 유진의 긴 머리카락에 손을 넣어 목덜미를 쥐어 움직임을 멎게 했다. 유진의 눈동자에 돌던 열기가 천천히 정상으로 돌아왔다.

“알코올로 올라간 체온과…… 병으로 올라간 체온은 물론 다르겠지만, 어느 정도 유사한 점도 있는 것 같다.”

하지만 구분은 명확했다. 전자는 능동적으로 유혹하는 것이

었고, 후자는 의도가 없었음에도 그가 유혹당했다는 것이다.

그 정도면 하늘과 땅만큼의 차이다.

갑자기 명인이 무슨 소리를 하는지 유진은 이해 못한 표정이었다. 당연하다.

하지만 지금 이 순간 떠오르는 건 전부 그런 것들이었다.

체온, 열기, 뜨거움.

모두 다 한 사람으로부터 흘러나온 것.

석류처럼 붉은 입술을 물끄러미 바라보고 있던 명인은 이미 식어 버린 눈빛으로 낮게 말했다.

"우리 그만 웃으면서 친구로 돌아가자."

서서히 그녀의 머리카락에서 손을 빼내고 그대로 그 자리를 떠났다.

유진의 구불구불하게 윤기 나는 머리카락보다 사내처럼 뻣뻣한 다른 머리카락이 그의 손가락 끝에 붙어 있는 말초신경을 더 건드리는 것 같다.

이건 과연 호기심일까, 애정일까?

하지만 도대체 무슨 이유로, 어떤 과정으로 애정이란 게 생겼겠는가.

그저 순간적인 착각일 뿐이겠지.

레지던스로 돌아온 명인은 재킷을 벗어 소파에 아무렇게나 던져 두고 곧장 침대로 향했다. 하지만 남의 침대를 차지하고 누워 있어야 할 병자는 보이지 않았다.

　침대는 텅 빈 채였고, 단지 방금 전까지 사람이 있었다는 걸 보여 주기라도 하듯 한 사람 사이즈의 자리만 옴폭 파여 있었다.

　쯧, 혀를 찼다.

　"……은혜도 모르는 녀석이군."

　한마디 말도 없이 가다니, 괘씸한 녀석이 아닌가. 알 수 없는 허전함과 상심이 밀려들었지만, 다 나았으니 제 발로 움직였겠지, 그렇게 위안하며 돌아서던 명인의 표정이 멈칫한 건 그때였다.

　소파 때문에 가려져 있던 저쪽 공간에서 움직임이 있었다.

　흠.

　명인은 눈썹을 찌푸린 채 바지 주머니에 손을 쿡 찔러 넣었다. 잠깐 그렇게 서 있다가 천천히 그쪽으로 걸어가 보았다.

　그는 어이없어 멈춰 서고 말았다.

　기가 막혔다. 어디로 가는 중이었는지 그 녀석이 한창 바닥을 기어가는 중이었다. 딱 풀잎을 기어가고 있는 달팽이 형상.

　차림새는 낮에 갈아입힌 화이트 셔츠 한 장이었는데, 그의 옷이라 그런지 셔츠가 엉덩이를 덮고 허벅지까지 내려와 있었다. 반바지도 없이 셔츠 한 장만 달랑 걸치고서 부지런히 기어가고 있는 모습이 분명 한심해야 할 텐데, 움직일 때마다 아슬아슬하게 드러나는 하얀 허벅지 때문에 도리어 그가 공격당했다.

　만약 저 상태가 그가 갈아입혀 준 그대로라면, 녀석은 지금

저게 걸치고 있는 전부라는 뜻이 된다. 압박붕대는 애초에 풀어 버렸고, 속옷이고 뭐고 깨끗한 맨몸에 셔츠 한 장만 입혀 놓았었다.

"아, 나 왜 이래, 젠장."

그때 지후의 낮게 내뱉는 소리가 들렸다.

"왜 몸에 힘이 하나도 안 들어가? 아메바도 아니고 아 씨. 죽겠네."

어쩐지 한 번에 1cm씩 달팽이 짓을 하고 있다 했더니 아직 몸이 다 회복된 건 아니었나 보다. 다만 의식은 돌아왔으니 당연히 탈출을 시도하고 있었을 테고.

"가관이군."

명인이 고개만 살짝 기울인 채로 입을 열었다. 갑작스럽게 끼어든 타인의 목소리에 놀랄 법도 하련만, 그 녀석은 원래 그런 건지 둔한 건지 흠칫도 않고 스윽 명인을 쳐다보곤 시선을 거두어 가는 게 다였다. 다시 엉금엉금 기어가면서 태평하게 중얼거렸다.

"그렇지. 형씨 집이었죠? 어쩐지 그렇지 않을까 싶었는데 형씨도 참 똥바가지 뒤집어쓰셨습니다. 근데 빌어먹을, 집이 뭐가 이렇게 넓어? 기어가는 데만 한나절이네."

"놀라지도 않고."

"또 발작하고 픽 나뒹군 모양인데 거둬 줬으면 고마워해야지 면전에서 놀라긴 왜 놀랍니까? 어차피 아까 문 열릴 때 형씨 들어온 거 봤고, 얼굴 보고 대충 이것저것 짐작했으니까."

“뭘.”

“파도에 휩쓸려 배가 난파당해 인어공주한테 구해진 왕자는 아니지만, 형씨가 날 구해 준 인간이구나 싶습디다. 척 하면 척이지. 아니면, 날 구해 준 인어공주는 따로 있고 형씨는 구해 준 척만 하는 이웃 나라 공주인가?”

“성별 믹스하는 게 취미냐?”

“핫! 하긴 형씨처럼 근육 달린 이웃 나라 공주, 웃기긴 하겠다. 거참 되게 크네. 목 아프니까 어디 좀 앉든가, 말을 시키지 말든가. 키도 크고 몸집도 크고 손도 크고 집도 크고. 어? 근데 형씨, 이제 보니 참 잘생겼네?”

명인은 혀를 찼다.

“와, 내가 살다 살다 형씨처럼 코 높은 사람은 또 첨 봅니다. 벽일세, 벽이야. 잘못해서 왼쪽에서 보면 코의 장벽에 가려져 오른쪽 건너편이 안 보이겠는데요? 한 인기 하시겠습니다.”

“…….”

“그날 삼겹살집에선 못생긴 우리 사장이랑 붙어 있어서 그 밤에 그 나물로 보였거든요. 딱 목삼겹이랑 삼겹살 그 차이. 푸하! 진짜 구분 안 갔는데. 다시 보니 분위기도 있고 눈빛도 죽여 주시고, 우와 쌔끈하시네! 페로몬 폴폴 흘리는 게, 한잔했습니까? 남자는 취했을 때랑 일할 때가 제일 멋지죠. 근데 담배 없어요?”

명인은 고개를 절레절레 저었다. 무슨 할 말이 저리 많은지, 게다가 두서도 없어서 정리라곤 안 되는데 결론은 저 필요한

걸로 끝맺는다. 역시 둔한 쪽보다는 뻔뻔한 쪽인 것 같고, 뻔뻔한 쪽보다는 넉살 좋은 쪽인 것 같다.

"좀 살아났나 보군. 헛소리 지껄이는 걸 보니."

"뭐가 그렇게 야박해요? 돗대 아니면 하나만 줘요. 금단 증상으로 살이 다 떨릴 지경이니까. 여기 창문 활짝 열리는 거였으면 자칫 한순간에 확 뛰어내릴 뻔했어요, 진짜."

명인의 눈썹이 찌푸려졌다.

어떻게 살려 놨는데 저 따위 소리를 지껄이는지.

"그러니까, 탈출하려던 게 아니라 담배 훔치러 쑤시고 다닌 거였다?"

"제 상태 보십쇼. 어디 쑤시고 다닐 주제나 되나. 후들거려서 1분도 채 못 서 있겠는데. 그뿐이야? 애가 얼마나 연약한지 픽픽 쓰러져. 아침 조회 서는 것도 아닌데 별 꼴을 다 당해. 가만, 나 죽을병이라도 걸린 거 아니야?"

고개를 절레절레 젓던 명인은 그제야 눈에 들어오는 게 있어 그쪽을 흘끗 쳐다보았다. 이틀 밤낮을 내리 잠만 자느라 배가 고팠나 보다. 냉장고 문은 활짝 열려 있고 아일랜드 식탁은 뭘 꺼내 먹었는지 잔뜩 어질러져 있었다.

눈썹을 찌푸린 채 그 박살 난 주방 꼴을 지켜보던 명인은 천천히 걸어가 냉장고 문부터 툭 닫았다.

"죽을병 걸린 것치곤 할 건 다 했군."

"그게 말입니다, 먹어야 살죠. 안 그렇습니까? 인생이란 게 다 먹고살려고 하는 짓 아니겠습니까?"

"그래. 잘 주워 먹었나?"

"먹을 것도 없더구먼요. 물에 빠진 사람 멋대로 구해 놨으면 당연히 보따리도 내놔야지. '올드보이'에서도 군만두는 넣어 주던데, 병자를 가둬 놓고 먹을 거 하나 안 채워 놓는 게 말이 됩니까? 어쩔 수 있나, 스스로 챙겨 먹어야지. 근데 뭐 먹을 게 있어야지. 냉장고가 왜 그렇게 박해요? 인심은 냉장고 보면 안다는데 형씨 인심도 참……."

녀석이 혀를 쯧쯧 찼다.

명인은 고개를 젓곤 일단 식탁 위를 대충 치웠다. 성격상 여기저기 널려 있는 걸 보지 못하는 탓도 있지만, 깨어났으니 뭐라도 먹여야 할 것 같았다.

"지껄이는 거 보니 3분의 2는 살아난 것 같군. 지금까지 몇 대 벌어 놨는지 통 감이 안 올 거야. 다 모이면 그때 한 번에 몰아주지."

"아 젠장. 여름 감기는 개도 안 걸린다는데 이건 뭐 개 이하야?"

명인의 눈썹이 찌푸려졌다. 거친 언어와 욕설은 저 녀석의 습관인가 보다.

"목은. 음식 넘길 만해?"

"왜요? 밥이라도 해 주시게요? 됐습니다! 보아하니 프라이팬으로 계란이 아니라 내 머리통을 후려칠 것 같은데."

"말했을 텐데. 다 모이면 그때 날려 주겠다고. 어차피 만들 솜씨는 없으니 시켜 주는 건 해 주지."

"옷! 레알이십니까? 아! 아아! 나 목 괜찮나? 됐네. 상태 좋

네. 뭐든 시켜 주면 황송하게 처넘길 테니까 아무 거나 시켜 주
고 달아 놓으십쇼. 한 번에 갚을게.”

명인은 어깨로 한숨을 흘렸다.

시간이 늦은 탓에 꽤 고생해서 겨우 죽 집을 찾아 배달돼 온
죽을 녀석에게 먹였다. 물론 이젠 스스로 식탁에 앉아 숟가락
을 쥐고 퍽퍽 떠 넣을 정도는 되었다.

명인은 맞은편에 앉아 천천히 와인을 마시며 그 녀석의 얼굴
을 뚫어지게 쳐다보았다. 막 씻고 나와서 앞 머리카락이 물기
로 젖어 있다. 작은 얼굴도 녀석을 만나고 처음으로 뽀송뽀송
했다. 죽이 한 숟가락 한 숟가락 들어갈수록 녀석의 뺨에 생기
가 함께 올라가는 것 같다. 꼭 먹는 것으로 에너지를 채우는 게
임 속 캐릭터처럼, 지켜보는 게 신기할 정도였다.

아주 즐겁게 먹는 걸 보니 컨디션도 꽤 회복한 모양이다. 병
색이 한 꺼풀씩 벗겨지면서 본래의 씩씩하고 꼴통 같은 모습으
로 돌아오는 과정을 지켜보는 게 생각보다 더 재미있다. 명인
이 픽 웃자 지후가 숟가락질을 계속하며 무심하게 물었다.

“웃긴 왜 웃습니까?”

“취해서.”

“와인 따위에 뭘 취한다고. 그게 술입니까? 그딴 건 열 병을
쏟아부어도 안 취할 기 같은데. 정말 취해요?”

“은근히.”

“그게 뭐가 취하는 겁니까? 자고로 술은 먹고 떡이 되거나
개가 되거나 둘 중 하나는 돼야 ‘아, 취했구나. 내가 사람으로

태어난 줄 알았더니 사실은 개였구나.' 하지. 아, 다 먹었다. 냉면에 삼겹살 바삭하게 구운 거 수줍게 얹어 놓고 한 숟가락 입 찢어지게 먹었으면 소원이 없겠네. 나물이랑 총각김치랑 밥 한 사발 바가지에 때려 넣고 마지막에 참기름 한 방울 톡 떨어뜨리고 휘휘 비벼서 배 터지게 먹고도 싶고.”

끊이지 않는 수다. 그저 시끄러울 줄로만 알았는데 듣다 보니 제법 재미있기도 했다. 무엇보다 쉴 새 없이 움직이는 도톰한 입술을 지켜보는 게 꽤나 즐겁다.

“역시 사람은 배가 불러야 일단 에브리싱 오케이거든요. 에브리바디 오케인가? 나 공부 열라 못했거든요.”

명인은 표정 없이 녀석을 보며 다시 와인 잔을 입술에 댔다.

말하는 거, 행동하는 거 보면 딱 분별없는 사내 녀석인데 자신은 왜 그게 하나도 거슬리지 않는 걸가. 대체 저 녀석의 어떤 면에 이렇게나 관심이 가는 걸까.

게 눈 감추듯 죽을 해치우고서 목을 벅벅 긁고 있는 저 조심성 없는 거친 모습을 보고 있자니 더욱 황당하긴 했다.

두 가지의 완전히 상반된 분위기를 지닌 녀석.

하나는 손쓸 수 없는 망나니.

다른 하나는 눈 뗄 수 없게 하는 신기한 여자.

“아! 휴대폰 좀 빌려 주실래요? 제 휴대폰이 방전됐는데 잭이 안 맞더라고요.”

명인은 별 다른 말 없이 안주머니에서 휴대폰을 꺼내 휙 던져 주었다.

"오, 감사. 휴대폰이 LTE 급으로 날아오네요. 유니세프에서 근무라도 하세요? 댑따 친절하시네."

"병원은."

"……네?"

"왜 그렇게 싫어하지."

"……아아, 병원? 그까이 꺼 알아서 뭐하게요? 어렴풋이 생각나는데 또 병원 앞에서 이 미친 인간이 발작을 한 모양입다. 불쌍한 인간이려니 이해하고 넘어가 주십쇼."

명인의 유리 같은 검은 눈동자의 농도가 서서히 짙어졌다. 도대체 어떤 표정의 변화를 보일지 예의 주시하고서 민감할 수 있는 질문을 던졌다.

녀석과 병원 사이엔 분명 어떤 사연이 있다. 마치 트라우마라도 되는 것처럼, 뭔가를 두려워하며 극도의 거부 반응을 보였다. 그래서 건드려 보았지만 녀석은 잠깐 멈칫한 것 외에는 아주 자연스럽게 대답을 해 왔다. 물론 일부러 너스레를 떠는 거라는 가능성도 있겠지만.

아니면, 발작을 일으킬 정도의 강한 거부 본능은 몸이 아파 약해질 때만 발동되는 것인가.

애초에 누군가에게 영롱한 눈망울을 굴리며 연약한 체할 수 없는 성격 같기는 했디. 이틀 동안 자신이 본 여약한 모습은 아마도 정신이 해체된 상태에서 꼭꼭 숨겨져 있던 게 무방비 상태로 노출된 건지도.

"아, 팀장님. 죄쏭합니다! 인간 연지후, 이틀을 연달아 앓아

대느라 죽다가 살아났습니다! 아! 안 죽었으니까 지금 전화드렸죠! 에? 차라리 죽지 그랬냐고요? 뭡니까, 그건? 겨우 살아돌아온 사람한테 진짜로 너무하시네. 이마요? 아얏! 뭐야? 언제부터 여기에 반창고가 붙어 있었어? 형씨가 치료했습니까? 아니, 딴 사람한테 한 말이에요. 아무튼 역병이 들었었나 봐요. 김 기사님요? 걱정 마십쇼. 제가 내일 사과할게요. 지랄맞은 성격이라 죄송합니다. 넵. 내일 출근하겠습니다!"

화냈다가 웃었다가 넉살맞게 통화를 끝내는 지후를 명인은 와인 잔 너머로 찬찬히 지켜보고 있었다. 뭐가 좋다고 저렇게 이것도 키득 저것도 키득인지 모르겠다. 저 녀석에겐 세상 모든 일이 저렇듯 그저 아무렇지 않은 건가.

"잘 썼습니다. 여기 반납."

"거길, 또 출근하는 건가?"

"에? 아 참…… 현장에 계셨죠? 당연히 출근해야지 그럼 안 합니까?"

"머리가 그렇게 터지고도."

명인은 옅은 한숨을 삼켰다.

"분별이 없는 건가, 넉살이 좋은 건가."

"에이, 둘 다죠. 암튼 별거 아닙니다. 술 먹고 취하면 으레 있는 일인데요, 뭐."

"……."

"어차피 방랑자, 어중이떠중이들 모여서 몸 버텨 주는 만큼 일하다가 골병들면 나가는 뎁니다, 여기. 그런 사람들이 뭐 그

렇게 악에 받쳐서 쌩까고 원한에 사무치고 그러겠습니까? 먹은 마음도 없이 그냥 입 열리는 대로 떠들다가 뻗치면 싸우고 그러다가 또 풀리고. 유목민이 정착민 되면 그건 그거대로 또 다행이고."

명인은 눈꺼풀을 살짝 내리 감고서 피식 웃었다.

"말하는 걸로만 봐서는 열 사내 안 부럽겠군."

건들거리고 있었지만, 툭툭 내뱉는 그 오밀조밀한 입술은 아무리 우겨도 그의 눈엔 여자애의 그것이었다.

천천히 시선을 다시 들자, 핏빛 와인 너머로 그 녀석의 입술이 비쳤다. 그건 몇 시간 전 그의 입술에 닿으려고 했던 유진의 입술보다 붉어서 일순 그를 아찔하게 했다.

"열뿐이겠습니까. 백 명을 데리고 와 보십쇼, 내가 지나. 처음에 팀장님이 뭐라고 했는지 아십니까? 일 년에 백 명 정도 이 일 하겠다고 들어오는데 결국 남는 건 네다섯뿐이랍니다. 초보 목수들 들어오면 팀장님 신경도 안 써요. 왜 그러겠습니까? 언제 나갈지 모르니까 정 안 주는 겁니다. 그래도 김 기사님은 꽤 오래 있었죠."

"……."

"그러니까 내 말은, 서로 욕하면서 싸울 정도론 친해졌단 뜻입니다. 저도 벌써 이 일 3년이 넘었어요. 그때 같은 싸움 한두 번 아니었고 그렇다고 서로 뒷욕 하면서 안 본 경우도 한 번도 없었고. 아마 김 기사님도 마찬가질 겁니다. 그러면서 하루 버티고 또 버티고 그렇게 사는 거지 뭐."

"……버틴다. 그러면서까지 그 일을 계속하는 이유가 뭐지?"

명인이 무심한 얼굴로 툭 던지듯 묻자 지후가 황당하다는 듯 혀를 찼다.

"그걸 질문이라고 하십니까? 그럼 형씨는 왜 일하는데요? 이상한 사람일세. 좋아서 하지, 계속하고 싶으니까 버티는 거고. 애초에 세상 모든 일이 다 꿈처럼 즐겁습니까? 아니, 꿈처럼 즐거워도 버티는 건 버티는 겁니다. 나무가 땅에 뿌리박고 서 있는 걸 버티고 있다고 표현하잖습니까?"

"그거랑 그건 의미가 다른 것 같은데."

"그, 그래요? 아까 공부 못했다고 했잖습니까! 아무튼 버티는 이유는 일이 재미있어 시간 가는 줄 모른다는 거고, 또 하나는…… 우리 아버지 꿈이었습니다."

뜯어진 쌀자루에서 쌀알 쏟아져 나오듯 술술 거침없이 흘러나오던 지후의 입술이 일순간 정지했다. 명인은 와인 잔으로 천천히 원을 그려 가며 그런 지후의 얼굴을 예리하게 주시했다.

"에잇! 모르겠다! 좋아요, 은인이기도 하니까 기왕 시작한 거 끝냅시다. 이 일 우리 아부지 꿈이었습니다. 목조주택회사 하나 차리는 거, 평생 입버릇처럼 달고 다니시던 말입니다. 그래서 그거 제가 이뤄 드리려고요."

꼭 누가 쫓아오기라도 하듯 재빠르게 말을 마친 지후가 벌떡 일어났다가 핑 돌았는지 다시 털썩 주저앉았다.

"아, 빡치네. 계집애처럼 픽픽 쓰러지고 뭐냐? 꼴사납게."

"……계집애'처럼'은 아니지."

순간 자기 머리를 퉁퉁 치던 지후의 손동작이 멈칫했다. 명인이 말을 이었다.

"왜냐하면 넌 여자니까."

천천히 지후의 얼굴이 들렸다. 동공이 누가 잡아 벌리기라도 한 듯 벌어져 있었다. 마치 공포 영화라도 보고 있는 것처럼.

그 녀석은 그의 앞에서 처음으로 겁먹은 표정을 했다. 입술을 떨다가, 다시 다물었다가, 턱을 바들바들 떨다가, 결국 명인을 똑바로 보며 입을 열었다.

"봤습니까?"

"뭘."

"제…… 아니, 됐습니다."

"앉아."

벌떡 일어나려는 지후를 낮지만 단호한 목소리로 저지했다. 명인과 지후의 시선이 마주쳤다. 사나운 눈으로 명인을 쏘아보던 지후가 결국 천천히 자리에 앉았다. 그 녀석치고는 순순히 말을 들었지만, 피해 봐야 통하지 않으리란 걸 자각한 건지도 모르겠다.

"계속해 봐."

"뭘요."

"네가 말하려던 것. 하려다가 그만둔 그것."

"그딴 거 없습니다."

"눈치 빠른 놈이 정작 중요한 건 파악 못하는 건가. 아니, 그럴 리 없겠지."

"그러니까 도대체 무슨 말……!"

"네 옷을 누가 갈아입혔을까. 네 가슴을 감고 있던 그 붕대는 누가 풀었을 것 같아."

제아무리 변죽 좋은 녀석이라도 직접적으로 찌르자 함부로 반응을 하지 못했다. 그저 얼굴이 하얗게 사색이 되어 부들부들 떨고 있었다.

"더 하고 싶은 말은?"

"상관없는 작자가 멋대로 아는 척해서 열 받았다, 뭐 그딴 거 말해 주면 됩니까?"

"상관이, 없지는 않지."

"댁이랑 내가 무슨 상관이 있는 건데요?"

"글쎄. 이틀 밤 정도의 인연이라고 해 두지."

지후의 눈가가 벌게지고 있었다.

"너, 사내 녀석이냐, 여자냐."

결국 명인은 이틀 동안 내리 눌렀던 그 질문을 했다.

그가 지금 가장 궁금한 건 그것이었다. 그리고 그 불분명한 정체성으로 인해 자신이 받았던 타격을 설명 받고 싶다.

지후가 오기를 담은 눈으로 노려봐 왔다. 워낙 커서 순해 보이기까지 하던 동그란 눈동자조차 지금은 고양이의 그것처럼 날카롭고 사나워 보인다. 그 눈동자에 어느새 또다시 불꽃이 일렁이고 있다. 처음 본 날 녀석에게서 발견한 그 활활 타오르는 불덩이가.

세상을 극복의 대상이라고 정의 내린 듯한 그 배타적이면서

도 한없이 열정적이며 한없이 순수한 그 불꽃.

그 불꽃을 연한 갈색 눈동자 가득 심어 놓고서 그 녀석이 차갑게 말했다.

"봤다시피 여자도 사내도 아닙니다."

"그럼 뭔데."

"남자가 되고 싶은 계집애. 아니 남자라고 알고 살았던 계집애."

"……."

"복잡하죠? 그럼 머릿속에서 지워 버리면 됩니다. 생각할 필요 없단 뜻입니다."

지후가 씁쓸한 웃음을 한번 흘리곤 자리에서 일어났다.

"그럼 신세 많이 졌습니다. 이 인간은 그만 퇴장하겠습니다."

소파로 가서 자기 모자를 찾아 툭툭 털고 있는 녀석을 명인은 미동도 없이 쳐다보고 있었다.

"옷은 어디 간 거야?"

주변을 둘러보며 중얼거리고 있는 그 모습을.

한 손에 다 갇힐 것처럼 작은 머리, 아직 미열이 남은 듯 발그레한 뺨, 두어 개 열린 단추 너머로 보이는 하얀 속살, 셔츠 아래로 쭉 뻗은 탄력적인 다리까지.

지켜보던 명인은 그대로 일어나 걸어갔다. 그리고 자기 옷만 찾고 있는 녀석의 팔뚝을 잡아채, 깜짝 놀라는 녀석을 무시한 채 끌고 가 침대에 팽개치듯 놓고 양손을 침대에 눌러 붙였다.

어이가 없었는지 잠깐 타이밍을 놓쳤는지 굳어 있던 지후가 곧 눈동자에 힘을 주고 그를 쳐다보았다.

"지금 뭐 하는 겁니까?"

"다치기 싫으면 가만히 있어."

"하, 뭐요?"

명인의 유리 같은 눈동자가 지후를 훑었다.

"흥미가 생겼어. 네 몸에."

순간 지후의 눈동자가 커졌다. 명인의 머리카락이 흘러내려 이마 위로 그늘을 만들었다.

지후의 속눈썹 아래 그늘에 경악에 가까운 충격이 고였다가 곧 풋 웃었다.

"취향 한번 독특하시네요. 적당히 하시죠."

대수롭지 않은 듯 말한 지후가 일어나려 했지만 명인은 가볍게 그 허벅지까지 눌렀다. 장난이 아니라고 느꼈는지 그제야 지후의 눈동자에 심각한 빛이 고였다.

"갑자기…… 왜 이럽니까, 대체. 구해 주고 간호해 주고 재워 주고, 어디서 키다리 아저씨라도 만났나 싶을 정도로 운 좋다 생각하고 있었는데 그거 다 내 착각이었습니까?"

"난 네가 궁금해."

녀석이 눈동자를 떨며 그를 쳐다봐 온다.

"이대로 널 안아 보고도 싶어. 미칠 정도로."

순간 멍해지는가 싶던 지후의 눈동자가 서서히 싸늘해졌다. 차라리 시니컬하게 웃는 그 얼굴은 겨울바람보다 더 삭막했다. 낮게 지후가 말했다.

"왜요? 좀 독특할 것 같습니까?"

녀석이 입술을 깨물었다.

"내 몸? 이따위 몸이 뭐? 이 꼴을 하고 있으니까 재미있을 것 같습니까? 상대방의 변태적인 욕구나 들쑤시려고 이따위로 살고 있는 줄 알아요?"

상처를 받은 듯 녀석의 표정에 통증이 담겼다.

"어떻게 살고 있는데."

"……뭐요?"

"네가 어떻게 살고 있냐고. 네 입으로 말해 봐."

지후는 입을 꾹 다문 채 발버둥을 치며 빠져나가려고 했다. 허리를 틀고 다리를 버둥거리고 어깨를 들썩였다. 하지만 명인은 꿈쩍도 하지 않았다. 도리어 벗어나려 하면 할수록 더욱 힘을 실어 압박하자 결국 지후도 지친 듯 털썩 힘을 풀었다. 아니, 힘이 빠진 듯.

"그만해요. 한번 집어먹어 봐야 떫다 쓰다 판단이 될 거 같습니까?"

"그 정도 옅은 궁금증이라면 피곤하게 이럴 일도 없겠지."

"……그럼 뭡니까?"

힘을 잃은 얼굴로 그 녀석이 물었다. 더 이상 사나운 반항도, 거친 폭언도 없었다. 그저 무심하게 중얼거리는 그 모습이 도리어 명인을 건드렸다.

"몇 시간, 혹은 며칠 정도 지나면 사라질 호기심으로 내 입술 내 몸 써서 에너지 낭비할 정도로 궁하진 않아."

"아무리 그럴싸하게 포장해도 댁은 변탭니다. 아니면 동물원 구경이라도 왔습니까? 뭘 더 구경하고 싶은데요? 뭘 더 보여 줄까요?"

　명인은 건조할 정도로 무표정한 얼굴이었다. 반응하지 않는 듯 가만히 지켜보다가 그가 천천히 입을 열었다.

　"처음 봤을 때부터 네가 날 흔들었어."

　지후의 눈동자가 세차게 흔들렸다.

　"단지 그것뿐이야."

　"……."

　"벗겨 보면 어떨까. 그 안엔 뭐가 숨어 있을까. 거추장스럽게 가리고 있는 걸 이미 상상 속에서 모두 벗겨 냈어. 네 얼굴도, 목선도, 가슴도, 다리도, 발목도…… 모든 걸 만지고 탐하고 내 걸로 만들 생각을 했어. 널 처음 본 순간부터 난, 널 안는 상상을 했어."

　세차게 떨리고 있는 지후의 눈동자에 서서히 두려움이 담겼다.

　"그, 그만해요. 듣기 싫어요."

　지후가 고개를 돌렸다. 하지만 명인은 녀석의 턱을 잡아 자신을 보게 했다.

　"놔요."

　"놓고 싶지 않아."

　결국 지후가 소리쳤다.

　"내 이런 꼴을 보고도 그런 말이 나옵니까?"

　봇물 터지듯 쏟아진 비난에도 명인은 흔들리지 않았다. 그는

그저 지후라는 이 녀석이 궁금했다. 놓아주고 싶지 않다.

"네가 어떤 모습을 하고 있건, 내 눈에 넌 처음부터 여자였고, 지금도 마찬가지야."

명인의 짙은 검은 눈동자가 번뜩였다. 반짝이는 머리카락이 반듯한 이마 위에서 조용히 흔들렸다.

"그래도 부정한다면, 내가 널 여자로 만들어 줄 수도 있지."

지후의 눈동자가 벌어지는 순간 명인은 그대로 단추째 지후의 셔츠를 확 뜯었다. 순간 단추가 뜯겨 나가며 가려져 있던 뽀얀 몸이 드러났다. 쇄골 아래 솟아 오른 우윳빛 가슴이 나신으로 노출되자 지후의 눈동자가 세차게 흔들렸다. 지켜보는 명인의 목울대가 움직였다. 그는 한 손으로 지후의 가슴을 찾아 움켜쥐었다. 지후의 귓가에 뜨거운 신음을 터뜨리며 그가 갈라진 소리로 말했다.

"널 만나고 난 계속 이런 열기에 시달려 왔어."

지금도 온몸에 지펴진 열기로 눈앞이 흐릿해졌다.

"말해 봐. 이런 가슴이, 남자냐."

뭔가를 억누르듯 지후의 온몸이 부들부들 떨렸다. 필사적으로 몸의 반응을 막는 듯한 그 고집이 느껴졌다.

그대로 쇄골에 이를 세우자 지후의 몸이 휩쓸리듯 요동치며 반사적으로 비명 같은 신음이 터졌다. 명인의 심장이 요동쳤다. 뜨거운 혀를 미끄러뜨려 목덜미와 어깨를 깨물며 명인이 숨결을 섞어 말을 이었다.

"이런 어깨가 남자야? 어디 반박할 수 있으면 해 봐."

순간 명인의 몸이 멈칫했다. 사시나무처럼 떨며 필사적으로 눈을 감고 있는 지후의 눈꼬리를 따라 눈물이 흘러내리고 있었다. 천천히 명인의 이성이 돌아왔다. 명인은 손을 뻗어 지후의 뺨을 최대한 부드럽게 만졌다. 손가락 끝으로 지후의 눈물을 닦아 주었다.

"울지 마……."

"대체, 나한테 왜 이래요. 뭘 원하는 건데요."

그건 자신도 모르는 것이었다.

단지 피를 끓게 하는 욕망인지, 금세 사그라질 호기심인지, 아니면 그 이상의 무언가인지.

지후의 얼굴을 잡아 고개를 들게 했다. 그리고 흘러내리는 그 눈물에 입술을 적셨다.

"확인."

"……."

"네가 날 흔들고 있다는 것. 내가 네게 흔들리고 있다는 것. 그 정체를 확인하고 싶어."

"어차피 오래 못 갈 호기심입니다. 당신 같은 사람들 한두 번 본 것도 아니고."

명인의 눈이 가늘어졌다. 그의 시선이 천천히 지후의 입술로 옮겨 갔다. 손을 뻗어 그 입술에 손가락 끝을 대자 지후의 몸이 움찔했다. 가만히 그 입술을 덧그리며 명인이 낮게 말했다.

"이 입술로, 넌 내게 키스했어."

순간 지후의 눈이 확 떠졌다. 그 얼굴에서 핏기가 가시는 소

리가 들리는 것 같았다.

"무, 무슨 말……."

"넌 기억하고 있어. 온몸으로 응해 왔으니까."

"모, 모릅니다, 그런 거. 난 기억 안 나요."

당황한 듯 지후가 시선을 피했다. 이 녀석이 기억하고 있는 건지 아닌 건지는 모르겠다. 하지만 그날 이 녀석의 입술은 뜨겁고 부드럽고 달콤했다. 그래서 그만큼 자신의 심장은 갈피를 잃은 사람처럼 뛰었었다. 그걸 이 녀석이 기억하지 못한다고 해도 화가 났고, 기억함에도 부정하는 거라고 해도 화가 났다.

모든 건 결국 마찬가지였다.

"그럼 다시 확인해 봐."

그대로 지후의 얼굴을 틀어잡아 입술을 부딪쳤다. 입술을 구겨질 정도로 흡착시키고 고개를 꺾어 강제로 입술을 열게 해 혀를 섞었다. 물론 지후는 그날처럼 반응해 오지 않았다. 오히려 할 수만 있다면 피하려는 듯 그를 밀어내려 했다. 하지만 명인은 오로지 그 입술에만 집중했다. 거칠게 시작되었지만 보듬듯이 녀석의 입술을 빨고 혀를 움직였다.

부드럽게 감아올리자 녀석의 어깨가 가늘게 떨리며 그제야 반응을 보이려 했다. 순간 명인은 천천히 입술을 뗐다. 자신의 아래에 있는 지후의 입술이 자신의 타액으로 온통 젖어 있었다. 그 선명한 농도에 명인의 심장이 욱신했다.

지후가 눈을 떴다. 그 눈시울이 붉어져 있었다.

"이제, 호기심이 풀립니까? 따지는 거 아닙니다. 그냥 그쪽한테 묻는 겁니다.”

“…….”

“나랑 키스하고, 자기라도 할 겁니까? 그래서 내가 댁이랑 키스하면, 자면, 뭐가 달라지는데요? 내가 여자가 되기라도 해요?”

자신에 대한 환멸과 지후에 대한 욕심, 분노, 모든 게 뒤섞여서 명인도 화가 났다. 이 녀석 앞에 서면 모든 게 뒤엉키는 느낌이다.

혼란. 이성적인 것 따위 일절 반갑지 않다. 어차피 이 녀석을 이곳으로 데리고 온 순간 정해진 굴레였다.

“그건 네가 결정할 일이야.”

매몰차게 녀석의 심장에 비수를 꽂는다.

자신은 오로지 이 녀석을 갖고 싶다.

그러니 차라리 같이 미쳐 버리자고 제의한다.

그저 동물적인 감각만 살려 둔 채 이 녀석의 여성을 자신이, 강간한다. 이것은 어차피 강간과 다르지 않았다. 상대방의 동의가 없는 상태에서의 몰아붙임. 집착.

“하지만 적어도 나한테는 여자가 되겠지.”

몸도 마음도, 정신도, 모든 것에 자신의 남성을 때려 박는다. 그렇게 해서 자신의 인격이 황폐화되더라도, 자신은 이 녀석을 안아 버리고 싶다. 그 욕망을 견딜 수가 없다.

“잘난 척하지 말아요. 댁 하나한테 여자가 돼서 뭐가 달라지는데.”

“달라.”

눈물방울이 지후의 턱을 타고 흘러내렸다. 처음 이 턱을 타고 흘러내린 건 물이었고, 다음엔 땀이었고, 지금은 눈물이다. 그 눈물을 손등으로 닦아 주면서 명인은 중얼거렸다.

"그래. 오로지 내 욕망을 만족하기 위한 수작이다. 그저 그뿐, 너한테 빠질 일은 없겠지. 그저 호기심일 뿐이겠지. 네 몸이 궁금할 뿐일 테지. 가져 보고 싶어졌다는 깨끗하지 않은 욕구일 뿐이겠지."

녀석은 화내지 않았다. 자존심을 찌르는 그 모든 말에도 바르르 떨면서 앙칼지게 반응하지도 않았다. 그저 눈물을 담은 그 중성적인 얼굴로 침묵할 뿐이었다.

"그렇더라도, 그게 뭐가 나쁜데."

그 녀석이 어이없다는 듯 쳐다본다.

"네 반쪽은 분명히 여자다. 내가 지금 수작을 거는 건, 그 확실한 반쪽의 여자한테야."

지후의 눈동자가 파동 치듯 흔들렸다.

"피가 거꾸로 솟구칠 것처럼 그 여자한테 욕망이 앞서. 며칠 내내 그 여잘 갖고 싶다는 생각만으로 머리가 꽉 차 있어."

"나, 난 여자가 아니야."

"결정해. 성인 남자가 성인 여자한테 묻는다. 널 갖고 싶어 미치겠는 이 남자를 그냥 미친놈으로 버릴 거냐, 받아 줄 거냐."

긴장된 침묵.

두 사람은 서로를 쳐다보고 있었다. 한 치도 시선을 피하지 않고서.

그 엷은 갈색 눈동자 안엔 처음부터 그를 건드렸던 그 불꽃이 도사리고 있다. 언제라도 밖으로 튀어나와 날뛰어 댈 수 있다는 듯, 녀석의 안엔 불덩이가 있다.

그래, 좋아.

어디 너의 그 넘실거리는 뜨거운 불꽃을 나한테 보여 봐.

이 녀석의 반항심 가득한 불꽃은 엑스터시라도 되듯 그를 자극하는 도발이었다.

한 팔로 몸을 지탱한 채 명인은 지후를 샅샅이 살폈다. 지후도 명인의 얼굴을 뚫어지게 올려다봤다. 탐색하는 것도 같고 분노하는 것도 같고 단지 그냥 생각하는 것 같기도 하다.

과연 자신의 들쑤심을 이 녀석이 어떻게 대처할지, 악을 쓰건 욕을 하건 방향은 그것뿐이라고만 생각했다. 하지만 새로운 한 줄기의 선이 흐릿하게 그어지기 시작했다.

명인은 멈칫했다.

미동도 않고서 맞서 오는 연한 갈색의 눈. 그 눈동자를 뚫어지게 내려다보고 있는데 이상하게 자신의 시선이 그 녀석의 갈색 홍채 안에 갇히는 것 같은 기분.

마치 이 녀석이 그를 유혹하고 있는 것 같다.

그럴 생각은 결코 없을 것임에도.

경계가 선명한 홍채가 그를 빨아들이는 것 같다. 그 동그란 원 안에 일순간 침몰한 느낌. 숨이 탁 막혔다. 울렁거렸다. 전신에 알 수 없는 소름이 돋았다.

심장이 쿵 했다. 열이 한 지점으로 확 몰렸다. 단 한 군데도 직접적으로 녀석과 닿지 않았음에도 허리 아래가 지끈하고 피가 거꾸로 쏠렸다. 그의 것이 맹렬히 몸을 세우고 일어났다.

녀석의 동공은 마치 블랙홀 같다. 아찔하게 바닥까지 떨어지는 기분. 혹은 진공 상태에 갇힌 것처럼 좀처럼 숨이 잘 쉬어지지 않았다. 숨이 끊어질 것 같은 일 초 일 초가 흘러갔다.

숨소리가 들린다. 녀석의 숨소리가. 아주 고요하면서도 그의 청각을 건드리는 소리. 묻어 나오는 숨결이 그의 촉각을 자극하고 입술은 그의 시각을 건드린다. 동시에 그의 시각을 막기도 하고, 청각을, 촉각을 마비시키기도 했다. 다 보임에도 눈앞

이 뿌옇게 흐려지고 다 들리고 피부에 와 닿음에도 감각이 아득해진다. 그 이유는 아마도 열망.

판단력을 흐려지게 하는 것.

지후의 시선이 점차 그의 눈에서 콧날로, 입술로, 턱으로, 목으로 내려갔다. 그 시선의 움직임에 명인은 감당할 수 없을 정도의 짜릿한 희열이 일었다.

지후의 가슴이 가늘게 떨리며 오르락내리락했다. 드러난 하얀 가슴의 굴곡에도 눈에 띄는 움직임이 일고 있었다. 팔딱팔딱 뛰는 심장의 박동이 눈으로 보일 것만 같다. 지후가 천천히 입을 열었다.

"내가 궁금해요? 내가, 갖고 싶습니까?"

따지는 어조는 아니었다. 정말로 궁금해서 묻는 것 같은.

"날 유혹해 보고 싶어요? 날 가지면 행복할 거 같아요? 행복이 뭔데."

쓸쓸하게 녀석이 웃었다. 명인은 반대편으로 돌아가려는 그 얼굴을 붙잡았다.

"계속해 봐."

"뭘 계속해요? 막상 물어보니까 대답하지도 않는 주제에. 내 질문에 그렇다고 대답하면 자기가 짐승처럼 느껴질 거 같죠? 그래서 중요한 순간엔 몸을 빼는 거죠? 당신 같은 부류들, 자기 손엔 흙탕물 하나 안 묻히고 오히려 자기한테 당하는 쪽을 조종해서 만족을 얻으려는 인간들, 모르는 것도 아닙니다."

"……그렇게 보여?"

“어디까지나 강요가 아닌 권유겠죠. 뺀지르르한 언변으로 자기 자신은 고고하게 지키면서 절대 진흙탕에 직접 빠지진 않죠.”

“딱히 부인하지는 않을게. 하지만, 그러는 너는.”

지후가 사나운 눈으로 쏘아보았다.

“뭐가요.”

“뭐가 그렇게 비관적이야. 뭘 그렇게 들이받고 싶어서 안달인 거지?”

“가진 게 없어서, 하류에 휩쓸려 살다 보니 이렇게 되더군요. 그러는 그쪽은 얼마나 잘나서 그렇게 낙관적인 건지 한번 봅시다. 보여 줄 수 있습니까? 누군가한테 안기는 기분이 어떤 건지, 적어도 불행하게 느껴지지는 않게끔 제대로 잘 안아 줄 자신은 있는 겁니까?”

상상 이상의 도발에 명인의 눈매에 힘이 확 들어갔다.

“내가 후회하지 않게끔 나한테 만족을 줄 자신은 있느냐고 물었습니다.”

그건 차라리 조소와 다를 바 없어서 명인은 쓰린 기분이 되었다. 지후의 말이 심장의 벽을 긁는 것 같다. 그건 그 말을 하는 사람의 심장이 긁혔기 때문일지도.

“나와 거래를 하자는 건가?”

“어차피 세상 모든 건 거랩니다. 사랑조차 감정의 거래인데, 하룻밤 몸 섞는 게 거래가 아니면 대체 뭐가 거래인데요?”

“좋아. 거래가 성립돼서 확인받으면 뭐가 달라지는데.”

"적어도…… 마음은 편해지겠죠. 왜냐하면 '나도 댁이랑 한번 자 보고 싶어졌으니까. 안겨 보고 싶어졌으니까'라고 후에 변명할 말은 생기니까. 아마 나중에 나 자신한테 이렇게 말하기도 쉽겠죠. '내가 아니라 누구였건 그 순간엔 다 나처럼, 까짓것 다 미뤄 두고 머릿속이 하얗게 바랠 정도로 섹스하고 싶었을 거야'라고."

상처 입은 작은 새는 그럼에도 끝까지 도도했다. 그 고요하게 명인을 자극하는 모습에 그의 눈이 커졌다. 슬픔과 오기를 가득 담은 그 젖은 눈빛이 너무도 유혹적으로 그를 쿡 건드렸다.

"여자로 돌아가는 것 따위 죽어도 싫어."

"……."

"하지만 저주스럽게 태어난 이 몸을 한번 이용해 보는 것도 나쁘진 않겠죠. 남자든 여자든, 남자가 되다 만 여자든, 여자로 오해받는 남자든, 오르가즘을 느끼는 데는 구분이 없을 테니까."

명인이 눈을 가늘게 떴다.

"혹시 모르죠. 죽여주는 섹스로 황홀감에 몸서리를 치며 눈물이라도 펑펑 흘리게 만들어 주면, 그럼 어쩌면 잠시라도 여자로 돌아갈지도."

"너……."

"왜요? 기분 상합니까? 난 이보다 더한 말도 할 수 있는 인간입니다. 그러니 자신 있게 말했으면 한번 증명해 보시죠? 내 심장이 뛰게 할 수 있습니까? 지금 이것보다 더 뛰게 만들 수 있어요?”

“날 화나게 하고 싶은 건가.”

“요구하는 겁니다. 그쪽이 들쑤셔 놨으니까 그쪽이 책임질 수 있을 거 아닙니까. 아무 생각 안 하게, 머릿속이 핑 돌아서 어쩌면 돌아 버리고 싶을 정도로 그렇게, 그저 육체의 기쁨에만 몸부림치면서 편하게 즐길 수 있게……!”

순간 지후의 얼굴이 확 끌어당겨졌다. 입술이 지척에서 정지했다. 조금만 움직여도 닿을 거리에서 명인은 지후를 지그시 노려보았다. 두 사람의 시선이 팽팽하게 맞부딪쳤다.

명인의 팔이 부들부들 떨렸다. 그 팔의 근육이 툭툭 터질 것만 같다. 강제로 얼굴이 치켜지는 바람에 지후의 시선이 도리어 명인을 내리까는 듯 보였다.

입술과 입술이 머리카락 굵기 차이로 정지해 있었다. 분노로 등등 뛰는 심장 때문에 명인의 피가 뜨거워졌다. 그 열기가 숨결마저 덥혀 뜨거운 호흡이 되어 흘러나와 지후의 입술을 건드렸다. 더운 습기가 지후의 입술에 내뿜어졌다. 그 때문인가, 지후의 숨결도 서서히 온도가 올라가기 시작했다.

명인의 시선이 지후의 입술로 옮겨 갔다. 그 입술에 시선을 고정한 채 도발하듯 고개를 기울였다. 마치 그대로 키스할 것처럼 얼굴을 엇갈렸지만 입술은 절대 닿게 하지 않았다. 아슬아슬한 그 도발에 지후의 입술에 반사적으로 긴장과 같은 떨림이 일었다가 사라졌다. 명인은 픽 웃었다. 고의적으로 지후의

본능을 들쑤셔 대며 그가 지후의 갈색 눈동자에 자신의 새까만 눈을 맞춘 채로 입술을 끌어 올렸다.

닿을 듯 닿게 하지 않는다.

줄 것처럼, 하지만 아무것도 주지 않는다.

"쾌락을 느끼고 싶다……."

천천히 입을 열자 움직일 때마다 입술이 살짝살짝 닿았다가 떨어졌다. 그 순간 지후의 시선이 천천히 그의 입술로 내려왔다. 그 말간 눈동자가 자신의 입술에 닿자 명인은 제어할 수 없는 만족을 느꼈다.

지후의 그 눈빛에 채 숨겨지지 않는 갈증이 담겨 있었다.

"그렇다면, 네가 널 던져."

그렇다. 그건 분명히 갈증이었다.

자신이 고의로 만들어 낸 긴장.

그 녀석의 얼굴에 열이 발갛게 올라 상기되기 시작했다. 희디흰 가슴골에 맺혀 있던 땀방울이 쪼르르 떨어졌다. 가느다란 손가락이 가늘게 떨린다. 목울대라곤 없는 그 녀석의 매끈한 목으로 침이 꿀꺽 넘어갔다.

한 치도 물러서지 않고서 서로를 쳐다본다. 눈에 핏발이 선다.

"간단한 논리야. 섹스는 네가 스스로 널 놓는 순간 모든 걸 얻게 되지."

지후의 눈동자 안에 섬광 같은 게 일었다. 그것은 어쩌면 홍분 섞인 기대감인가.

"그리고 한 가지 더."

“…….”

“각오해.”

이제 그 어떤 것도 더는 막을 수 없었다.

“하아, 하아…….”

그 어떤 애무가 없었음에도 뜨거운 숨결로 지척에 있는 상대방의 입술을 적시던 두 사람은 더 이상 견딜 수 없는 기분이 된 그 순간.

누가 먼저랄 것도 없이 서로를 향해 달려들었다.

명인이 지후의 머리를 움켜쥐고 지후도 명인의 머리칼을 확 잡았다. 그대로 입술이 부딪치고 기다렸다는 듯 동시에 입술이 벌어지며 혀가 엉겨 붙었다. 마치 싸우기라도 하듯 사납게 달라붙어 가며 관절을 꺾어 버리기라도 할 것처럼 거칠게 서로를 탐했다. 불가항력으로 몸이 움직였다.

온몸을 쓸고 지나가는 격랑.

흡착판에 달라붙는 것처럼 쩍쩍 소리를 내며 입술이 붙었다 떨어지고 서로의 혀가 정신없이 빨리고 빨고 비벼지고 비비고 문질러지고 문지르고, 할 수 있는 모든 움직임을 다해 정신없이 키스를 나누며 명인은 반쯤 찢겨져 그 녀석의 몸을 가리고 있는 셔츠 조각을 마저 벗겨 냈다. 순간 실오라기 하나 걸치지 않은 하얀 몸이 드러났다. 명인의 모든 동작이 일시에 멎었다.

불빛을 받은 그 몸이 그의 심장을 들쑤셔 댔다. 어느새 입술을 떼고 그 몸을 들여다보고 있었는지 모르겠다.

“아…… 빌어먹을.”

그 순간 지후가 자기 얼굴을 뭉개듯 양손으로 누르며 전라의 몸을 옆으로 틀었다.

"그렇게 보지 말란 말입니다."

한 손을 내려 가슴을 가렸다. 한쪽 팔로는 눈을, 다른 팔로는 가슴을 가린 채 지후가 피가 나도록 자기 입술을 깨물었다.

명인이 손을 뻗어 지후의 입술을 매만졌다.

"그만해."

"놔두십시오. 빌어먹을……. 자기는 죄다 챙겨 입은 주제에 누구만 홀딱 벗겨 놓고 숙제 감상하는 선생처럼 눈동자 한 번 안 깜빡이고 쳐다보면 답니까? 그렇게 쳐다보면 뭘 어떻게 해야 할지 모르겠으니까 그만하라고요."

"……내가 어떻게 쳐다봤는데?"

"모릅니다. 그런 거 유창하게 설명할 정도로 머리 좋았으면 공부했지 이러고 있겠습니까? 아무튼 부담스럽단 말입니다."

명인이 고개를 설레설레 저으며 피식 웃었다. 미소가 묻은 눈가를 접으며 보자 지후가 더 진저리를 쳤다.

"그렇게 웃지도 말고!"

"웃지도 말라, 쳐다보지도 말라, 대체 뭘 하란 거지?"

"닥치고 섹스나 하면 되는 거 아닙니까?"

"아, 닥치고 섹스. 그것도 좋지."

"제길……."

명인의 시선을 무시하려는 듯 또다시 팔로 눈을 가려 버리며 지후가 혼잣말하듯 중얼거림을 이었다.

“잘생겼다고 자랑하는 거야, 뭐야? 왜 그렇게 웃는 건데? 부드러운 미소 흩뿌리면서 도대체 뭘 홀리려는 건데? 제길. 제길.”

“도대체 뭐가 문제지? 뭘 그렇게 화내는 거야.”

“여태껏 살아오면서 누가 날 그런 눈으로 쳐다봐 준 적도 없고, 빌어먹을 성교육 한번 받지 않아서 원 투 쓰리 포 단계도 모르고. 안 그래도 뭘 어떻게 해야 할지 모르겠는데 사람 보고 웃으니 조롱하는 거 같아서 기분 안 좋습니다.”

“조롱한 적 없어.”

“아, 모릅니다. 기분 더러운 키스는 몇 번 강제로 당했지만 코스 정석으로 밟아서 너도 오케이, 나도 오케이, 이렇게 서로 얼굴 보면서 한 침대에 누워 본 적 없어서 닭살 돋아 죽을 지경인데.”

이 녀석은 몰라도 너무 모른다.

명인의 눈빛이 사나워졌다. 그대로 녀석의 손목을 확 잡아 떼어 내 자신을 보게 했다.

“눈치가 없는 거냐, 생각이 없는 거냐.”

“……둘 다 없습니다. 왜요?”

“그래, 좋아. 적어도 나와의 키스가 기분 더러운 키스는 아니라는 건 괜찮아. 하지만 내 품에 안겨서 딴 놈 얘기를 하는 건 좀 경솔하지 않나?”

이 녀석의 이런 독특함이 자신 말고 다른 사내들의 시선 앞에 놓일 수도 있다는 걸 생각하는 것만으로도 불쾌해졌다. 그

래서 감정이 확 상해 있는데, 그때 갑자기 지후가 목젖이 드러날 정도로 입을 벌리고 웃어 대기 시작했다. 명인은 어이없이 지후를 내려다보았다.

"지금 뭐 하는 거지?"

"웃겨서 웃습니다. 나 참, 살다 살다 그렇게 웃긴 소린 첨 들어 보네요. 엊그제 처음 만나서 질투라도 합니까?"

명인의 그림처럼 반듯한 눈썹이 움찔했다. 천천히 입을 열었다.

"엊그제 처음 만나서 이틀 동안 네 몸 어느 한구석 안 닿아 본 데가 없어."

지후의 얼굴에서 웃음기가 서서히 가셨다.

"질투할 자격 더 필요해?"

대꾸할 말을 잃은 듯 지후의 눈동자가 파르르 떨렸다. 명인의 유리 같은 검은 눈동자가 분노로 물들어 있었다. 그는 쳐다보면 올가미처럼 붙들리는 지후의 신비한 연한 갈색의 홍채를 똑바로 보며 가슴을 가린 팔을 확 잡았다.

팔이 반쯤 걸쳐져 있어 선홍색 유두가 마치 꽃잎처럼 반 정도 색을 드러내고 있었다. 그 팔을 그대로 잡아뗐다. 순간 명인의 목울대가 크게 움직였다. 짓눌려 있던 동그란 젖무덤이 해방되는 동시에 본능처럼 고개를 숙여 선홍색 열매를 덥석 물었다.

그 갑작스러운 자극에 지후의 몸이 전기라도 맞은 것처럼 튀어 올랐다.

“그……그만……!”

진저리를 치는 지후를 벌주듯 일부러 더 혀로 굵고 희롱하자 그의 입안에서 유두가 단단해지며 뾰족하게 솟아 갔다. 지후도 느끼고 있다는 소리였다. 부드럽고 하얀 가슴의 산도 서서히 더 팽창했다. 명인의 머리를 움켜쥔 채 입술을 깨물며 힘껏 견디려는 것 같던 지후가 결국 참지 못하고 허리를 들어 올리자 뽀얀 젖가슴이 그의 입안을 가득 채웠다.

“하아…… 너 좋아.”

지후의 가슴 사이에 얼굴을 묻은 채 숨을 헐떡이며 중얼거렸다. 지후의 몸이 움찔했다. 마치 보면 안 될 무언가가 있기라도 하듯 외면한 채 누워 있는 모습이 말할 수 없이 그를 충동질했다.

손을 뻗어 지후의 입술을 손가락으로 덧그리다가 입안으로 손가락을 넣었다. 따뜻한 타액이 손가락 끝에 닿자 온몸이 저릿해졌다. 귓바퀴에 부드럽게 키스하며 명인이 말했다.

“언제까지 그렇게 외면하고 있을 건데.”

“……쪽팔린 거 지나갈 때까지.”

명인은 웃을 수도 없었다.

드러난 하얀 목선을 덥석 물었다. 순간 지후가 시트를 확 잡고 몸에 힘을 줬다. 명인은 집요하게 혀를 움직이며 애무를 지속했다. 그의 손이 지후의 이마에 닿고 콧날을 따라 내려오다가 귓불을 건드리고 어깨를 매만졌다. 그때마다 지후가 보여 주는 팔딱팔딱 생선 뛰듯 시퍼렇게 살아 숨 쉬는 생생함이 그

를 반쯤 미치게 했다.

"이명인, 내 이름이다."

"아웃……."

"담아 둬. 깊숙이 새겨 둬. 내 이름은 이명인이야."

귓불을 잘근잘근 씹다가 귓바퀴를 핥아 내렸다. 하얀 둔덕, 밥공기 두 개를 엎어 놓은 듯 소담한 크기, 주인의 학대에 눌려 있었음에도 탄력적인 공처럼 부피를 유지하고 있다. 만지면 곧바로 망가질 것도 같고 힘껏 움켜쥐면 터질 것도 같다. 그 정중앙에 유혹적으로 피어 있는 꽃송이.

마치 벚꽃이 하나씩 살포시 내려앉은 것 같다.

그 벚꽃에 명인은 혀를 댔다.

혀끝에 달콤한 즙이 묻어 나오는 것 같다.

"아윽! 자, 잠깐…… 그만…… 제발……."

어쩔 줄 모르겠다는 표정으로 호소하며 지후의 손톱이 명인의 어깨에 날아와 박혔다. 쾌락으로 지후의 눈가가 붉게 상기되어 있었다. 손톱이 얇은 와이셔츠를 파고들어 뼛속까지 긁어 댈 것 같다.

"아마도, 네 성감대는 여기야."

가슴에 내린 작은 벚꽃을 부드럽게 빨아들여 촉촉하게 만들어 가며 명인은 중얼거렸다. 지후의 어깨에 온통 힘이 들어갔다.

"네 가슴은 내 한 손에 잡기에 딱 좋은 크기지."

"지, 지금 뭐 하는……!"

지후가 경악에 가까운 눈으로 자신의 가슴에 달라붙어 있는 명인의 머리를 밀어내며 소리쳤다. 하지만 간단하게 제압하고서 명인은 젖가슴째로 덥석 물었다.

"아웃!"

손을 뻗어 지후의 눈을 가려 버리고서 가슴 둔덕을 핥아 올라가다가 턱 끝을 깨물었다.

"도통 믿지 않으니 말로 설명해 줄밖에. 네 반쪽의 여자가 얼마나 사람을 건드리는지."

하나하나 똑똑히 새기게끔.

"처음 눈이 갔던 건 이…… 턱에서 목으로 이어지는 선이었지. 그때 여길 타고 흘러내린 물줄기가 바로 여기로 들어가는 상상을 했지. 그 시끄러운 공간에서…… 그 많은 사람들 틈에서 나는…… 이미 너를 벗기고 있었지."

"시, 시끄러. 으읏!"

"네 눈 안엔 뭔가가 있어. 그걸 언제라도 보여 봐. 적어도 네 눈이 날 노려보는 한은, 네가 어떤 짓을 하건 어떤 모습으로 서 있건……."

지후가 부르르 떨며 피가 나도록 입술을 깨물었다.

"나한테 넌 똑같은 모습일 테니까."

잡아당겨 키스했다. 입술을 깨물어 가며 치열을, 입천장을, 혀 위와 아래를 온통 잡아먹을 듯 파헤치며 지후를 덜렁 들어 무릎에 앉혔다. 그 손을 끌어당겨 자신의 것에 가져다 댔다. 순간 엉겁결에 닿은 지후의 손이 움찔했다. 당황한 지후의 눈과 마주쳤다. 탁해진 검은 눈으로 들여다보며 명인은 달아나려는

지후의 손을 꽉 붙잡아 움직이지 못하게 했다. 바지 위로 더 이상 어찌할 수 없을 정도로 단단하게 성이 난 그곳에 지후의 손이 닿아 있었다. 맨몸에 직접 닿은 것보다 더욱 흥분해 버렸다.

"대체 넌, 나한테 뭐냐?"

욕망으로 허스키해진 목소리로 지후의 홍채를 쏘아보며 물었다.

"……아무것도 아닙니다. 연지후, 그뿐."

명인이 낮게 웃었다.

"그거면 충분해."

순간 지후의 눈동자가 벌어졌다.

"그쪽은, 참 이상한 사람이네요."

"피차 마찬가지겠지."

"별의별 사람들 다 만나 봤지만 당신 같은 사람은 또 처음입니다. 그렇게 뚫어지게 쳐다봐 주니까, 진지하게 사람을 봐 주니까…… 꼭 학교 가는 날 끝까지 뒤에서 지켜봐 주는 엄마처럼, 엄마가 뒤에 서 있어 주는 게 어떤 기분인지 알아요? 얼마나 등이 따뜻한지…… 알아요?"

지후의 표정이 흐려졌다.

"꼭 그런 느낌이라서, 솔직히 한순간 뻑 갔어. 제기랄! 그런 눈으로 쳐다보면 자꾸만 몸이 달아오르는데, 그게 빌어먹게도 나쁜 기분은 아니야. 호기심? 그딴 건 그쪽한테만 있는 줄 알아? 나도, 댁이 말했던 그, 내 안에 있는 반쪽짜리 여자도 그쪽이 궁금하대. 한번 자 보고 싶대."

명인은 천천히 입을 열었다.

"……계속해 봐."

"얼굴도 꽤 폼 나게 생겼고 키도 크고 집도 크고 손도 크고 좋은 냄새도 나고 말하는 것도 참신하고, 손해 볼 건 없겠지. 한 번 잔다면 이런 사람이랑 자는 것도 나쁘진 않겠지."

"……."

"이틀 동안 내내 기절만 해 있었던 건 아니야. 누가 날 끌어안아 준다는 것 정도는 알았어. 누구지? 누가 이렇게 따뜻한 거야? 팔뚝은 딴딴하고 가슴은 더럽게 넓고, 근데 그게 사장 친구래."

지후가 우는 건지 웃는 건지 모를 얼굴을 했다. 그 얼굴이 점점 더 명인의 감정을 날카롭게 벼려지게 했다. 녀석이 지금 뭔가에 아파한다는 걸 알 수 있었다. 공격하지는 않는 그 시니컬한 말투.

이 녀석은 무엇에 대항해서 이렇게나 몸을 웅크리는 건가. 남을 공격하는 척하면서 사실은 자기가 공격당하고 있는 걸까.

"분명히 버리고 갔을 줄 알았는데, 그래도 주워 줬나 봐. …… 사랑받지 못하고 살아 본 인간은 꼭 버려진 강아지 같아서, 상대방이 좋은 인간인가 나쁜 인간인가 정도는 어렵지 않게 파악합니다. 본능적으로."

"……하고 싶은 말이 뭐지?"

"그쪽한테, 안기고 싶어졌습니다."

명인의 눈이 커졌다.

“어디 어느 시절 어느 장소에서 불행하게 당해 버리는 것보다야 나을지도. 어쩌면 그쪽 같은 남자랑 꼭 서로 마음 있는 척 섹스하는 것도 나쁘진 않을 테니까.”

염색체가 부족한 듯 남들보다 더 연해서 아련해 보이는 갈색의 눈동자가 명인을 똑바로 쳐다보며 창끝을 휘두르고 있었다. 그 눈동자가 순수해서 더욱 화가 났다.

이 녀석은 정말이지 사람을 바닥 치게 만드는 재주가 있는 것 같다.

‘사랑받지 못하고 살아 본 인간은 꼭 버려진 강아지 같아서……’

‘상대방이 좋은 인간인가 나쁜 인간인가 그 정도는 어렵지 않게 파악합니다.’

젠장.

그렇게 중요한 말은 지나가듯 해 버리고서. 안타까운 그 말들에 집중할 새도 없이 사람을 구석으로 몰아붙인다. 마음을 연 듯 보이지만 결코 아니다. 실상 수작이나 피우는 인간을 질타하는 것과 다를 바가 없었다.

유혹한 이쪽이 쓸모없는 인간이게끔 자괴감을 들게 하는 말만 내뱉는다는 걸 인식은 하는 건지. 그 녀석을 처음 본 순간부터 일방적으로 가졌던 그 모든 욕망과 소유욕이 지금 처참히 손가락질당하고 있는 것 같다. 가져 버리면 도리어 공허하게 될 거라고 마치 경고라도 하듯.

금단의 열매를 딸 각오라도 해야 한다는 건가.

더없이 불쾌하면서도 어쩔 수 없이 가슴을 아릿하게 만드는 이 녀석의 묘한 화법.

몸은 섞되 그 이상 그 이하도 아니라는.

끝을 정해 두고 만남을 시작하려 하는 느낌.

그런 사람들만이 가진 허무한 분위기. 체념한 듯 무미건조한 말투.

마음까지는 섞이지 않을 거라는 우회적인 선언.

우습다.

자신은 꼭 마음까지 섞이고 싶다고 간절하게 바라기라도 하는 것처럼.

결국 자신도 사내놈의 욕망으로 몰아붙인 것과 무엇이 다른가.

이렇게 침대에서 은밀하게 마주 앉아서, 상대방을 벗겨 놓고 마음대로 유린하면서 홀로 깨끗하기라도 하겠다는 건지. 자신의 손에는 일절 흙탕물을 묻히지 않고 만족하려 한다. 녀석이 한 말은 하나도 틀리지 않았다.

의도하지도 않은 이중성이 발가벗겨진 기분. 하지만 진정 의도하지 않은 건가. 그렇다면 과연 발가벗겨진 것 같은 이 참담한 기분은 무엇인가.

"벗겨."

그때 명인이 천천히 말하자 지후의 눈동자가 잠시 멍하더니

곧 찌푸려졌다. 무슨 뜻이냐는 듯 이해 못 한 표정이다.

"왜, 그렇게 당당하더니 이제 와서 겁이라도 나나?"

"……비겁한 인간이었군요."

"머리가 하얘질 정도로 쾌락을 맛보고 싶다고 한 건 너야."

"……."

"그래, 어려울 것도 없지."

부드럽게 품어 주면 무엇이 달라지나. 결국 자신도 이 녀석을 동물원 원숭이 정도의 호기심의 대상으로 먼저 짓밟았다. 의도하지 않았다 하더라도 수치를 느꼈다면 결론은 똑같다.

단지 섹스일 뿐이라도 마음을 다한다면 실수하는 건 아니라고 마음 어떤 쪽에서는 자만하고 있었던지도.

'결정해. 성인 남자가 성인 여자한테 묻는다. 널 갖고 싶어 미치겠는 이 남자를 그냥 미친놈으로 버릴 거냐, 받아 줄 거냐.'

쓰레기다. 개자식이다.

욕망에 눈이 멀었으면서도 겉은 고매한 척, 의견을 묻는 척, 네 의견을 무엇보다 존중하겠다는 듯.

결국 가지고 싶었던 기면서.

안고 싶었던 거면서.

단지 그 원초적인 본능으로 몸이 달았던 것뿐이면서.

애정이 있었다고 포장하면 동물적인 욕망이 조금 순수해지나?

강간은 아니라고, 그렇게 자위라도 하고 싶었나.

그래, 인정한다.

패배하듯 인정한다.

"그래. 난 너와 섹스하고 싶어. 네 안에 들어가서 널 온몸으로 느끼고 싶어. 내 육체로 느끼고 싶어. 네 마음까지 보듬어 줄 수 있다는 듯, 그건 위선이겠지."

지후의 똑바른 눈 안에서 타닥타닥 타오르고 있는 뜨거운 불꽃이 헛소리하지 말라고 경고하고 있는 것 같다. 그래서 명인은 지후의 눈꺼풀로 손을 뻗었다.

"이 불꽃이 신경 쓰여. 이 불꽃이 두려워. 이 불꽃이, 끌려."

이 녀석이 자신을 무장해제시킨다.

"그러니 너도 능수능란 찜 쪄 먹을 정도로 날 유혹해 봐. 바라는 게 있다면 너도 나한테 보여. 섹스는, 혼자 하는 게 아니야."

지후의 눈에 힘이 들어갔다. 아마도 자존심이 상했을 것이다. 하지만 끝까지 그 어떤 감정도 드러내지 않은 채, 냉정하게 굳은 명인을 마주 보다가 천천히 손을 뻗었다. 가늘게 떨리며 다가온 손가락이 드레스 셔츠 단추에 닿았다. 잠시 머뭇거리다가 하나씩하나씩 단추를 풀어 갔다.

지후는 마치 금방이라도 터질 것 같은 감정을 꾹 누르고 참고 있는 모습이었다. 그게 선명하게 느껴짐에도 명인은 눈은 녀석에게 두되 마음은 외면했다.

아주 섬세한 작업이라도 하듯 어렵게 어렵게 단추를 하나씩 풀던 지후가 곧 아주 작게 입을 열었다.

“……내가 먼저 선동했으니 화는 안 내겠습니다. 하지만 역시 신경질은 나네요. 나랑…… 결투하기로 했습니까?”

이명인의 갑작스러운 변화에 당황했다는 듯, 지후가 명인의 눈치를 보며 물었다.

연지후답지 않게 살짝 겁을 먹은 것 같기도 했다.

그 모습이 또 의외라 명인은 도대체 하루에도 몇 번씩이나 이 녀석 때문에 감정이 휘둘려야 하는 건지 모르겠단 생각을 했다. 지금의 저런 모습은 또, 그저 아무것도 생각지 않고, 따지지도 않고 덮어 놓고 확 끌어안고서 아껴 주고 싶게끔 만든다.

명인은 갈수록 더 감정 컨트롤이 어려웠다.

“물 흐르듯 부드럽기만 한 섹스, 시간이 아깝잖아.”

“그런가요?”

“모처럼 특이한 상대인데.”

이어진 말에 지후의 눈꺼풀이 살짝 흔들렸다가 씁쓸하게 웃었다.

“그러게요.”

명인은 외면한 채 싸늘하게 말을 이었다.

“내 몸이 동한 상대, 그거면 충분하겠지.”

연지후, 네가 원하는 것 또한 그것이 아닌가.

순간 마지막 단추를 풀고 있던 지후가 그대로 명인의 멱살을 확 잡고 얼굴을 바짝 댄 채로 낮게 말했다.

“그쪽은 진짜 개자식입니다.”

그 얼굴을 지척에서 마주 보며 명인은 와이셔츠를 벗어 던졌다. 굳은 표정 그대로 지후의 머리를 움켜쥐고 사납게 입술을 탐했다. 치아가 딱딱 부딪치고 누구의 것인지 모를 타액이 턱을 타고 흘러내렸다. 탐미라고도 할 수 없는 거친 키스였다. 어쩌면 폭력적인 키스였음에도 지후는 물러나지도 않았고 그럴 마음도 없어 보였다.

이쪽이 깨물면 저쪽도 깨물었다. 그렇게 전투하듯 달라붙은 입술은 어느새 뜨겁게 흡착하듯 달라붙는 키스로 변했다. 접착제라도 붙은 양 혀가 떨어지질 않았다. 그 몸을 만지며 명인은 자신의 남은 옷가지마저 벗어 던졌다.

젖가슴을 찾아 움켜쥐었다. 손가락으로 유두를 비틀며 혀를 감아올리자 지후가 그의 혀를 확 깨물었다. 명인은 헐떡거리며 녀석을 노려보았다. 지후도 마찬가지였다. 그 순간 지후가 자신의 입술을 손등을 쓱 훑었다.

그리고 똑바로 명인을 보며 말했다.

"더 유혹하면 되는 겁니까? 제 차례가 지금인가요?"

명인의 눈동자가 커졌다.

"모처럼 특이한 상댄데, 만족은 해야 할 거 아닙니까."

지후의 얼굴은 이미 벌써 전부터 차갑게 식어 있었다. 아무것도 없는 표정으로 손을 뻗어 그의 가슴을 손으로 쓸어 가며 애무를 시작했다. 하지만 그 손끝은 바들바들 떨리고 있었다. 평평한 가슴골을 어루만지다가 천천히 상체를 숙였다. 쇄골에 입을 맞추고 혀로 핥아 내리려는 순간…… 결국 명인은 지후의 손을 확 끌어당겨 잡고서 그 머리를 가슴에 확 안았다.

“뭐, 뭐 하는…….”

“그대로 있어.”

가슴이, 아팠다.

거짓말처럼 몸의 열이 내려가 있고 머릿속은 차갑게 식어 있었다. 그렇게 자기 자신이 혐오스러울 수가 없었다.

째깍째깍, 벽시계의 초침 소리만이 공간을 울렸다.

얼마의 시간이 흘렀을까. 아무 말 없이 명인은 지후의 뒷머리를 꽉 누른 채 그저 녀석의 몸을 끌어안고만 있었다. 지후가 다시 바르작거렸지만 명인은 지후를 꾹 누른 채 그 목덜미에 가만히 얼굴을 묻었다.

“됐어…… 그냥 이대로 있어. 무리하지 않아도 돼.”

녀석을 참으로 많이 아프게 하고 함부로 내뱉은 모든 말들이 지금 자책으로 그에게 한꺼번에 몰려들었다.

“미안하다…….”

고해하듯, 그 말이 터졌다.

하지만 녀석은 원망의 말도 질문도 없이 그저 그의 목에 팔을 감고서 가만히 안겨 올 뿐이었다. 아니, 안아 준 것과 다를 바 없는 그 행동에 명인의 가슴이 어쩔 수 없이 찌르르 울렸다.

어떻게 이런 녀석이 사내처럼 살아올 수 있었을까?

이렇게 사랑스러운데.

이렇게 안타까운데.

“미안해.”

“뭐가요.”

“……아프게 해서. 여러 가지로.”

“……됐습니다. 하겠다고 나선 건 납니다. 그렇다면 감당해야 할 사람도 나일 테죠. 사과하지 마십쇼. 서럽고 비참해지니까.”

“더 화내.”

“사과해 줬으니까.”

명인의 심장이 덜컹했다.

“처음엔 좀 서러웠지만…… 사실 정말 화났지만, 내가 여기서 뭐 하고 있는 건가 싶었지만…… 이제 됐습니다. 더 나빠지기 전에 사과를 해 줬으니까.”

“설명이 안 돼. 그 정도론.”

“나한텐 됩니다. 난 사과받는 것에 익숙지 않거든요. 사과하는 건 기똥차게 잘해도……. 아무튼 그쪽이 일부러 날 무시한 게 아니라면, 화낼 이유는 없는 겁니다.”

젖은 지후의 목소리가 명인의 심장을 창끝처럼 날카롭게 파고들었다.

이보다 더 애틋하게 그의 가슴을 건드리며 들어올 인간이 또 있을까.

“아프지 않고 얻을 수 있는 건, 이 세상에 하나도 없으니까.”

너는 뭐라고 할지 몰라도, 이미 넌 내 심장 속에 박혔다.

이런 식으로 박히는 건 처음이라서 명인 자신도 어찌해야 할 바를 모르겠다.

지후 그 녀석의 목소리는, 한마디 한마디 모든 말들이 철근처럼 무거운 무게로, 용암처럼 뜨거운 온도로 그의 심장을 누

르고 태웠다.

"저기…… 계속 이러고 있을 건가요?"

지후가 눈치를 살짝 보며 몸을 떼려 하자 명인은 그 머리를 눌러 절대 빠져나가지 못하게 했다. 갇혀서 바르작거리는 작은 몸을 계속 가두었다.

"그냥, 잠시만 더 이대로 있자."

천천히 시트를 끌어 와 지후의 벗은 몸에 둘러 주었다.

"어디에도 가지 마. 내 곁에 있어."

"……."

그게 자신이 정말 원하는 게 아니었나 싶다.

"음……. 하지만 전 내일 출근해야 합니다. 일어날게요."

품에서 빠져나가려 하자 명인은 명백하게 화가 났다. 그래서 다시 잡아당기려는데, 지후가 먼저 시트 자락을 밟는 바람에 저 스스로 명인에게로 확 엎어졌다.

그 몸을 안아 든 순간 심장이 쿵 하고 떨어졌다. 전라의 두 몸이 겹쳐지며 심장이 순간적으로 하나로 맞닿은 느낌. 그리고 지후의 심장도 같이 뛰었던 것 같다.

명인은 쓰러지듯 지후의 목덜미에 얼굴을 파묻었다.

녀석의 머리칼에서 좋은 냄새가 났다. 목덜미에선 풀꽃 같은 향기가 난다. 향수라곤 근처에도 안 갔을 게 분명한 녀석에게서 이렇게 좋은 향기라니, 아마 녀석 본연의 체향이겠지.

녀석의 온몸에서 그를 자극시킬 딱 그 정도의 땀 내음, 바로 그 체향이 풍겼다.

지후를 끌어안은 채 명인은 천천히 침대에 누웠다. 다행히 지후는 아무 반항 없이 그의 품에 꼭 안긴 채 따라와 주었다. 그리고 침대에 닿는 순간 스스로 그의 등에 팔을 둘러 그를 꽉 끌어안았다.

그게 이상하게 그를 감동시켜서 가슴에 안은 지후의 머리카락을 부드럽게 쓸어 주었다. 몸을 비정상적으로 만들곤 하던 뜨거운 열기는 지금 따뜻할 정도의 미열로 변해 있었다. 이런 것도 나쁘지 않다고 생각하고 있는 자신이 신기하다.

"저기요……."

"음."

"따뜻합니다…….."

명인의 눈동자가 흔들렸다. 그 얼굴이 보고 싶어 자신의 등에 감겨 있는 지후의 팔을 풀어 보려 하자 순간 지후가 마치 어미 품에서 떨어지기 싫은 아이라도 되듯 그에게 더 달라붙어 왔다. 명인의 가슴이 찡했다. 이런 기분을 과연 뭐라고 해야 할까…….

명인은 더욱 따뜻하게 지후를 끌어안아 주었다.

"음, 저기요……?"

"응."

"저, 졸려도 됩니까?"

명인이 고개를 절레절레 저었다. 그건 또 무슨 소린지.

"그래. 아무 짓도 안 할 테니까, 다시 쓰러지지 않게 푹 자."

그의 가슴에 얼굴을 묻은 채 지후가 천천히 고개를 끄덕였다.

짧은 머리카락이 개구쟁이처럼 흔들렸다. 아직 몸이 정상으로 돌아오지 않은 건 분명할 터였다. 그나마 미쳐 버린 이성이 중간에 돌아와 주어서 다행이라고 명인은 생각했다.

heaven's trail.

아일랜드에서 2년마다 나타난다고 하는 멋진 광경.

마치 별들이 하늘로 가는 길을 만들어 주는 것 같다는 별들의 자취, 행렬. 그 아름다운 길목을 따라가다 보면 천국에 닿을 수 있을 것 같은 기분이 든다고 한다.

그저 충동적으로 시작한 관계. 그럼에도 마치 자신이 지금 그 길을 밟고 있는 것 같은 착각이 일었다면 자신이 경솔한 걸까, 이 상황이 경솔한 걸까.

그럼에도 명인은 지금 천국의 전철을 밟고 있었다.

향기로운 이 녀석을 품에 안은 채.

서서히 녀석의 눈꺼풀이 감기고 있다. 극도의 피로가 단번에 덮친 듯 지후는 빠른 속도로 잠의 터널로 빠져들고 있었다. 그 모습을 지켜보는 것만으로도 알 수 없는 평온이 느껴지다니.

이 녀석에게로 향하는 게 연민인지, 안타까움인지, 애정인지, 아니면 그 모든 것인지 모르겠다. 회오리처럼 섞여서 아직은 분간이 불분명하다. 하지만 단지 가슴이 뜨거워지는 육체적인 욕망만이 아닌 그걸 배제한 다른 무언가가 그의 심장을 태울 듯 건드리는 것도 사실이라서, 순간 녀석의 머리를 끌어안은 채 토해 내듯 속삭여 버리고 말았다.

"너, 내 여자 해라."

디자인 스튜디오 '감感'.

'공간'과 '소통'을 캐치프레이즈로 앞세워 명인과 유진, 그리고 명인이 직접 발로 뛰어 발견한 두 명의 그래픽 디자이너 형우와 상희까지, 네 명의 직원으로 드디어 스튜디오 문을 열었다.

형우는 재능은 있으나 사무실을 차릴 여건이 안 돼 직접 클라이언트에게 자신의 작업을 알려 BI와 아트워크 작업을 해 온 실력파 디자이너다. 젊은 작가들의 작품 전시회가 열리고 있는 뉴욕의 한 갤러리에 들른 명인이 형우의 타이포그래피 작품을 보고 한눈에 반해서 인연을 맺었다.

반면 상희는 유진처럼 회사에 속해 일을 하다가 문득 회의가 들어 그만두고 혼자 브랜드를 만들어 일하던 경우였다. 캘린더 작업이나 북 표지 등 소소하게 개인 작업을 해 가며 드로잉 수

업을 했는데, 명우는 그녀를 스카우트하기 위해 직접 드로잉 수업까지 들어 가며 끈질기게 설득했다. 그렇게 각기 다른 네 사람이 모여 한뜻으로 뭉쳤다.

처음부터 잘 맞지는 않았지만 다들 같은 열정을 가져서 그런지 마음을 모으는 데는 오랜 시간이 걸리지 않았다. 서로 보완해 주고 또 장점은 부각시켜 주면서, 스스로 작업하고 싶은 건 또 얼마든 독립적으로 했다.

그런 네 사람의 의견을 모아 정한 브랜드 명이 바로 '감感'이었다.

'감感', 느낌이다.

느낀다는 건, 때로 사람이 살아가는 데 있어 가장 중요한 건지도 모르겠다.

시각, 미각, 후각, 청각, 촉각을 포함한 오감五感.

자신이 느낀 것으로 타인과 소통한다.

"근데 너무 대충 한다는 소리 같진 않아? 얼추 감 잡아서 한다는 소리 같잖아."

유진이 우스갯소리로 한 말에 상희와 형우가 킥킥 웃었다. 명인이 슬며시 쏘아보자 유진이 어깨를 으쓱했다.

기분. 느낀다…….

'느낀다.'

오픈 준비로 바쁘면서도 때때로 그 말을 되뇌면 어떤 녀석이 떠오르곤 했다.

내 여자 하라고, 충동적이었건 어쨌건 말해 버렸지만 녀석은

어떤 대답도 주지 않았다.

'너무 고민하지 마요. 어차피 서로 충동적이었을 뿐이라고 생각하면 간단해요.'

……라는 듯.

녀석은 아침에 눈을 떴더니 깨끗하게 사라져 있었다. 마치, 거기에 머문 적도 없었다는 듯 깨끗하게 세탁해 놓은 자신의 옷을 꿰어 입고 홀연히 사라졌다. 그래서 침대의 텅 빈 옆자리를 보고 명인은 상실을 느꼈다. 엎드려서 지후가 남기고 간 빈자리를 가만히 손으로 쓸어 보았다. 온기는 이제 없었다.

그 녀석은 그날 어느 정도의 마음을 열었던 걸까. 조금쯤은 열었을지도 모른다고 기대하는 자신의 생각은 착각일까. 아니면 실상은 열어 보인 건 하나도 없었던 걸까.

눈을 감으면 아직도 선명하게 그날의 그 감각이 떠오른다.

촉촉하게 젖어 가던 살결, 자신의 품 안에서 부드럽게 풀어지던 유연한 관절, 사랑스럽게 벌어지던 입술, 달콤한 혀의 느낌까지 모든 것이 생생했다.

확실히 너는 누구와도 다르다.

달랐기에 나는 너에게 눈이 갔다.

어쩌면 그저 평범하게 물을 마시는 모습이었음에도 자신은 그 녀석만이 갖고 있는 뭔가를 느꼈다. 그것은 자신에게 엄청난 파장을 주었다.

그 녀석 안에 담겨 있는 '그녀'를 발견했다.

그래서 심장이 진동했을 뿐이다.

작업 인부들 사이에서 그 녀석은 보이지 않았다.

오픈 즈음에 닥친 정신없던 일이 대부분 마무리된 어느 날, 소소한 건 유진에게 맡겨 두고 명인은 그대로 자신의 집 공사 현장으로 엑셀을 밟았다.

하지만 쉬지도 않고 도착한 것에 비해 결과는 허무했다.

단지 현장에 없는 것뿐임에도 녀석의 부재는 그에게 극도의 피로감을 주었다. 잠시 그 자리에 서 있던 명인은 천천히 몸을 돌려 주용의 회사로 향했다. 외근이 잦은 주용이었지만 그날은 사무실에 있었다.

"오, 뭐 더 특별히 주문할 거라도 있는 거야? 직접 행차를 다 하시고."

사무실 앞의 데크에 앉아 있는 명인에게 커피를 가져다주며 주용이 신소리를 했다. 종이컵에 담긴 인스턴트커피가 진해 보였다.

명인은 한 모금 마시며 사무실 바깥 공간을 쭉 둘러보았다. 목조로 지은 사무실 건물과 예쁘게 외장 처리가 된 조립식 건물이 한 채 더, 컨테이너도 몇 개 보였다. 주용의 아버지가 피땀 흘려 일군 회사였다.

"그 녀석……."

명인이 낮게 입을 열자 주용이 흘끗 그를 봤다.

"응?"

"연지후."

"엉? 네가 지후를 어떻게 알아? 아, 그렇지 참! 그날 네가 데리고 갔었지? 보릿자루처럼 둘러메선. 그날 보쌈당해 갔다느니, 잘생긴 도령이 곱상하게 생긴 미친놈을 납치해 갔다느니 아주 별의별 소리가 다 나왔었다.”

“……지금 어디 있는데.”

“어디 있고말고 아우, 그 미친 자식! 안 그래도 속 터져 죽겠는데 하필 그 자식 얘기는 왜 꺼내고 그래? 이게 아주, 어제 또 화려하게 개또라이 짓을 저질렀다, 저질렀어. 그 바람에 난 아주 머리가 빠개질 뻔했고. 탈모에 고지혈증에. 마흔도 안 됐는데 고지혈증이라고! 누구 때문에? 그 자식 때문에!”

난데없이 미친 듯 소리치는 바람에 머리가 지끈거려 명인은 관자놀이를 꾹 눌렀다. 시끄러운 최주용에 막 나가는 연지후에…….

잠깐 편두통을 가라앉히고 있는데 주용이 혼자 달리며 성질을 계속 피웠다.

“내가 일이 좀 밀려서 그 새끼를 다른 현장에 좀 보냈거든. 근데 원래 일하고 있던 팀이랑 한판 뜬 거야, 그게. 그쪽이 텃새 좀 부렸나 본데, 그럼 좀 넘어가면 어디가 덧나냐? 그걸 꼭 물고 늘어져선 얻어터져야 직성이 풀리지 그건!”

순간 이마를 누르고 있던 명인의 눈이 천천히 떠졌다. 그가 손을 내리고 주용을 쳐다보았다.

“……뭐? 다친 거냐?”

“당연히 다쳤겠지! 여기 사람들 보통 거친 게 아니야. 그나마 생각보단 덜 터졌지만 그러다 잘못하면 골로 갈 수 있다니까? 아주 입술이 오리처럼 탱탱 불어터져 가지고 와선 그래도 잘났다고 떠들어 대는데, 돌아 버리겠더라, 내가."

명인은 천천히 종이컵을 들었다. 진한 커피가 목을 타고 넘어갔다. 달아야 정상일 맛이 쓰게만 느껴졌다.

그 녀석은 잘 살고 있다.

평상시의 연지후로 돌아가서 싸움박질이나 하면서, 그게 자기 삶이라는 듯.

그 어떤 고민도 없이.

지금 안에서 이는 이 감정이 분노인지 짜증인지 모르겠다.

"근데 이명인, 너 지금 뭔가 좀 이상하다? 갑자기 나타나서 웬 그 자식 얘기야?"

흘끗 주용을 쳐다본 명인이 간단하게 말했다.

"그 녀석, 여자다."

"……뭐?"

"그런데 이런 거친 현장에서 깨지고 부딪치고 구르고 있지."

"하…… 그래? 그래서 그게 너랑 무슨 상관인데?"

명인은 침묵했다. 물론 막상 대답할 말은 없었다. 다만 자신을 건드리는 부분을 입 밖으로 표현하고 싶었을 뿐.

주용이 심기가 건드려진 표정으로 말을 이었다.

"이 세상에 안 거칠고, 안 깨지고, 진흙탕에서 구르지 않는 일은 또 어디 있는데? 오라, 예술 하시는 네 주변 것들은 아니라 이 말이지? 아니, 아무리 고고하고 고매한 일이라도 결국 깨지고 부딪치고 굴러. 아나, 지후 그 자식이 노가다라고 무시당할 때마다 왜 그렇게 난리를 치나 했는데, 지금 친한 친구 놈 때문에 그 심정을 딱 이해하고 있네? 너 지금 우리 일 무시하는 거냐? 엉? 야, 내 커피 내놔!"

그 사장에 그 직원이라고, 난데없이 펄펄 뛰는 주용을 보며 명인은 이마를 눌렀다.

"하지도 않은 말 갖고 사람 잡지 마."

"그럼 뭔데!"

"특별히 육체노동을 비하할 생각은 없었다. 다만 녀석이 여자고, 여자가 하기에 거친 일이라는 뜻이었어."

주용이 그제야 '진짜로?' 하는 눈으로 조금 기세를 줄였다. 더불어 빼앗아 갔던 커피도 다시 앞에 슬며시 놓아 주었다.

"마셔, 친구. 내가 잠깐 앞서 갔다."

"치워."

"얼. 이명인 삐치니까 신선한데?"

명인은 고개를 절레절레 저었다. 그때 문득 떠오른 의문이 있어 그는 주용을 확 쳐다봤다.

"……알고 있었냐? 그 녀석, 여자란 거."

"그 녀석은 말이야, 좀 복잡해. 뭐랄까, 오래 보면 딱 사내새 낀데 처음 보면 이게 여잔지 남잔지 갸우뚱해. 제아무리 사내처럼 건들거리고 다녀도 선이 좀 가늘어? 긴가민가하는 인간들도 있고, 게이인가 하는 것들도 있고, 계집애구나 처음부터 알아차리는 놈들도 있고, 끝까지 모르고 가는 놈도 있고."

"……."

"하지만 오래 지내다 보면 알게 돼. '아, 저게 뼛속까지 사내

자식이구나. 여자라고 갑자기 가슴 까뒤집으며 나오면 참 당황스럽겠구나.’ 나도 그랬거든. 처음 봤을 땐 뭔가 좀 위화감이 있었는데 이래저래 부딪치며 지내다 보니까 확고해지더라. ‘저건 여자가 아니다. 여자라면 저럴 수 없다.’ 혀를 차며 인정하게 되지.”

주용이 말을 이었다.

“문제는 ‘저건 인간이 아니다. 정상적인 인간이 아니야.’ 그렇게 역변한다는 사실이지. 근데 그게 무슨 상관이야? 데리고 연애할 것도 아니고. 저가 그렇게 살겠다는데, 일에 지장만 안 주면 여장을 하든 남장을 하든 성전환 수술을 받든 무슨 상관이야?”

주용이 말을 마치고 심드렁하게 커피를 홀짝 마셨다. 들으면 들을수록 연지후를 더 모르겠다. 못 말리게 허물없는 언행들이 떠오르면 주용의 말에 동조하지 않을 수 없다. 연지후는 겉보다 속이 더 사내 같은 녀석이다.

하지만 그렇더라도.

“일에만 지장 안 주면……이냐?”

“당연하지. 그리고 네가 잘 모르나 본데, 인테리어 목수 중에 여자들 꽤 많아. 딱히 금녀의 구역 같은 건 아니라고.”

“……그랬군.”

“그래. 다들 할 만하니까 하는 거고, 저가 좋으니까 하겠지. 여자라서 거친 일 하면 안 된다는 건 대체 어느 나라 옛날 옛적 발상이냐? 고루한 성격도 아니면서 갑자기 나타나서 유교 경

전을 읊고 있네, 이 자식이. 야, 너 그거 페미니스트인 척하면
서 도리어 여자들 까는 거야. 뭘 그렇게 콩 껍질 붙듯 호호 못
붙어서 안달이야? 네가 그 녀석 대변인이라도 돼? 그 녀석이
너한테 그러래?”

명인의 반듯한 눈썹이 찌푸려졌다.

“그런가.”

씁쓸한 말이 흘러나왔다.

그렇다. 자신이 간섭할 권리는 없다. 녀석이 허락한 적도 없
다. 그런데도 꼭 보호자라도 된 것처럼 헛소리를 늘어놓았다.
그 녀석이 들으면 펄쩍 뛸 일이었다.

‘빌어먹을! 무슨 상관이에요? 남의 밥줄 휘저을 생각 말고 댁
앞길이나 챙기쇼!’

기분 나쁘다는 듯 들이받을지도.

이 무슨 꼴사나운 행태인가.

얄팍한 고정관념에 휘둘려서 ‘그 녀석은 여자, 여자는 보호
받아야 한다, 연약하니까’ 라고 단순하게 생각한 것 같다.

“외국 매너가 몸에 배서 그러냐? 답지 않게 웬 간섭이 그렇
게 깊어? 근데 여자 남자 성 역할에 대한 고정관념은 외국이
우리보다 더 적지 않냐?”

“……모르겠다, 그건.”

“하긴 뭐, 태초에 인간이면 전부 다 갖고 있는 생각일 수도 있

지. 왜, 우리 학교 다닐 때도 배웠잖아. 원시시대부터 남자는 수렵, 여자는 육아, 생산과 재생산. 가만…… 말이 나와서 그런데 연지후 딱 그거 같지 않냐? 오스트랄로피테쿠스 뭐 이런 거.”

팔짱을 낀 채 주용의 말을 듣고 있던 명인이 혀를 끌 찼다.

“그래서 내가 하고 싶은 말은, 물론 처음에야 너처럼 어떻게 저런 반쪽이 같은 게 이 판에 끼어 있을까, 과연 살아남을 수나 있을까, 말들이 많아. 근데 두세 달 정도 같이 일하면 다들 생각이 싹 변해. 참한 처녀 하나 알고 있는데 생각 없냐고 소개팅 주선하는 사람까지 있다니까? 인간들 멘붕시키는 데 탁월한 재능을 가진 놈이지. 그렇다고 그게 인생 포기하고서 대충 사느냐? 그건 또 아니야. 설렁설렁 개판으로 사는 것 같아도 그래 봬도 야무지고 꿈도 확실하고.”

“꿈이라…….”

“우리 회사 통째로 먹는 거, 그게 그 녀석 꿈이야. 그랬잖아, 이 일 그 자식 아버지가 했던 거라고. 사연은 모르겠지만 나름 절실한가 보더라고. 네깟 건 택도 없다고 아무리 구박해도 들어먹지도 않고.”

점점 갈수록 알 수 없어지는 기분. 대체 어떤 생각들을 머릿속에 담아 두고 있는 건지, 희미할수록 더 궁금하다. 그 녀석은 지금 어디로, 무엇을 향해 달려가고 있는 걸까.

“아무튼 겉으론 또라이처럼 보여도 나름 성실해서 일 끝나면 공부도 하고, 학원 끊어서 오토캐드도 배우고. 그날그날 공사 현장 사진으로 찍어서 정리해 놓고, 무엇보다 손재주가 있어.

그건 타고나야 하는 거거든. 내가 이천 쪽에 사무실을 확장할 생각인데 녀석한테 한번 맡겨 볼까 생각도 하고 있어.”

그저 기술이 좋아서 열정적으로 꿈만을 향해 달려가는 진취적인 청춘……이라고 하기에 그 녀석에게는 결핍이 있다. 자신은 그 결핍을 알고 싶기라도 한 건가. 채워 주기라도 할 생각인가. 그저 몇 번 몸으로 품어 주었다고 그 마음까지 덥혀 줄 수 있으리라 자만이라도 하고 있는 건가.

간섭이 아니라 배려라고, 독선이 아니라 관심이라고 고집이라도 피우고 싶은 건가. 그게 바로 지독한 오만이 아니고 무엇인가.

“딴 건 몰라도 자기 길 하난 확실한 녀석이지. 아마 지금 그 자식 머릿속엔 이 일밖에 없을 거야. 아, 그리고 개또라이 짓하고.”

주용의 회사를 나온 명인은 몇 가지 일 처리를 더 한 후, 사무실로 돌아가는 대신 공사 현장으로 다시 차를 몰았다.

시간은 벌써 저녁 일곱 시, 여기저기 흩어져 일하던 인부들도 이미 퇴근한 듯 보이지 않았고, 2층의 목조주택만이 황량하게 홀로 서 있었다. 차에서 내린 명인은 천천히 앞마당을 밟아 데크로 올라섰다. 주변 여기저기엔 공사에 사용된 자재의 잔해가 흩어져 있었다.

무심코 현관문의 손잡이를 잡아 보았는데 문이 열렸다. 그래도 내부가 꽤 완성되었을 것이기에 잠겨 있을 줄 알았더니.

　그때 안으로 들어서던 명인의 걸음이 멈칫했다. 아직 바닥 인테리어가 안 끝나 어수선한 집 내부에 누군가가 있었다. 2층으로 이어지는 계단 앞에서 공구를 챙기고 있는 그 그림자는 지후의 것이었다.

　'쏴아아' 하고 청량한 바닷소리를 들은 기분. 마음이 탁 트이는 것 같다. 내내 그를 갑갑하게 하던 갈증이 가시고, 마치 소라 껍질을 귀에 대기라도 한 듯 깨끗한 청량감이 밀려들었다.

　자신에겐 왠지 저 녀석이 필요하다.

　아무것도 섞어 보지 않고서 벌써 놓아주고 싶지 않았다.

　몸이든 마음이든.

　그때 무심코 이쪽을 돌아본 지후와 명인의 시선이 마주쳤다.

　"어?"

　그 며칠간의 일들쯤 녀석에게는 아무런 의미도 없었다는 듯, 별다른 표정 변화는 없었다. 무덤덤하게 명인을 쳐다보는가 싶더니 마저 공구를 툭툭 챙겼다. 지금은 공구 챙기는 게 가장 급하다는 듯이. 하나하나 꼼꼼하게 다 챙기고서야 공구함 뚜껑을 탁 덮어 들고 일어났다.

　"누군가 했더니 집주인이시네. 공사 상황 체크하러 왔습니까? 오랜만입니다."

　아무렇지 않은 얼굴로 쉽게도 인사를 건네고 있는 녀석이 괘씸했다. 딱히 견제하는 것 같지도 않고, 심드렁하게 구는 것도 아니고 그저 당연하다는 듯 자연스럽게 행동하고 있다. 그게 명인을 불쾌하게 건드리는 것이었다.

일부러 그러는 거라면 녀석은 최고의 연기자였고, 자연스럽게 나오는 거라면 녀석은 그냥 무심한 거다.

"내일 다른 현장에 가야 하는데 몇 개 안 챙겨 간 게 있더라고요. 들르길 잘했네. 안 그래도 얼굴이나 한번 봐야지 싶었는데."

아무렇지 않게 툭툭 말을 내던지는 녀석으로 인해 머릿속은 점차 식어 가고 가슴은 반대로 불쾌감으로 타올랐다.

"뭣 때문에."

"뭣 때문이긴 뭣 때문이겠습니까? 이틀 동안 신세 졌는데 갚아야지. 주머니 사정이 여의치 않으니 소주 한 잔으로 퉁 치는 건 어때요? 꽃등심 같은 것만 아니면 안주도 삼삼하게 쓸 수 있는데."

이젠 헤헤 웃기까지 한다.

"언제가 좋을까요? 이번 주말 어떻습니까? 거참, 또 아무 대답이 없네. 정말 복잡한 사람은 상대하기 어렵지 말입니다. 난 진짜 단순하거든요. 아무튼 이거 좀 실어 놓고 올게요."

아무렇지 않게 지껄이고 지나가려는 녀석의 팔뚝을 확 붙들었다.

"이명인. 태초에 하늘이 있고 땅이 있다."

문득 낮에 주용이 했던 말이 떠올랐다.

"직업에 귀천 없다고 하지만, 블루칼라 화이트칼라 그런 말이 왜 나왔겠어? 펜대 굴리면서 사는 놈이 있으면 똥 푸면서 사는 놈도 있고, 다 평등하다고 하지만 현실이 어디 그러냐?

애초에 와이셔츠 입는 놈이랑 작업복 입는 놈 사이엔 엄연한 차이가 있어. 그게 빌어먹을 세상의 잣대라는 거지.”

“하고 싶은 말이 뭐냐.”

“내 보기엔 너 그거 관심 같은데. 도대체 너 정도 되는 녀석이 왜 연지후 같은 놈한테 그러는 건지 도통 모르겠지만, 사내놈인 줄 알았는데 여자였다, 그래서 좀 신기하다, 그 정도 기분이라면 그냥 접어. 너랑 어울릴 놈 아니고, 네 관심도 어차피 지속적일 리 없으니까.”

“그렇게 단언하는 건가.”

“왜냐, 너만 신기해하는 게 아니니까. 특히 어린 녀석들일수록 그 자식 그런 애매한 얼굴에 뻑 가서 어떻게든 해 보려고 졸졸 따라다니다가 얻어터져서 나간 놈들 한둘이 아니었지. 연지후가 호락호락 넘어갈 곱디고운 성격도 아니고. 너만 특별히 관심 가진 건 아니란 소리야.”

“…….”

“한번은 그 팀 팀장이 하도 궁금해서 대체 왜 그 꼴로 사느냐고 물어봤단다. 그러다 아주 된통 당했다지. 죽어도 자기 얘기 안 해, 그놈. 가벼운 호기심으로 관심 갖다가 너만 복잡해질 거야. 너와는 사는 세계가 달라. 잘 닦인 꽃길만 걷던 너한테 거친 산길은 어울리지 않아.”

“거친 산길이라.”

“설마 이해할 수 있다거나, 그딴 생각 하는 건 아니지? 그거 과신이다, 너. 나야 그놈 손재주라도 건지지, 다른 인간들한텐

개똥만큼도 쓸모없는 녀석이야 그거. 그나저나, 이명인이 참 눈 낮아졌다. 고등학교 때부터 온갖 예쁜 여자애들 두루두루 섭렵하고 다니더니 무슨 운석이라도 맞았냐? 비교할 것도 아니지만, 그 여자애들 중에 제일 못난 애보다도 봐 줄 구석 없는 게 연지후 아니냐?"

명인은 픽 웃었다.

"내 보기엔 예쁘던데."

"지랄. 가만히 있어도 여자들이 자석처럼 들러붙는 놈이 별거한테 다 관심 갖고 지랄이야. 아, 때려쳐!"

글쎄 말이다. 그 별거가 별거가 아닌 모양이지.

이 녀석이랑 어디까지 갈 생각인지 자신도 궁금했다. 과연 이 녀석에 대한 이 집착은 대체 뭘까?

팔뚝을 쥔 손에 힘이 들어가자 지후가 고개를 돌려 그를 쳐다봤다. 두 사람의 시선이 잠시 그렇게 섞였다.

청량함이 깃든 시원스레 큰 두 눈. 버선코처럼 올라간 코끝, 고집스럽게 다물어져 있는 선홍빛 입술, 한 손에 다 들어올 것 같은 가냘픈 목선, 보송보송 솜털이 부드러워 입술을 대고 싶은 귀 아래 오목한 부분까지, 꽤 오랜만에 이 녀석을 만난 것 같다. 그래서 더 시선이 떨어질 줄 몰랐다. 벌써 만지고 싶어 손이 근질근질했다.

하지만 녀석은 그저 심드렁하게 쳐다보고만 있었다.

시간이 정지한 듯, 공간도 닫혀 버린 듯 적막한 침묵이 잠시 흘렀다.

먼저 움직인 건 명인이었다. 그가 손을 뻗어 지후의 이마 위를 손가락으로 스쳤다.

"이마, 나았군."

꿰맨 자국이 아직 다 아물지는 않은 것 같지만 그래도 꽤 좋아진 듯했다. 순간 지후가 그의 손을 탁 쳐 냈다.

"회복력이 끝장이거든요."

자연스러운 말과 달리 행동엔 분명 견제가 담겨 있다. 건드리지 말라는 듯, 그 녀석의 거부는 명확했다.

허공에서 명인의 손이 멈췄다.

"결국, 다시 처음으로 돌아갔군."

"……무슨 소립니까."

"못 알아듣는 건가, 아니면 그런 척하는 건가."

"머리 팽팽 잘 돌아가는 사람 아닙니다. 못 알아들었으니 물어봤겠죠."

"단순하다고?"

명인의 유리 같은 눈동자에 사나운 빛이 차오르기 시작했다.

"복잡한 사람은 상대하기 어렵다. 그래서 간단하게 소주 몇 잔으로 마무리 짓자. 네가 내린 결론이 그건가?"

복잡하게 생각하지 말자고, 자신은 이미 없었던 일이라고 깔끔하게 끝냈으니 댁도 단순하게 생각하라고, 녀석의 말은 그 뜻이었다.

"따질 거면 일단 놔주든가, 공구 통을 같이 들어 주든가 둘

중 하난 해 주시죠?”

거침없이 부딪쳐 오는 시선. 거부. 견제.

명인은 그대로 공구 통을 빼앗아 아무 데나 던져 놓고서 녀석을 확 끌고 갔다.

“어, 어디 가는 겁니까?”

그래도 명인이 아무런 대답을 않자 지후가 성이 난 듯 명인의 손을 뜯어내려 했다. 하지만 단단한 손아귀 힘에 꼼짝도 못하자 급기야 기둥을 붙잡고 늘어져서 버텼다.

“진짜 멋대로 하는 그거 병 아닙니까? 나도 내 스케줄 있는 사람이고, 댁이 오라 가라 해도 되는 방자 향단이도 아니고, 이거 대체 어느 나라 막장 드라맙니까?”

하긴, 이 녀석은 연지후다. 호락호락할 인물이 아니었다. 명인의 입술 끝이 끌려 올라갔다. 간단하게 녀석을 기둥에서 떼어 내 옴짝달싹 못하게 더 힘을 줬다.

“너, 너무 성가셔.”

“아, 성가시면 무시하든가! 아, 알았어요. 댁 팔뚝 굵고 목도 굵고 더럽게 힘세다는 거 알겠으니까 이거 좀 놓읍시다. 놓고 말해요. 아, 진짜로! 잘못했다고요!”

“뭘.”

“뭐가요.”

“뭘 잘못했는데.”

“그걸 내가 알아요? 분위기 보아하니 잘못한 게 있나 싶은 거지. 근데 먼저 화나게 한 게 누군데 지금 누구한테 덮어씌웁니까? 사람이 왜 그렇게 뻔뻔해요?”

“먼저 뻔뻔하게 속 긁은 건 너지.”

“와, 진짜 뒤집어씌우기 대왕이네. 다 내가 잘못했대. 자기는 하나도 잘못 안 하고 모조리 내 잘못이지? 사장한테 들어 보니까 무슨 엄청 예술스러운 회사 차린다는 거 같던데, 그게 리더십입니까? ‘난 잘못한 거 하나도 없어. 죄다 니들 잘못이야, 그러니까 나 화나기 전에 니들이 알아서 기어. 따라오라면 따라오고 말 들으라면 들어.’ 사람 부리는 게 버릇 됐어요?”

“말이 안 통하는 녀석에겐 주먹이 법도고, 꼴통한텐 매가 약이지.”

“에? 아, 진짜. 꼴통은 또 뭡니까? 개또라이란 소리는 들어 봤어도 꼴통은 또 처음이네. 사장님이 그랬습니까? 아나, 이 못생긴 사장이 진짜. 아, 못 참아! 이 인간 어딨습니까? 당장 개지랄 떨어 주러 가야지.”

투덜거리며 빠져나가려는 지후를 명인이 그대로 덜렁 끌어당겼다. 지척에 닿자 흠칫하는 그 갈색 동공을 보며 명인이 낮지만 단호하게 말했다.

“그렇게 얼렁뚱땅 도망갈 수 있을 것 같아?”

“……그, 그런 적 없어요.”

“피하지 마. 아무렇지 않게 눈 돌리지 마. 장난스러운 몇 마디 툭툭 하는 걸로 그날 일어났던 일들을 덮고 넘어가고 싶은 건가? 유치한 발상이야. 초등학교 저학년보다 더 얕은 대처 능력이야.”

"누, 누가 뭘 했다고 혼자 넘겨짚고 그러십니까?"

"그럼 왜 날 똑바로 못 봐."

지후는 계속해서 그의 시선을 피하고 있었다. 수줍음이 아닌 견제였다. 잠시 잠깐 부딪치기라도 하면 기겁을 하며 피해 버렸다.

"보, 보기 싫어서 그럽니다. 딴 이유가 있어야 합니까? 아무튼 민망해 죽겠으니까 좋은 말로 할 때 이거 놓으시죠?"

"……그렇게 도망가고 싶은 건가?"

명인의 눈동자가 번뜩였다.

"내 앞에서, 여자가 됐던 네게서."

순간 지후의 몸이 진동했다. 명인은 지후의 얼굴로 손을 뻗어 움직이지 못하게 쥐었다. 지후는 마치 사슬에 묶인 듯 그를 올려다보았다.

"……놔요, 이거."

"그럼 먼저 인정해."

"뭘요."

"넌 날 벗어날 수 없어. 내가 필요로 하면 넌, 나한테 와야 해."

지후의 눈동자가 벌어졌다.

"도망갈 생각 하지 마. 내가 안고 싶다고 하면 넌 내 앞에서 다시 여자가 되는 거야. 네가 아무리 피하려고 해도 내가 하고 싶으면 해. 안고 싶으면 안을 테고 키스하고 싶으면 키스할 거다. 도망가 봐야 네 몸만 힘들어."

"놓으라고…… 했습니다."

"정확하게 인지해. 너는 절대 사내놈이 될 수 없어."

눈동자가 맞부딪쳤다. 그 눈을 꿰뚫듯 보던 명인의 눈동자가 스르르 내려가 노골적으로 지후의 입술에 박혔다. 순간 그 입술이 바르르 떨렸지만 지후는 그대로 자기 입술을 확 깨물었다. 순간적으로 치솟아 오른 본능을 참아 누르듯 이를 악물고 지후가 말했다.

"아, 그래서 화가 난 거군요. 그럼 제가 어떻게 했어야 옳을까요? 나랑 잘 뻔했던 남자네? 덩실덩실 춤이라도 추면서 쪼르르 달려가 와락 안겼어야 했나요? 막 후덜후덜 떨다가 드릴 놓치고 공구함 뒤엎고, 그럴 걸 그랬나요? 얼굴 빨개져서 막 더듬거리면서 수줍게 그날 일을 추억이라도 할 걸 그랬나요?"

"……할 말은, 다 했나?"

"아니면 더 구차해질 걸 그랬나요? 들어 보니 더럽게 잘나신 도련님 같던데, 대학도 좋은 데 나오고 집도 죽여주게 부자고, 무슨 디자인? 그래픽? 난 그게 뭐 하는 건지도 몰라. 그림은 만화 말곤 다 똑같고, 대학은 문턱도 못 밟아 봤죠. 그렇게 잘나서 이렇게 사람 무시하는 겁니까? 딱 봐도 견적 나오는데 주제도 모르고 설쳐 대니까 이해가 안 가죠?"

지후의 홍채를 감싼 암갈색 테두리가 투쟁적으로 물들고 있었다. 이 녀석의 병적인 거부, 반항, 그게 명인을 화나게 하는 만큼 놓아주질 않았다.

"그렇게 말하니 편한가. 그렇게 자신을 깔아뭉개니 속이 시원해?"

이 녀석의 태도는 단지 둔하고 고집 세고, 그런 간단한 문제가 아니었다. 일부러 튕기는 그딴 귀여운 것도 아니다. 녀석은 오로지 거부하고 있다. 벽을 세우고 그 뒤에 자신의 몸을 감춘다. 대체 무엇을 향해서?

단지 이명인을 거부하는 건가. 아니면 그 이상인가.

"그냥, 날 좀 그냥 두십시오. 그래도 인간이라, 도움 주고 잘해 준 사람한테 이렇게까지는 하고 싶지 않으니까. 간섭하지 말란 말이에요. 더 이상 파고들지 말아요. 그럼 해를 끼칠 일도 없을 겁니다. 하루 종일 페인트 냄새 맡아서 안 그래도 머리가 팽팽 돌 지경이니까……."

아무렇지 않은 얼굴은 차라리 가면이었다. 그 가면 속에 실상은 더 차갑고 냉혹한 진심을 가둬 두고서, 겉으로는 심드렁한 얼굴로 그를 견제한다. 거리를 좁힐 생각 따위는 애초에 없다.

"왜 나타나서 사람 꼴 우습게 만드는 겁니까? 우리 사이에 더 나눌 말이 있었습니까? 잠깐의 일탈, 그걸로 끝 아니었습니까? 아니, 대답 듣고 말고 할 것도 없이, 그건 그냥 거기서 끝이었습니다."

"난 아니야."

"난 맞습니다."

"내가 더 바란다면, 그렇다면 어쩔 건데."

지후가 눈을 들었다. 잠시 명인을 똑바로 마주 보다가 천천히 입을 열었다.

"그건 그쪽 생각. 나랑은 상관없습니다. 누군가가 날 좋아하는 것도 싫고, 호감을 갖고 쳐다보는 것도 싫고, 그것 때문에 신경 쓰는 것도 싫고, 이렇게 감정싸움 하는 것도 싫습니다. 다 싫으니까 좀 가만히 내버려 두란 말입니다.”

이 녀석의 배척은 병적이다.

세상에서 가장 단단한 껍데기로 자신을 싸고 있는 듯한.

지독한 거부. 혹은 무관심인가.

“그냥 우연히 지나가다가 개똥 밟은 거라고 생각해요. 더 만들 것도 키울 것도 없고, 더 바라는 것도 줄 것도 없으니까. 어쩌면 일상적인 대화 정돈 나눌 수도 있겠죠. 딱 그겁니다. 그 이상은, 넘어오지 말아요.”

“그거면 되는 건가…… 너는.”

“그래요. 난 지금 해야 할 게 너무 많습니다. 거기에 집중할 시간도 모자라고. 대체 개도 안 걸린다는 여름 감기가 왜 걸렸을 거 같습니까? 영혼을 팔아서라도 난 하고 싶은 일이 있으니까, 해야 할 일이 있으니까, 딴 데 신경 팔고 싶지 않으니까 이제 그만 가십쇼.”

단호하게 마무리 지은 지후가 명인을 털어 내고 공구함을 가지러 갔다.

당신과 나는 그 이상은 없다, 진심으로 생각하듯.

없어야 한다, 경고하듯.

명인은 성큼성큼 걸어가 그런 지후의 몸을 돌려 머리통을 붙잡고 키스할 듯 잡아당겼다. 입술이 지후의 입술 바로 앞에서 정지했다. 하지만 지후의 눈동자는 무심했다. 그래서 명인의

심장이 차갑게 가라앉았다가 사납게 욱신거리기를 반복했다. 그 무감각한 눈을 쏘아보듯 들여다보며 명인이 낮게 말했다.

"그래. 우린 아무것도 없어야 해. 그게 정답이야."

"그래요. 말한 대롭니다. 단순하게 잘 살던 인간 머리 터지는 거 보고 싶지 않으면 살던 대로 살게 놔둬요. 부탁입니다."

"하지만, 모두가 다 정답대로 살지는 않아."

지후의 눈이 커졌다.

"머리 터질 정도로 고민해야 할 일이 있다면 고민해. 피하려고만 하지 말고."

낮지만 단호한 그 말에 순간 지후의 동공이 확장되었다. 엷은 갈색의 눈동자에 적지 않은 파장이 일었다. 뭔가 중요한 걸 건드린 것이라고밖에 이해할 수 없는 반응이었다.

"……인데."

웅얼거리듯 입술만 달싹여서 무슨 소리인지 알아들을 수가 없다. 곧 그 눈동자에 독기가 담기더니 지후가 다시 힘주어 소리쳤다.

"무슨 상관인데! 피하지 않고 똑바로 보면 뭐가 달라져? 고민하면 해결책이 나와? 이미 되돌릴 수 없을 정도로 헝클어져 버렸는데…… 답이 나온다고 한들 그게 정답일 수도 없는데 피하지 않고 부딪친다고 뭐가 달라지냐고!"

지후의 눈동자에 또 불꽃이 일고 있었다. 부들부들 떠는 지후의 뺨으로 눈물이 한 줄기 주르륵 흘러내렸다.

"내 위안? 마음의 평온? 그딴 거 얻지 않아도 돼. 얻어도 똑

같이 괴로워. 그렇다면 차라리 고민 안 할래. 그쪽이 뭘 알아. 뭘 안다고 자꾸 간섭하는 거야. 왜 자꾸…… 파고드는 거야.”

그 불씨는 아마도 어떤 특정한 상황에서만 지펴지는 건지도 모르겠다.

반드시 뭔가와 연관이 되어 있는 것 같다. 그럴 때의 지후는 자기 몸을 부딪쳐 스스로 깨지려고 하는 인간 같다. 그게 뭔지는 알 수 없지만, 엄청난 괴로움을 동반하리란 건 확실했다.

‘죽어도 자기 얘기 안 해, 그놈.’

‘사랑받지 못하고 살아 본 인간은 꼭 버려진 강아지 같아서…….’

이 녀석은 지금 회피하고 있다. 도대체 무엇으로부터?

“차라리 게으른 인간이 될래. 무책임한 인간이 될래. 그래서 그렇게 살아온 거니까……. 난 마음을 여는 걸 모르는 인간이야. 그쪽한텐 아무것도 바라는 거 없으니까.”

지후의 눈물이 마치 날카로운 창끝처럼 그의 심장에 꽂히는 것 같다. 명인은 지후의 뒷머리를 잡아당겨 가슴에 안았다.

“놔요!”

맹렬하게 거부했다.

하지만 다시 가뒀다.

또다시 거부한다.

그래도 다시 끌어당긴다.

더욱더 끌어안는다.

계속 그 녀석을 가둔다.

결국 몸을 축 늘어뜨린 채 지후가 그의 몸에 지친 듯 쓰러졌다.

명인은 지후의 뺨에 입술을 눌렀다.

그 녀석이 명인의 재킷을 꽉 움켜쥐었다. 그 심장을 도려내듯 아프게 쥐고서, 중얼거렸다.

"이 온도가…… 싫습니다."

"……"

"뜨거운 건 질색이야. 엮이는 건 더 질색이야. 남한테 기대지 않아. 어차피 얘기한들 아무도 이해하지 못해. 한때의 흥밋거리로 솔깃할 순 있겠지. 혹시 하고 기대해 봐야 아무 소용 없어. 어차피 상처받을 바에야 차라리…… 아무도 안 믿을래."

"믿지 마."

"안 믿어."

"그래도 나한테 와."

지후의 어깨가 움찔했다. 명인은 천천히 입술을 움직여 지후의 귓불을 머금었다. 탁한 숨결을 흘리며 그 귓가에 입을 맞췄다. 지후의 몸이 잘게 흔들렸다. 순식간에 몸의 욕망은 뜨거워지고 더운 입술을 지후의 목으로 미끄러뜨렸다. 짭짤한 맛이 났다. 땀 냄새였지만 그게 녀석의 체향 같아서 그를 더 흥분시켰다.

지후가 명인의 어깨에 손톱을 박았다. 그대로 입술을 덮어 버리고 뜨거운 키스를 했다. 머리를 단단히 잡아 붙들고 혀를 낚아채 집요할 정도로 건드리며 애무했다.

"하아……."

결국 지후의 목에서 그의 욕망만큼이나 탁한 신음이 터졌다. 지후의 손이 명인의 양복 재킷을 더 힘주어 잡았다. 그 눈빛이 강렬해졌다. 반들거리며 사냥감을 노리는 포식자의 눈과 무엇이 다른가. 내뱉는 말과는 전혀 다른 이 녀석의 몸의 언어. 그 이기적인 솔직함에 명인은 미쳐 버릴 것 같다.

그대로 지후를 덜렁 들어 가까운 작업대 위에 눕혔다. 지후가 아직 채 눈물이 마르지 않은 눈으로 그를 올려다보았다. 어깨가 오르락내리락하며 가쁜 숨을 내뱉고 있다. 그 눈이 번들거리고 있었다.

그래, 너도 원하고 있는 거야. 그것만이 지금 이 순간의 유일한 진실이다.

확 끌어내려 반쯤 작업대에 몸을 걸치게 한 채로 키스하며 몸을 만졌다. 명인은 지후를 놓아줄 수가 없었다. 가슴을 움켜쥐자 지후가 명인의 팔뚝에 손톱을 박았다. 명인의 심장이 솟구치고 해일 같은 감각이 밀려들었다. 지후의 몸도 명인의 몸도 촉촉하게 젖어 갔다.

모든 시간이 정지한 듯 애무를 주고받는 둘의 그림자만 움직이고 있었다. 명인의 까만 머리카락이 이마 위에서 흔들리고 시선은 집요하게 지후의 모든 표정을 좇았다. 하나도 놓치고 싶지 않다는 듯.

이렇게, 이 녀석을 안고 있어야만 마음이 편해진다.

자신의 안에 가둬 두고 있어야만 마음이 놓인다.

이 녀석을 갖고 싶다고 생각하는 것 외의 자신은 없는 것 같다.

이런 흉포한 감정만이 자신을 순수하게 한다.

녀석을 두고 가장 음흉한 짓을 할 때의 자신이 도리어 가장 깨끗한 것 같다니. 이런 이율배반적인 감정이 존재하고 있었다니.

"이젠 알겠지."

지후의 눈꺼풀이 서서히 올라갔다.

"널 고집 피우게 하는 게 뭔지, 정확히는 몰라. 하지만."

뭐라고 말하려는 듯 달싹거리는 지후의 입술을 다시 덮었다.

"아무리 발버둥 쳐도 넌, 여자다. 내 앞에서 넌, 이렇게 여자가 되는 거야."

The hardest word

이미 늦은 시간이었지만 명인은 스튜디오로 들어섰다. 안으로 들어서는 그의 얼굴에 피로가 가득했다. 그건 몸보다는 마음의 스트레스였다.

그런데 아무도 없을 줄 알았던 스튜디오의 문을 열자 쿵쾅거리는 소리가 들려서 좀 놀랐다. 이런 시간에 저리도 시끄러운 음악을 틀어 놓을 만한 인물은 노유진밖에 없었다.

작업할 때 음악을 크게 틀어 놓는 건 유진의 버릇이었다. 또 그러고 있으려니 싶어서 천천히 걸음을 옮겨 봤더니, 짐작대로 사무실은 유진의 독무대가 되어 있었다.

"하……."

명인의 걸음이 서서히 멈춰 섰다.

각종 필기도구와 채색 도구, 종이 등이 어지럽게 펼쳐져 있고, 노유진은 그 옆에서 귀가 떨어질 정도로 크게 음악을 틀어 놓고 자유롭게 춤을 추고 있었다. 아니, 춤이라고도 할 수 없는 몸부림.

허리를 흔들며 폴짝폴짝 정신없이 구는가 싶더니 갑자기 저 테이블로 옮겨 가 뭔가를 진지하게 그린다. 흥얼흥얼 심각한 표정으로 잠시 작업을 하는가 싶더니 이내 비트에 맞춰 어깨를 들썩거리다가 이번엔 노래를 따라 부르기 시작했다.

"노유진."

혀를 끌 차며 그가 유진을 불렀다. 하지만 음악 소리에 파묻혀 유진에겐 전달되지도 않았다. 좀 더 소리 높여 부르자 그제야 유진이 고개를 돌렸다. 얼마나 신 나게 즐겼는지 이마엔 땀 방울까지 맺혀 있었다. 한창 달아오른 뺨에 미소가 한가득 담겨 있고 눈동자는 생기로 반들반들했다. 그 눈동자가 반가움으로 활짝 열렸다.

"오옷! 이명인! 곧장 퇴근한 거 아니었어?"

"창작 활동 참 요란하게 하는군."

"잠깐만. 하나도 안 들려."

유진이 그제야 음악을 끄고 다시 물었다.

"뭐라고 했어?"

"……잘돼 가냐고."

"그런대로. 어휴, 회사 이름에 묻혀서 일하던 때랑 우리 이름 걸고 하는 거랑은 차이가 있네? 뭔지 모르게 부담으로 머리가 꽉 막힌 기분이야."

명인은 한쪽 공간으로 가서 냉장고를 열어 캔 맥주를 꺼냈다.

"맥주?"

"좋지."

하나를 더 꺼내 유진의 앞에 놓아 주고 캔 맥주를 따며 의자에 앉았다.

"사장님, 왜 그래?"

"뭐가."

"여기 주름 잡혔잖아. 오십 살 아저씨 주름 같아."

그녀가 명인의 미간을 가리키곤 캔 맥주를 따서 시원하게 마셨다.

"이런 건 남자가 좀 따 줘라."

명인은 그저 피식 웃고 말았다.

"이봐, 매너라곤 밥 말아먹은 너랑 지내다 보니 내가 이렇게 뭐든 혼자서도 잘하는 인간이 돼 버렸다구. 내가 이럴 사람이 아니거든? 예전엔 세상에 문이 없는 줄 알고 산 사람이라구."

"……문?"

"내가 열기도 전에 항상 모든 문을 먼저 열어 줬거든, 남자들이."

명인이 황당하다는 듯 고개를 젓자 유진이 깔깔 웃었다.

그녀는 아주 유쾌해 보였다.

어쩌면 그날 일로 회사 일까지 영향 받을지도 모른다고 생각했다. 하지만 그녀는 웃으며 그의 앞에 나타났고, 바로 오픈 시기가 겹쳐져서 더 신경 쓸 여유도 없었다. 어차피 명인도 그날 일을 일부러 꺼낼 마음이 없었지만 그녀도 그녀대로 명쾌하게 마무리 지은 듯했다.

"참, 오늘 NOB매거진이랑 미팅 잘됐다며? 거기 담당자가 미남에 약하다던데 설마 그것 때문은 아니겠지?"

"헛소리는 그쯤 해 둬."

"하여튼 까칠하긴."

"사보 작업하고 있었나?"

"응. 브로슈어가 아니니까 기업의 색깔보단 일단 우리 느낌을 좀 더 넣을 생각이야. 우선 우리들을 알리는 게 급선무 아니겠어?"

"그래."

"여자 문제야?"

그야말로 난데없는 기습 질문에 아무런 대답도 않자 유진이 혀를 끌끌 찼다.

"제대로 찌른 거야, 아니야? 미간의 주름이 보통 깊어야지. 내가 눈치가 좀 빠르잖아? 특히 남녀 문제에 대한 감感이. 그러고 보니 우리 회사 이름이랑 딱 겹치네?"

명인이 피식 웃었다.

"흠, 좋아하는 사람이라도 생긴 거? 혹시, 고백했다가 거절당한 누군가가 신경 쓰여서 매너 지키는 건 아니겠지? 하긴 그럴 성격은 아니겠지만 만약 그런 거라면 부담 탁 내려놓으시고. 우리 친구로 돌아가기로 했잖아."

"그래. 그랬지."

"그날은 취해서 내가 좀 미쳤었나 봐. 한심하지. 다음 날 네 얼굴 어떻게 보나 싶어 진짜 진저리를 쳤다니까."

"미치는 게, 뭐가 나빠."

그때 명인이 갑자기 중얼거린 말에 유진이 흘끗 쳐다봤다.

명인은 이게 무슨 짓인가 싶어 관자놀이를 꾹 눌렀다.

자신도 모르게 공격조의 말이 흘러나오고 말았다. 노유진에게 이럴 게 아닌데 말이다.

어차피 애정이란 건, 더 나아가 사랑이란 건 미친 감정이다. 다들 미쳐서 사랑하고, 일하고, 관계를 맺고, 헤어지고 그렇게 살아간다.

미쳐서 돌아가는 세상이라, 좋지 않은가.

어디든 몰두하는 데가 한 군데라도 있다면 그 사람은 미친 사람이다. 자신은 기꺼이 그런 인간이고자 한다. 그런데 그게 잡히지 않는 꿈이라거나 미래라거나 희망 따위가 아니라 또렷한 한 사람으로 다가왔을 때는 이렇게 머리가 아파지나 보다.

자신은 요즘 그야말로 미쳤다. 오로지 그 녀석의 옷을 벗겨 내고 싶고 안아 버리고 싶다는 생각뿐이다. 그 욕망에 갇혀 살고 있었다. 입술을 열고 들어가 그 안의 연한 살결을 느끼고 싶다. 자신의 광포한 욕망을 밀어붙였을 때 지후가 어떤 표정을 보일지 그것을 상상하고 있다. 위험한 인간이다. 하지만 그런 잔혹한 욕망을 갖고 있는 자신이 마치 정상 같고, 그런 감정을 부정하는 자들이 도리어 위선자처럼 느껴진다.

하지만 그 녀석에게는 필시 이기적일 강요.

그 결과로 결국 그 녀석과 자신을 욕망뿐인 관계로 만들어 놓지 않았는가. 그 녀석은 이명인의 간섭은 거부해도 이명인의 육체적 유혹은 거부하지 않는다. 이명인은 부정해도 쾌락은 부정하지 않는다.

미친 듯한 시간이 흘렀던 것 같다. 헤어지기 전 명인은 지후의 턱을 잡아당겨 자신을 보게 했다. 긴 속눈썹에 가려져 있던 연한 갈색 눈동자가 완전히 드러났다. 하지만 역시 그 안은 텅 비어 있었다. 서로의 시간으로 돌아갈 때가 되었다는 듯, 지후는 그렇게 자신의 공간으로 빨리도 돌아갔다. 명인은 그 차디찬 보석 같은 눈동자를 바라보며 턱을 잡은 채 입술을 겹쳤다.

반항 없이 지후의 입술이 열렸다. 명인은 부드러운 키스를 했다. 감아올리듯 혀를 감싸고 아프지 않게 빨아들였다.

긴 키스 끝에 천천히 지후의 입술을 놓아주었다.

반쯤 정신이 나간 표정. 하지만 녀석은 금세 고개를 숙이고 시선을 아래로 내렸다. 그 머릿속에 무슨 생각들이 들어 있을지 알고 싶어 미칠 지경이었다.

작업대 위에 힘없이 앉아 있는 지후의 몸이 추워 보였다. 애무 도중 벗겨 내서 윗옷도 반 이상이 풀어져 있었다. 명인은 자신의 재킷을 벗어 천천히 지후의 몸을 덮어 주었다. 그제야 지후가 천천히 명인을 쳐다보았다. 보고 있어도 보지 않는 표정. 아무것도 없는 눈동자. 그 눈동자를 다시 돌리려 하기에 명인은 지후의 얼굴을 잡아 고정했다.

"잘 들어."

명인의 눈빛이 번뜩였다.

"나는 이대로 널 끊을 생각도, 놓을 생각도 없어."

"……."

"감정이든 인연이든 닥치는 대로 만들 거고, 키울 거고, 너한테 받아 낼 거다. 어차피 넌 피할 수 없어. 그러니, 네가 찾아와."

지후의 눈동자 위 속눈썹이 파르르 떨렸다. 하지만 더 이상의 말 없이 명인은 지후를 둔 채 돌아섰다.

"정말 여자라도 생긴 거야?"

명인은 생각에서 깨어나 천천히 유진을 쳐다봤다.

"묻지 마. 별로 너 붙들고 얘기할 생각도 없고."

"뭐야, 이명인, 사람 무시하네. 너 날 너무 작은 그릇으로 보는 거 아냐? 한때 민망한 일은 있었지만 그래도 우린 친구잖아. 나 붙들고 할 얘기 아니라니, 그럼 누굴 붙들고 할 건데?"

"지금 좀 피곤해."

"한 번쯤 도전해 볼 걸 그랬다고 후회하는 건 진짜 싫었어. 그래서 내 마음 편하고자 한번 들이대 본 거야. 하지만 까였고, 까였으면 끝인 거지. 거절당해 놓고 계속 미련하게 굴 정도로……."

"거절당한 건 나야."

순간 유진의 입술이 서서히 닫혔다. 놀란 눈으로 잠시 그러고 있다가 그녀가 되물었다.

"……뭐?"

명인은 자신이 지금 뭐 하나 싶어 얼굴을 쓸어내렸다. 드러난 그의 눈꺼풀이 피로로 더욱 움푹 패었다.

"됐다, 그만하자. 아무것도 아니야."

노유진이 있는 줄 알았으면 사무실에 오지 않았을 것이다. 그는 지금 고요한 공간이 필요했다.

"못된 놈."

그 순간 낮게 흘러나온 소리에 명인은 흘끗 시선을 돌렸다. 유진이 화난 얼굴로 그를 쏘아보고 있었다.

"뭐냐, 너."

도리어 헛웃음이 나서 묻자 노유진이 입을 열었다.

"아무리 내가 너한테 차였다고 해도 그런 이해 안 되는 말 멋대로 흘려 놓고 더 설명해 주지도 않고. 사람 궁금해 미치게 만들어 놓고 그렇게 무뚝뚝하게 혼자 입 닫아 버리면 다야? 내 마음이 통하지 않는다는 거, 전해지지 않는다는 거, 그게 얼마나 슬픈 건지 알아? 아, 화나. 그냥 막 화나네. 아무리 내가 쿨하고 산뜻한 여자라도 이건 아니지. 아, 화나네, 이거."

"……."

"괜히 고백은 해서 친구도 뭣도 아니게 됐잖아. 차라리 친구였으면 좀 더 들을 수도 있었을 거 아냐. 결국 아무것도 말 안 해 줄 거지?"

"안 해."

"거절당한…… 그러니까 네가 거절당했단 거야. 그렇지? 내가 아니라 다른 여자한테. 맞지?"

"……."

"그런데도 계속 신경 쓰이는 거지?"

"노유진, 그만해라."

"그것만 대답해. 신경 쓰이는 거냐고."

명인이 물끄러미 유진을 보다가 결국 고개를 절레절레 저었다. 천천히 대답했다.

"그래……. 네 말처럼, 통하지 않는다는 거, 전해지지 않는다는 거, 그거 꽤 슬픈 일이다."

유진의 눈동자가 흔들렸다.

명인의 얼굴을 한참이나 쳐다보던 그녀가 곧 어깨를 으쓱하곤 입을 열었다.

"그래도 뭐, 문제없어."

유진이 팔짱을 척 꼈다.

"솔직히 좀 쇼킹하긴 하지만, 그 여자가 너 싫다고 하는데도 너는 그 여자가 계속 신경 쓰이는 것처럼, 나도 네가 날 싫다고 하는데도 계속 좋은 거니까. 날 막고 싶음 그 여자한테 가는 네 마음부터 먼저 막아 봐. 너도 못하면서 나한테 하라는 건 아니겠지?"

"하."

명쾌한 여자는 이래서 곤란하다.

"하지만 끈질긴 진드기가 되긴 싫으니까. 뭐라고 해도 나 보기에도 남 보기에도 괜찮은 여자가 되고 싶으니까 여기서 마음은 접어 줄게. 두루두루 딴 놈들 만나 보고 뼈까지 태울 정도로 뜨거운 연애도 해 보고 그때도 널 포기 못 하겠는 마음이 남아 있으면 그때 다시 고백할게. 그러니 너도 그 여자 잘 만나 봐.”

“노유진.”

“한번 다 태울 듯이 그 여자랑 연애해 봐. 너도 재가 되고, 나도 재가 되고, 그럼에도 살아남으면 그때 재들끼리 다시 뭉쳐서 군불이라도 피워 보자.”

목조 관련 책을 읽던 지후는 책을 탁 덮어 버리고 앉은뱅이 책상 아래로 벌렁 누웠다. 퇴근 후 고시원에 돌아와 샤워를 하자마자 책을 펼친 참이었다.

하지만 머리가 복잡해서 활자 따위 눈에도 들어오지 않았다. 책 읽기는 그른 것 같아 다 썩어 가는 노트북을 켜서 시공 동영상을 찾아보았다. 하지만 역시나 집중이 되지 않긴 마찬가지였다.

‘네가 찾아와.’

아무리 거부하려고 해도 정신을 차리고 보면 그와 키스하고 있고 미친 듯 원하고 있다. 그가 주는 열정을, 쾌락을, 환각 같은 기쁨을, 환희를.

그리고 따뜻함을.

그 남자는 마치 주문처럼…….

아무리 발버둥을 쳐도 너는 여자라고 세뇌라도 하듯…….

그래서 화가 났다.

하지만 어느 순간 불이 붙어 버린다.

이번에도 결국 원해 버리고 만 자신을 저주하고 싶다. 자신의 머리를 아프도록 때려 보아도 그를 향해 이끌리는 몸의 욕망을 막을 수 없다. 이건 대체 무슨 감정인 걸까.

아무리 부정하려 해도 벗어날 수 없을 것 같아 두렵다.

그 남자가 자주도 떠올라서 미칠 것 같다.

움푹 들어간 검은 눈동자, 우뚝 솟은 콧날과 윤곽이 뚜렷한 입술, 시선을 피할 수 없게 만드는 타오르는 표정, 인정할 수밖에 없게끔 만드는 근사한 생김, 차고 금욕적이던 얼굴이 키스할 때면 뜨겁게 타올라 더없이 관능적으로 변하는 모습까지.

자신을 안을 때면 더 짙어지는 눈동자, 욕망에 젖은 탁한 목소리, 허리를 움켜쥐는 손아귀의 힘, 넓은 어깨와 단단한 가슴, 굵고 강인한 목, 커다란 손, 자신이 원하는 바를 거침없이 말할 때의 그 강렬한 눈빛, 190에 가까운 장신으로 자신을 내리누를 때의 그 힘의 차이까지.

생각하면 자신도 모르게 심장이 턱턱 뛰고 숨이 막혔다. 온몸이 부르르 떨리고, 아찔하고 황홀한 감각에 몸서리치게 된다.

"하아……."

꼭 자신이 미친 것 같아 지후는 손을 들어 얼굴을 꾹 눌렀다.

"빌어먹을."

마치 바로 옆에서 그 남자의 거친 숨소리가 들리는 것 같아 귀도 막아 버렸다.

어느 한 군데 그 입술이 닿지 않은 곳이 없었다.

폭우에 갇힌 듯 자신은 그가 주는 환각에 정신마저 몽땅 내던지고 싶어지는 것 같다. 그날 그가 덮어 주고 간 재킷에선 아직 그에게서 풍기던 스킨 향이 묻어 있었다. 깔끔하고 시원한 스킨 향이 밀려들면 다시금 몸이 이상해진다. 자신도 모르게 열이 확 올라 뜨거워지고 만다.

그 남자가 키스해 주는 방식이, 피부를 만지는 손의 느낌이, 머릿속 끝까지 닿겠다는 듯 사납게 밀어붙여 오는 강제적인 힘이 떠올라 미칠 것 같다.

"시끄러워……."

마치 그가 바로 옆에 있기라도 하듯, 그가 그동안 한 말들이 메아리쳐서 지후는 머리를 움켜쥐었다.

이런 몸으로, 이런 불안정한 정신으로 대체 무얼 할 수 있다고.

"단지 육체적인 욕망이야. 섹스일 뿐이야."

하지만 부정은 간단하게 해결되지 않는다.

'넌 그 남자를 원하고 있어. 굶주린 사람처럼, 허기진 사람처럼 넌 이명인을 게걸스럽게 먹어 치우길 원하고 있어. 그 남자가 계속 널 원해 주길 바라고 있어.'

이렇게 혼자 있을 때면 더욱 돌아 버릴 것 같다. 간신히 무시했던 감정들이 마치 네 위선을 인정하라는 듯 거세게 지후를 몰아붙였다. 숨이 막혔다. 더는 외면할 수 없을 것 같은 두려움으로 머리가 깨질 것 같다.

그의 레지던스에서 머무르던 마지막 날, 그는 마치 끝까지

갈 것처럼 냉정하고 잔혹하게 굴더니 결국 그저 안아 주기만
했다.

하지만 그게 너무 따뜻해서, 지후는 도저히 그 온도를 지울
수가 없었다. 뜨거움만큼이나 강렬하게 새겨진 그 따스하던
온도.

그를 부정하고 싶다.

인정하기 싫다.

그와 자신 사이엔 그 어떤 것도 없다.

절대로 없으니 자신이 찾아갈 일 따위도 없다.

다시는 이명인 따위 보지 않을 테다.

두 번 다시 체온을 맞댈 일도 없다.

그럼에도 그날 느꼈던 따스함이 결국 자신의 이성을 그의 옆
으로 자꾸만 끌어다 놓는다. 안아 주는 것만으로도 그렇게 따
뜻했는데, 그 이상의 세계는 대체 얼마나 더 따뜻할까.

키스하는 것만으로도, 애무하는 것만으로도 이렇게 미칠 것
같은데, 그 너머의 세계는 어떤 기분일까. 으르렁거리며 쳐다
보고, 한시도 눈을 못 돌리게 하고, 집착하고, 뜨겁게 안으로
들어오려는 그 남자. 그 남자를 끝까지 받아들인다면 과연 어
떤 것을 더 느낄 수 있을까.

'한심하다.'

어차피 뭔가를 나눌 주제도 아니면서 몸은 섞겠다니, 이 얼
마나 경솔하고 위태로운 생각인가. 그 남자를 좋아하는 게 아
니다. 이건 끌림도 뭣도 아니다. 그럼에도 자신조차 알지 못하

는 어떤 걷잡을 수 없는 감정이 터져 버릴까 봐 불안했다.

"젠장!"

성질이 난 지후는 벌떡 일어나 싱크대에서 소주와 김을 꺼냈다. 뚜껑을 이빨로 돌려 따고 한 모금 쭉 마시곤 김을 우적우적 씹었다.

"찾아가는 일 따위 없어."

스스로에게 지시하듯 턱으로 흐르는 소주를 아무렇게나 닦으며 중얼거렸다.

"이래서 문제인 거야. 괜히 일만 영향받고 잡생각만 많아지고 쓸데없이 감정만 소모하고."

그날 이후 벌써 사흘이 흘렀다.

찾아오라고, 그 말에 주술이라도 걸린 건가. 지후는 일하다가 문득문득 자신도 모르게 입구를 돌아보곤 했다. 사람이 들어설 때마다, 낯선 차가 마당에 진입할 때마다 혹시나 싶어서 고개를 돌려 보는 습관이 생겼다. 어제는 그 바람에 사고까지 당할 뻔했다.

결국 성질이 확 났다.

이런 건 자신이 아니다.

어차피 환상. 현실적인 부분이 닥치면 누구나 두 손 들고 떠나 버리고 만다.

그 누가 타인의 무거운 짐까지 같이 짊어져 주겠는가. 잘못된 건 자신 하나면 족했다. 누구에게도 이해받으려 한 적 없고, 이해해 달라고 사정할 생각도 없다. 그러니 앞으로도 이렇게

살게 제발 그냥 좀 내버려 뒀으면 좋겠다.

"지금껏 이대로도 잘 살았어. 내 문제야, 이건."

낮에 사장한테 이명인에 대해서 몇 마디 물었더니 사장이 바로 째려보며 사람을 윽박질렀다.

"누구? 허우대 멀쩡한 내 친구……가 대체 누군데? 혹시, 이명인? 근데 네깟 게 왜 이명인을 궁금해하는데?"

"아, 좀 궁금해하면 안 돼요? 뭐 금붙이로 도금이라도 했답니까?"

"이야, 너 어떻게 알았냐? 걔 돈 많은 집안에서 금 수저 물고 태어난 전형적인 황태자야. 마빡에서 튀는 돈을 주체하지 못해 예술 한답시고 설쳐 대는 이 시대의 살아 있는 한량이고. 뭐, 그림 쪽으로 실력은 좀 있는 것 같더라만 그 정도 재능 있는 놈들이 어디 한둘이야?"

"이게 참 그냥 단순하게 들어야 되는데 이상하게 껄끄러운 게, 엄청 부러워하는 것처럼 들리네요. 혹 피해 의식 있습니까?"

"뭐, 뭐야? 이 자식이 지금 뭐라고 헛소릴 하는 거야! ……티 났냐?"

"납디다, 그것도 엄청!"

"아, 이 싸가지없는 자식. 그래! 나 그 녀석 부러워하고 있다! 그럼 좀 안 되냐?"

"누가 뭐랍니까? 혼자 오버하시긴."

"아우, 이걸 그냥! 아무튼 그 자식, 얼굴 좀 반반하고 몸매 좀 우월하다고 여자들을 아주 거느리고 다녔지. 조각한답시고 미술실에 앉아 있으면 계집애들이 꺅꺅! 꼭 바위에 붙은 조개 껍질마냥 창문에 다닥다닥 달라붙어선 아주 난리도 아니었지. 내가 짝사랑하던 규리까지 미술실 담벼락에 붙어 있었다고. 그 장면을 지켜본 사춘기 소년의 심정이 어땠을지 네 까짓 게 알아?"

"그러니까 사춘기 때부터 발렸구먼."

"그래! 발렸다! 발렸어! 사장이 발리니까 좋냐? 어? 좋아?"

"좋을 거까진 없고. 그냥 좀 인간 안됐다 싶을 뿐이죠."

"따따! 저는? 시궁창이나 하수구나 똑같아 이 자식아! 웃지마! 저 욕하는 줄도 모르고 좋아하는 거 봐라. 암튼 그 녀석 아버지가 그 뭐냐, 제3금융권 알지? 아, 너 같은 삼류 인생한텐 은행보다 더 가까운 친구니까 아주 잘 알겠구나. '먼 친척보다 가까운 이웃이 낫다. 가까운 이웃보다 사거리의 대출 회사가 낫다.' 역시 서민의 친구는 대출이지."

"갑자기 무슨 헛소립니까?"

"이명인 아버지가 그 제3금융권계의 거목이라고! 있는 거라곤 돈밖에 없단 소리야. 아무튼 춘부장 어르신께서 그다지 학력이 좋지 않아서 그게 좀 콤플렉스였는데 이 외아들이 누굴 닮았는지 머리가 더럽게 좋아서 갖고 오는 등수마다 1등. 2등도 아니야, 1등! 게다가 대한민국에서 알아주는 대학 들어간 것도 모자라 손재주까지 좋아. 그야말로 그 집안의 보배요, 아버지의 자랑이었지."

"히야, 외모에 배경에 학벌에 다 되네, 다 돼! 그렇게 잘난 사람이었습니까?"

“말해 뭐해! 예술가들은 본래 배가 고프다고 하지만 이명인은 배가 안 고파. 왜냐, 아들이 하는 말이라면 콩으로 메주를 쑨다고 해도 믿어 주는 빵빵한 부자 아버지가 있으니까.”

“원래 콩으로 메주 만들지 않아요?”

“아무튼! 그 녀석은 그 집안의 구세주요, 버팀목이요, 기대를 한 몸에 받는 보석처럼 귀한 자식이란 소리야. 아버지는 아들을 위해서라면 죽는 시늉까지 하는 아들 바보고. 야, 또라이! 내가 왜 이런 말을 줄줄 흘리고 있는지 짐작은 가?”

“전혀요. 그러니까 빙빙 돌리지 말고 똑바로 말해요. 복잡한 건 딱 질색이니까.”

“하여튼 저 새대가리하곤. 이명인이랑 넌 하늘과 땅 차이란 걸 알기 쉽게 설명해 준 거야. 그 자식은 자기를 맹목적으로 실드 쳐 주는 아버지가 있어. 세상에서 제일 무서운 게 뭔지 아냐? 귀신? 연쇄살인범? 아니? 자식한테 맹목적인 부모야. 괜히 이명인하고 엮였다가 무식한 양반 건드려서 피 보지 말고 정신 차려.”

“……내가 뭐라고 했습니까? 신경질 나게 혼자 멋대로 앞서가서 사람 열 받게 난리래? 아, 왜 때립니까! 바른말 하면 때립니까?”

“시끄러, 자식아. 넌 좀 맞아야 돼. 근데 너 설마 이명인 앞에서 여자 흉내라도 내고 싶은 건 아니지?”

“아, 무슨 코스프레 해요?”

“하긴, 네 주민등록증 보고도 안 믿기긴 한다만, 그냥 지금처럼 쭉 남자처럼 건들거리며 살아, 새끼야.”

“뭐래?”

“이명인은 어차피 이 장난감 저 장난감 손에 쥐고 몇 번 갖고
놀다가 휙 던져 버리는 게 일상인 도련님이야. 도련님은 도련
님의 삶을 살 수밖에 없어. 왜냐, 그 길밖에 모르니까. 토이스
토리라도 찍을 생각이야? 네가 우디야? 평생 앤디가 자기만
갖고 놀아 줄 줄 알았지? 하지만 버즈가 온다고!”

“아 진짜! 내가 장난감입니까? 그 새끼가 나더러 장난감이래
요? 뒤졌어, 이 자식. 어디서 사람을 장난감 취급이야?”

바로 튀어 나가려는 지후를 식겁한 주용이 얼른 붙들었다.

“아, 아니 이명인이 그랬다는 게 아니라 이를테면 그럴 수 있
으니까 조심하라는…….”

사장하고 괜히 말 섞어서 열만 받았다.

딱히 이명인과 자신의 차이 같은 거 생각해 본 적도 없었다.
그럴 이유도 없었고.

하지만 자신이 지금 이명인이란 남자 때문에 혼란스럽다는
건 확실하다는 거다.

그 남자가 어떤 인간이건, 어떤 인생을 살고 있건, 어떤 배경
을 갖고 있건 그건 논외였다. 자신은 단지, 지금 이 순간을 넘
기는 것조차 버거웠다.

‘난 네가 궁금해.’

'적어도 나한테는 여자가 되겠지.'
'네 반쪽은 분명히 여자다.'
'그래도 나한테 와.'

귀를 막아 버리고 싶다.

괜히 사람을 사정없이 뜨겁게 달궈 놓는 바람에, 이렇게 외롭게 만든다.

이런 좁은 고시원에서조차 단 한 번도 외롭다고 생각해 본 적 없는데, 그를 만나고 난 이후부터 이 공간이 문득문득 사무치게 고독해진다. 이 협소한 방이 너무 넓게 느껴진다. 세상에 혼자 떨어져 있는 것 같다.

"아, 춥다……!"

북적이는 곳에 가 보지 않으면 자신이 혼자인 걸 알지 못한다.

남들과 비교하지 않으면 내 참담함을 전혀 인식하지 못한다.

한번 따뜻함이 뭔지를 맛보면 홀로 떨어졌을 때의 추위가 더 커지는 법이다.

그저 성냥 하나만 있으면 됐는데, 쓸데없이 창문 너머 따뜻하고 화목한 타인의 가족 식탁을 봐 버려서 더 이상 성냥이 따뜻하지 않게 된 성냥팔이 소녀처럼.

아무리 성냥을 그어 봐도 추울 뿐이다.

"그만하자."

중얼거리며 소주병을 한 칸짜리 좁은 싱크대 위에 탁 놓는 순간이었다. 뭔가 이상한 기분에 지후는 멈칫했다. 곧 지후의 표정이 일그러졌다.

울컥하고 아래쪽에서 뭔가 뜨거운 게 쏟아져 나오는 불쾌한 느낌. 그게 무엇인지 인식한 지후의 몸이 부들부들 떨렸다.

생리가, 터졌다.

지후는 싱크대를 꽉 짚고 섰다. 팔에 힘이 들어가 싱크대까지 미세하게 흔들렸다. 아무리 자신의 성별을 부정하려 해도 한 달에 한 번씩 터지는 생리는 지후에게 거부할 수 없는 현상이었다. 마치 힐책처럼, 뜨거운 그것은 일주일이나 지속되고 또 끔찍한 고통을 동반해 지후를 괴롭혔다. 몸의 통증보다 마음이 더 피해를 입는다.

거대한 파도처럼 늘 정해진 때에 혼란이 닥쳐 지후를 닦달했다.

지후는 절망적으로 자신의 아래를 천천히 내려다보았다. 허벅지를 타고 피가 흘러내리는 것 같다. 그 선명한 붉은 궤적이 머릿속에서 떠오르자 몸에서 힘이 쭉 빠졌다. 머릿속이 어지럽게 돌아가기 시작했다.

자신이 사내라고 알고 있는 한 남자아이가 있었다. 어느 날 그 아이가 공포에 질린 얼굴로 자신의 옷을 쥐고 부들부들 떨고 있다.

거기엔 피가 묻어 있었다.

자신이 죽을병에 걸렸다고 생각한 남자아이는 무서워서 엉엉 운다. 피가 묻어 있으니 당연한 일이었다. 울고 있는 남자아이 때문에 놀란 할머니와 엄마가 달려온다. 남자아이는 속옷을

보여 주며 더 크게 엉엉 운다.

팬티에 묻어 있는 피를 본 할머니와 엄마의 표정이 바위처럼 굳는다. 경악한 얼굴로 부들부들 떨던 할머니가 쓰러진다. 남자아이의 눈이 커진다. 자신이 무서운 짓이라도 저지른 것 같다. 엄마가 놀란 남자아이의 손에서 매몰차게 팬티를 빼앗고 이딴 일로 왜 우느냐고 불같이 화를 낸다.

'알겠지? 이 일은 누구한테도 말하면 안 돼.'

다독여 주지도 않고, 누군가에게 그 일이 알려질까 봐 겁내는 얼굴만 한다. 몇 번이고, 몇 번이고 당부한다. 그렇게 무서운 엄마 얼굴을 본 적이 없었다. 뭔가에 쫓기듯 엄마는 불안한 표정이었다.

그날 저녁 엄마가 이상하게 생긴 뭔가를 남자아이의 팬티에 붙여 준다. 앞으로 또 피가 나면 이렇게 하라고 한다. 그리고 그제야 병 같은 거 아니라고 다독여 준다.

그게 여자애들이 하는 생리대고, 몸에서 피가 나오는 게 생리라는 걸 우연히 알게 된 건 얼마 후였다. 남자아이는 이상했다. 그래서 왜 자신이 생리를 하는 거냐고, 여자도 아닌데 왜? 그렇게 아빠에게 물었다.

정말 궁금해서 물었던 건데, 아빠와 함께 있던 할머니가 또 기겁하는 얼굴로 아이를 혹독하게 혼냈다.

'그, 그게 무슨 끔찍한 소리야! 어디서 그런 말을 듣고 와서! 그건 생리 아니야! 넌 남자야. 남자애가 무슨 생리를 해!'

생리가 아니라고 몇 번이나 되풀이하며 할머니는 화를 냈다.

처음으로 할머니에게 맞았다. 등이고 어깨고 펑펑 맞으며 다시는 그런 소리 입에 올리지 않겠다고 다짐한 후에야 할머니는 매서운 매질을 끝냈다. 남자아이는 할머니가 너무 무서웠다. 그래서 다시는, 절대로 다시는 그 말을 하지 않겠다고 생각했다.

흐느끼면서 남자아이는 아버지를 쳐다봤다. 하지만 아버지는 그 순간, 남자아이를 외면했다. 한 번도 그런 적이 없었던 아버지였는데, 만약 울기라도 한다면 누구보다 먼저 달려와서 등을 툭툭 두드려 주고 머리를 쓰다듬어 주고 다정하게 말해 줬는데, 그날 아버지는 차갑게 눈을 돌려 버렸다. 그리고 한동안 남자아이를 쳐다보지도 않았다.

자신의 잘못이다. 할머니도, 엄마도, 아버지마저 싫어하는데 이상한 말을 해 버려서 모두를 화나게 하고 말았다.

남자아이는 무서웠다. 모두가 자신을 싫어하고 미워할까 봐.

그래서 그 후 남자아이에게 한 달에 한 번씩 어김없이 돌아오는 그날은 지옥이 되었다. 가족의 눈치를 보는 날이 되었다. 울컥울컥 붉은 선혈이 쏟아져 나올 때마다 죄의식이 일었다. 몸에서 일어나는 그 일은, 절대 누구에게도 말해선 안 되는 죄가 되고 말았다.

너무도 끔찍했던 그 시간들.

하지만 그건 그저 생리였고, 겉이야 어쨌든 몸은 여자이기에 어쩔 수 없이 겪는 일이란 걸 깨달은 건 그로부터 한참이나 뒤였다.

그럼에도 여전히, 그건 뇌리 속에 죄의식으로 자리하고 있었다.

지금처럼 이렇게…….

끔찍한 공포가 이는 것이다.

불쾌한 기분.

두려운 그 감정.

어쩔 수 없이 생리대를 사야 할 때 슈퍼든 편의점이든 알바생들이 자신을 의심스럽게 쳐다보는 것 같아 두려웠다. 그 시선을 겪어야 한다는 건 지후에게 또 하나의 끔찍함이었다. 그쪽은 아무 생각 없다 하더라도 지후는 혼자 난처했다. 그들이 속닥거리는 것 같다.

불도 켜지 않은 욕실에서 한참을 틀어박혀 있었던 것 같다.

지후는 천천히 욕실을 나와 책상 위에 놓인 휴대폰을 물끄러미 쳐다봤다. 아랫배가 아프다. 여전히 뜨거운 이물은 아래에서 쏟아지고 있었다.

천천히 휴대폰을 들었다. 전에 팀장님한테 그의 번호로 전화를 한 적이 있어서 기록이 남아 있었다.

얼마간의 기다림 끝에 상대방의 목소리가 넘어왔다.

—여보세요.

약간 잠긴 듯 허스키한 음성.

그 목소리로 속삭여 줄 때 어쩌면 자신은 악랄한 쾌감을 느꼈는지도 모르겠다. 낯 뜨거운 말들, 진지한 말들, 부드러운 울림이 담긴 낮은 어조. 그가 어떤 인간이건 자신은 이명인이라는 남자에게 일순간 빠져든 것이다.

반쪽에 숨어 있던 여자가 눈을 떴다.

욕망으로 몸이 뜨거워지고, 그 남자를 원하게 된다.

그렇게 순간적이나마 여자가 되었던 건지도.

깨어나면 사라질 꿈과 같은 환상일지라도.

그 순간만은 여자가 되고 싶었나 보다.

결국 이렇게 생리 하나 감당하지 못하면서.

자신이 생리라니, 벗어나고 싶으면서.

그래서…….

"전, 안 갑니다."

밑도 끝도 없이 툭 던지듯 말해 버렸다.

엄마의 모진 말, 할머니의 매질, 아버지의 표정…….

그 힐책과 차갑게 굳은 표정들이 휘몰아치듯 떠오른다.

도저히 여자로 돌아갈 수 없는 금지선처럼, 그어진 경계가 지후를 멈칫하게 했다.

"그냥 여기서 끝낼 겁니다."

잠시 잠깐의 유희. 그게 이명인한테는 별거 아니더라도 자신에겐 별거였다. 쉬운 부피가 아니다.

내가 원하는 건 단지 고요.

그냥 이대로의 삶.

혼란스럽고 싶지 않다. 단지 혼란이 아닌, 자신에게 혼란은 두려움이었다.

여자가 된다는 건, 생리를 거부당한 것만큼이나, 아니 그보다 더 두려운 일이었다.

"아무것도 갖지도 않고 그냥 이대로 살 겁니다. 그게 나란 인간입니다. 되도 않는 인간, 별거 아닌 인간, 여자도 남자도 아닌 인간. 틀렸어요. 난 절대 여자가 될 수 없습니다."

가지지 않으면 잃을 것도 없기에.

—그게, 네 대답이냐?

그의 대답은 간단했다.

하아, 이렇게 쉬운 것을.

—후회 안 해?

"안 해요."

—그렇군.

낮은 한숨 소리가 넘어온 것도 같다.

—그게 네 선택이라면 그뿐, 어쩔 수 없겠지.

그렇게 통화는 끊겼다. 지후는 천천히 휴대폰을 내리고 무릎에 얼굴을 박았다. 아랫배를 움켜쥐었다. 입술을 찢어질 정도로 물어뜯었다. 자신도 모르게 눈물이 고였다. 그저, 아랫배가 너무도, 너무도 많이 아팠기에.

그래서일 뿐이다.

　지후는 전과 다름없이 묵묵히 일을 해 나갔다. 생리 때면 다른 때보다 특히 신경이 날카로워져서 다른 사람들과는 잘 말을 섞지 않았다. 자신의 몸에서 그 특유의 냄새가 날 것 같아 자신도 모르게 몸을 사렸다. 그래서 더더욱 산중거사처럼 뚝 떨어져 일만 하곤 했는데 하필이면 그것마저 마음대로 못 하게 됐다.

　"사수님!"

　이렇게 자신을 부르며 따라다니는 신참이 생겨 버린 것이다.

　젠장.

　스물넷인 지후보다 세 살 더 많은 그는 사장의 동생이었다. 그동안 사장이 뻑하면 자랑하던 그 엘리트 동생 되시겠다.

　어디 건축 대학원을 졸업했다는데 곧 뉴욕으로 떠서 건축가로서의 삶을 쭉쭉 뻗어 나갈 예정이시란다. 떠나기 전에 형네 회사 일을 도와주기 위해 이렇듯 지후의 밑에서 일하고 있다는 사정인데.

　"사수님이고 뭐고 그거나 잡아."

　"예! 알겠습니다."

　"그렇게 잡으면 허리 나가. 잘 잡아."

　퉁명스럽게 대하는 건 아마도 잘난 놈에 대한 경계도 포함된 게 아닐까 싶었다. 얼굴도 반듯하게 잘생긴 인간이 스펙도 화려한 데다 성격까지 싹싹하다.

　신은 공평하다고 하지만 그것도 따지고 보면 다 뻥이다. 저 자식을 만들 때 창조주는 잠깐 한눈을 판 게 틀림없다. 한 가지

정돈 빼 놓고 만들었어야 하는데 잠깐 딴짓하느라 다 완벽하게 넣어 둔 채 조립해 버렸나 보다.

아무튼 인간은 일단 자기보다 잘난 인간이 눈앞에 있으면 경계하기 마련이다. 특히 연지후 같은 즉물적이고 단순한 인간이면 더더욱.

"사수님, 한 가지 질문이 있는데 해도 될까요?"

"뭔데."

"남자치곤 참 곱상하게 생긴 거 아십니까?"

"에잇! 이게 뭐야. 타카핀을 안 갖고 왔잖아. 가서 좀 갖고 와."

"차에서 갖고 오면 되나요?"

"그럼 내 집에 뒀겠냐? 아! 그리고 오늘 자재 들어오기로 했으니까 당장 사무실로 튀어 가서 그것도 좀 받아 오고. 뭐 하고 있어? 빨리빨리 움직여! 공사 지연돼서 돈 안 나오면 네가 책임질래?"

그가 픽 웃고는 트럭을 몰고 사라졌다. 사실 자재는 사무실에서 받아 주면 됐지만, 이것저것 묻는 게 귀찮아서 그냥 보내 버렸다. 어차피 오래 일할 사람도 아니고, 앞으로 도면만 갖고 잘난 체할 윗분 되실 인간이 옆에서 거치적거리며 현장 파악이니 경험이니 떠드는 것도 배알이 꼴렸다.

지후는 주머니에서 타카핀을 꺼내선 태연하게 안에 넣었다. 그리고 시원하게 날아가 박히는 에어타카의 반동을 느끼며 작업을 계속하고 있는데 그때 입구로 누군가가 들어섰다. 순간 잠시 쉬던 지후의 동작이 그대로 멎었다.

사장의 뒤로 들어서는 그 남자는 이명인이었다.

"잘되고 있냐? 엄동설한에 우리 또라이가 고생이 많네."

헛소리를 하는 사장은 무시하고 이명인만 흘끗 쳐다봤다. 하지만 그는 이쪽으론 시선도 안 주고서 사장과 말을 나누며 2층으로 올라갔다.

어차피 그의 집이었고, 2층 구조 변경 문제로 한 번은 올 줄 알았다.

"젠장맞을. 연지후, 돌았냐? 쳐다보긴 왜 그렇게 쳐다봐."

자기가 연 끊고 살자는 듯 말해 놓고 이제 와서 이게 무슨 또라이 짓인지 모르겠다.

"누가 꼴통 아니랄까 봐. 정신 차려라, 연지후."

자신을 향해 욕을 퍼붓고는 고개를 돌렸다.

어차피 차가워져야 할 관계다.

그렇게 결론 내린 건 자신이었다.

먼저 전화를 건 사람도 자신, '여기서 그만'이라고 선을 그어 버린 것도 자신.

그러니 아무렇지 않다.

지후는 다시 작업을 이어 갔다. 2층에서 사장과 이명인이 공간을 쭉 훑으며 무슨 대화를 나누는 소리가 들려왔다. 하지만 귀를 닫은 채 지후는 땀을 흘리며 작업에만 몰두했다.

그리고 어느 순간 돌아보니 언제 간 건지 이명인은 이미 사장과 떠난 후였다.

이마의 땀을 닦으며 옅은 한숨을 흘렸다.

“……갔네.”

씁쓸하게 웃음기가 입가에 묻었다.

어젯밤엔 이상한 꿈을 꿨다.

꿈에 이명인이 나타났다. 그는 지후에게 키스를 했다.

그리고 꿈속의 지후는 그 키스에 열렬히 매달렸다.

꿈속임에도 느꼈던 것 같다.

입술의 작은 움직임까지 생생했다. 하지만 그게 꿈이라는 게 함정이었다.

어쩌면 연지후는 욕구불만인가?

이러다 정말 몽정이라도 꾸는 건 아닐지.

자신은 그를 원하고 있는 걸까?

계획대로 모든 게 잘 정리됐는데, 제자리로 돌아왔는데 이제 와서?

이명인을 떠올리는 자신을 발견할 때마다 미치도록 화가 난다. 이명인이라는 남자한테 본능적으로 반응하는 자신이 병신 같아서 진저리치도록 열이 받는다.

결국, 이명인에서 시작된 꿈은 가족들과 아버지의 얼굴로 마무리됐다. 차갑게 돌아서던 아버지의 얼굴로.

그런 꿈을 꾸고 난 다음 날은 도무지 힘이 나지 않는다.

“담배 한 대만 주십쇼.”

“끊었다며. 끊었으면 피우지 마, 자식아.”

“아 젠장, 내가 왜 그랬지? 담배는 왜 끊고 지랄이었지?”

“이 새끼 또 발작 조짐 보이네. 얀마! 담배 여기 있으니까 굴뚝을 하건 아궁이를 하건 멋대로 해! 그거 못 피운다고 왜 울기까지 하고 지랄이야? 하여튼 봐도 봐도 이상한 자식이라니까.”

인부 중 한 명이 지후에게 담배를 건네곤 혀를 차며 사라졌다.

지후는 그제야 자신이 울고 있단 걸 알았다. 기가 막혔다. 손을 들어 축축한 눈물에 손끝을 댔다. 정말로 눈물이 흐르고 있다. 대체 언제……?

“아 젠장…….”

이게 대체 뭐야.

정말 미친 건가? 조울증 있나? 드디어 정신병 초기에 들어선 건가.

신고당해서 잡혀 들어가면 곧장 독방에 갇힌다던데.

아무리 자신이라도 독방은 싫은데.

슬프지도 않은데 왜 눈물이 나는 걸까.

대체 이건 무슨 감정의 소용돌이일까.

찾아오라고 한 건, 지후의 마음을 열기 위해서였다. 스스로 결정해서 찾아오지 않는다면 그 녀석은 늘 평행선을 달릴 터였다.

거절, 부정, 거부에서 절대 벗어나지 못할 테다.

그게 명인의 판단이었다.

무슨 이유로든 제 발로 찾아온다면 지후는 이 관계에 조금은 의미를 부여할지도 모른다. 성실한 성격이라, 자신이 한 번 선택한 것에는 어떻게든 책임을 지리라. 어쩌면 답답할 정도로.

지금 그 녀석의 온 정신을 붙들고 있는 '알 수 없는' 어떤 사슬을 스스로 끊어 버리지 못하고 저렇게 바닥까지 휘둘리고 있는 것처럼.

자신이 손 뻗어 잡은 걸 스스로 먼저 놓아 버리는 짓은 절대 하지 못하리라.

그러니, 너는 온다.

올 것이다.

명인은 지후를 기다렸다. 녀석이 제대로 판단 내리기를 바랐다.

이 장소는 알고 있으니, 마음만 먹는다면 언제든 제 발로 찾아올 것이다.

하루가 지나고 이틀이 지났다.

그리고 사흘째, 녀석에게 전화가 왔다.

'안 갑니다.'

'그냥 여기서 끝낼 겁니다.'

그게 지후의 선택이었다. 화가 났지만 허무가 더했다.

'그게 네 선택이라면 그뿐, 어쩔 수 없겠지.'

그렇게 말하고 전화를 끊었지만, 그건 받아들여서라기보다 화가 나서였다. 사나운 말을 뱉어 버리기 전에 일단 통화를 끝내야 했다.

어떻게 해야 할까.

대체 어떻게 하면 그 녀석의 마음을 열 수 있을까?

그게 불가능하다면, 연지후를 요구하는 자신의 마음이라도 끊어야 할 테다.

며칠 전 현장에서 지후를 봤지만 일부러 고개를 돌렸다. 담으면 욕심이 일고, 한 번 인 욕심은 이명인을 갉아먹을 듯 달려든다. 기묘한 화학 반응, 어떤 여자에게도 일지 않았던 그 변화를 감당하기가 어려웠다.

이대로 모든 게 끝.

놓아준다.

우습지 않은가. 그런 간단한 게 아니었다.

지후의 그 당시 선택을 인정하겠다는 얘기였지, 모든 걸 다 용납하겠다는 뜻은 아니었다. 아직 기다리는 건 끝내지 않았다.

녀석은 반드시 찾아온다.

아직 혼란에서 헤매고 있을 뿐.

하지만 평생을 혼란스러울 순 없다. 혼란도 결국엔 끝이 있다. 그리고 그 혼란을 끊어 내는 시작점엔 자신이 있을 것이다.

"네가 싫어하더라도 어쩔 수 없다."

간섭하지 말라고 했던가.

아니, 모든 건 자신의 자유다.

그 녀석이 싫어하건 말건, 자신의 눈에 띄었으므로.

너는 내 앞에서만 여자가 된다.

주문처럼, 세뇌하듯 지치지도 않고 몇 번이고 반복해 줄 것이다.

그리고 넌 이미 내 여자야.

녀석의 전화가 바로 그 증거였다. 만약 아무것도 없었다면 먼저 연락하지도 않았을 것이다. 일부러 전화해서 오지 않겠다고 선언한 건, 오고 싶은 걸 스스로 막고 있다는 증거와도 같다. 그 녀석의 혼란을 스스로 드러낸 것과 같다고.

녀석이 부정하더라도, 그건 간단한 논리였다.

벌써 일주일이나 더 공허한 시간이 흘러 버렸지만.

"넌 반드시 찾아와."

빗소리가 들렸다.

퇴근 후 레지던스에서 작업 중이던 명인은 노트북을 덮고 창가로 가서 섰다. 바깥세상은 내리는 비로 이미 흠뻑 젖어 있었다.

한 팔로 유리창을 누르며 차가운 유리에 이마를 댔다.

"연지후……."

습관처럼 그 이름이 흘러나왔다.

자그마한 하얀 얼굴, 앙상하게 뼈가 드러나는 야윈 몸, 셔츠 아래에서 빛나던 뽀얀 허벅지, 애무할 때마다 빨갛게 물들던 귓불, 동그랗게 선명한 눈동자, 홍채를 둘러싸는 갈색의 테두리, 안길 때마다 눈언저리가 붉게 물들던 반응, 툭툭 말을 내던질 때의 얄미운 입술은 도리어 사랑스럽다. 모자를 푹 눌러쓰는 습관, 집중하고 있는 옆얼굴, 고집스럽게 앙 다문 입술, 그 입술에서 흘러나오던 습한 숨결, 몸을 만지면 미열이 돌아 따뜻해지는 온도, 코끝을 건드리는 체향, 땀 냄새, 물 냄새, 눈물의 냄새, 픽 비웃을 때의 입술 끝의 움직임, 그의 팔뚝에 박히던 손톱.

애처롭게 떨리던 눈동자, 입술, 목소리, 숨결.

그 모든 것이 이렇게나 선명하다.

어느 것 하나 놓아줄 수 없다.

단지 육체적인 욕망일 뿐이라고 하더라도, 이렇게 놓아주는 일은 없을 것이다.

그 녀석의 모든 사고방식을 바꾸는 데 자신의 전부가 마모된다고 하더라도.

"넌…… 내 것이다."

유리창을 흘러내리는 빗줄기를 보며 지후 그 녀석 같은 비라고 생각했다.

그 녀석의 눈물 같다고 생각했다.

그리고 그때 현관의 벨이 울렸다.

왠지 예감 같은 것이 들었다. 명인은 담담한 마음으로 걸음을 옮겼다. 현관 앞에서 천천히 문을 열어 주었다. 누구냐는 확인 작업도 필요 없었다. 꼭 그 녀석일 거라고 믿었던 것 같다.

예감대로, 천천히 지후의 모습이 드러났다.

폭삭 젖어서 지후가 그의 눈앞에 서 있었다.

온몸에서 빗물을 툭툭 떨어뜨리며 우산 하나도 없이 지후가 그를 쳐다보고 있었다.

애처로운 눈길. 원망하는 것도 같고 뭔가에 항의하는 것 같기도 하다.

그 눈은 확실히 혼란스러워 보였다. 뚝뚝 떨어지는 물기가 빗물인지 그 녀석의 눈물인지 모르겠다. 한기 탓인지 코끝이 빨개져서 금방이라도 울음을 터뜨릴 것 같다.

지금껏 보았던 중 가장 연약한 모습. 그럼에도 고집스럽게 그를 노려보는 걸 멈추지 않는다. 그게 명인의 심장을 어쩔 수 없이 건드려서 그는 손을 뻗어 지후를 끌어당겼다. 하지만 지후는 그 손을 쳐 냈다. 입술을 꽉 깨문다. 그 눈동자가 점점 더 젖어 간다. 눈물을 툭 떨어뜨리며 어깨를 떨었다. 애틋하다.

뭔가 말하려는 듯 입술을 달싹이다가 그만두고 시선을 피한다. 그러다 이내 다시 시선을 섞고 뭔가를 호소하듯 간절한 눈으로 그를 바라본다. 갈구와 원망이 뒤섞인 시선. 도와 달라는 동시에, 절대 도와주지 말라는 반감을 동시에 담은 눈.

그래서 명인은 이 아이에게 끌렸던 것이다.

세상에서 가장 위태로운 모습을 한 주제에 가장 견고한 성을 쌓아 침입을 허용하지 않는다. 연지후만이 이런 자존심을 흘릴 수 있다. 그 고집스러움이 싸리비로 맞은 듯 명인의 감정을 호되게 아프게 건드렸다.

아직까지 그 어느 것 하나 타협하지는 못했지만, 결국 이렇게 찾아왔다. 그 억울함을 온몸으로 드러내고 있음인가.

"왜 오라고 했습니까."

찾아왔다는 건 자존심을 한 수 접었다는 것. 자기가 내뱉은 말을 번복하고 결국 이렇게 찾아오게 해서, 그게 저 아이를 저토록 화나게 한 것인가.

"왜 자꾸 사람을 헷갈리게 만듭니까? 왜 고민하게 만들어요, 왜!"

눈물이 빗물과 섞였다.

녀석의 작은 몸이 온통 흔들리고 있다. 마치 오한이라도 온 사람처럼.

연약한 몸. 하지만 깊은 배타적 시선.

이런 골치 아픈 녀석에게 자신은 왜 이렇게 스스로 섞이지 못해 안달일까.

물과 기름처럼, 그 녀석과 자신은 어쩌면 그러한 사이일진대.

"왜 갑자기 나타나서 사람을 통째로 흔듭니까. 생각이라곤 하지 않고 살아온 사람을 왜 생각하게 해서 머리가 터지게 하냐구요. 라면이냐, 김밥이냐, 점심 메뉴는 딱 두 가지면 충분했는데 왜 자장면, 떡볶이, 순대, 초밥, 갈비탕까지 있단 걸 알려 줘서 사람 복잡하게 만들어요. 이제까지 내 인생에서 고민은 딱 1분이면 됐는데, 왜 30분을 넘게 고민하게 만드는 겁니까. 밥 먹고도 고민하고 일하면서도, 끝나고도, 잠들기 전에도, 잠든 후에도 꿈에서도, 다음 날 깨어서 또……."

지후가 입술을 꽉 깨물었다. 깨무는 대로 피가 몰려서 빨갛게 울혈이 졌다.

"안 갈래 따위. 가고 싶어 따위. 안 가는 게 나아, 가고 싶은 거 아냐? 안 간다고 했잖아, 정신 차려! 별의별 생각을 다 하게

만듭니까. 너는 여자라고 말해 준 사람 따위…… 이 세상에 없었는데. 진심이든 아니든 상관없다고, 그딴 생각…… 개나 주라 그래.”

“……들어와.”

“어차피 환상일 거면서. 환상에 의지해선 제대로 살아갈 수 없는데. 가지지 않으면 잃어버릴 것도 없는데. 가지기는커녕 난 지금껏 한 번도 나 자체로 살아 본 적도 없는데. 나야말로 환상인데. 어디에도 필요 없던 존재. 어디에도 존재하지 않았던 인간, 그게 난데. 그래서 연지후는 고민해선 안 되는데!”

그대로 지후를 잡아당겼다.

가슴에 안아 빙글 돌려 현관문이 닫히는 동시에 키스했다. 녀석의 몸을 가리고 있는 젖은 옷가지들을 뜯어내듯 모조리 벗겨 버렸다. 더 참을 이유가 없었다. 어차피 이성도 없었다.

포악한 감정으로 지후를 순식간에 맨몸으로 만들고 자신도 넥타이를 벗어 던지고 하나씩 옷가지를 벗어 던졌다.

바지만 입은 채로 지후를 덜렁 안아 들어 침대로 향했다. 지후는 마치 양수에 담긴 태아처럼 동그랗게 몸을 말고서 그에게 젖은 몸을 의지하고 있었다. 밀어낼 마음 따윈 없는 것 같다. 이 정도도 이 녀석에겐 엄청난 고민의 결과이리라. 깨어지기 쉬운 유리처럼, 이 녀석의 현재 상태를 절대 건드리지 않고, 바로 이 순간만을 생각하며 안고 싶다.

가슴에 툭 기댄 젖은 머리카락, 비의 흔적이 고스란히 남아 있는 축축하고 차가운 몸, 모든 게 그를 선동한다. 지후의 등이 침대에 닿자 명인은 남은 옷가지를 다 벗어 던지고 지후의 얼굴을 만졌다.

지후의 목에서 그의 욕망만큼이나 가쁜 신음이 쏟아져 나왔다. 지후의 손이 명인의 팔뚝을 확 잡았다. 명인의 눈빛이 강렬해졌다. 지후의 한쪽 다리를 들었다. 지후가 물기로 젖은 눈으로 그를 올려다보았다. 어깨가 오르락내리락하며 가쁜 숨을 내뱉었다. 그 눈이 번들거리고 있었다. 이 녀석도 지금 원하고 있는 거다.

격렬한 키스를 하며 지후의 다리를 만지다가 그대로 그 다리를 들어 올려 녀석을 꿰뚫었다. 순간 머리끝부터 발끝까지 강렬하게 휘몰아친 쾌감에 명인은 숨을 삼켜야 했다.

헉! 소리를 내며 지후의 몸도 전기라도 맞은 듯 일순 위로 확 튕겼다.

처음부터 격하게 움직이며 지후를 사납게 안았다. 땀방울이 떨어질 정도로 명인은 지후를 놓아줄 수가 없었다. 폭풍처럼 휘몰아치는 움직임에 침대가 부서질 듯 삐걱거렸다. 지후는 다리를 더 올리며 그를 받아들이려고 했다. 마치 욕심내는 아이처럼 그를 꽉 머금은 채 녀석의 뺨이 상기되고 눈가가 떨렸다.

가슴을 확 움켜쥐자 지후가 비명을 터뜨리며 명인의 팔뚝을 더욱 꽉 잡았다. 명인의 심장이 솟구쳐 오르고 해일이 밀려들었다.

"하아."

"아웃……."

허리를 더 세게 밀어붙이자 지후의 몸이 진동하며 호흡이 끊어졌다. 그 입술이 자동으로 벌어졌다. 고개를 숙여 유혹하듯 열린 그 입술을 덮고서 마음이 시키는 대로 더욱 뜨거운 키스를 퍼부었다. 어린 새처럼 파들파들 떨리는 촉촉한 입술을 마음껏 탐했다. 지금의 명인에게 자제심이라곤 없었다. 잡고 있는 지후의 한쪽 다리를 허리에 감게 했다. 그대로 더욱 결합을 깊게 하고서 명인은 그녀의 안에 세차게 자신을 박아 넣었다.

"하앗! 앗……! 아웃……!"

지후가 비명 같은 소리를 흘렸다. 위로 치켜져서 바르르 떨리는 지후의 턱에 입을 맞췄다. 긴장으로 맺힌 땀방울이 명인의 콧날을 타고 뚝 떨어졌다.

"자, 잠깐…… 아웃."

"……아파?"

"……아파요. 아파 죽겠지만……."

"그래. 어차피 이미 늦었어……. 멈추는 건 불가능해."

집요하게 지후를 끌어안았다. 쉴 새 없이 손을 움직이고 가슴을 덧그리고 키스했다. 지후의 몸이 펄펄 끓고 있었다. 그 온도가 그의 전신에 해일 같은 자극을 선사했다. 뇌까지 건드려진 듯한 강력한 자극.

허리 아래에 열기가 더해 가고 움직임은 더욱 빨라졌다. 붉게 젖어 흔들리는 지후의 갈색 눈동자가 그의 심장을 긁었다. 손톱으로 직접 긁는 이상의 자극을 경험하며 명인은 지후의 쇄골에 이를 세웠다. 거친 숨결을 내뱉으며 바스러뜨릴 듯 쇄골을 깨물자 지후가 비명을 내질렀다.

시트를 꽉 움켜쥔 지후의 하얀 손등에 연약한 파란 핏줄이 섰다. 그 녀석을 지금 자신이 안고 있다. 이 온몸으로 느끼고 있다. 이 충만감을 대체 뭐라고 표현하면 좋을까.

지후의 머리카락이 명인의 뺨을 간질이고 목을 건드렸다. 달콤한 체향이 그의 코끝으로 밀려들었다. 그리고 어느 순간 지후 쪽에서 그의 입술을 찾았다.

작은 입술이 더듬더듬 그의 입술을 머금어 오는 순간 명인의 심장이 쿵 했다. 갈구하듯 떨리는 그 입술을 벌주듯 명인은 일부러 자신의 입술을 떼어 냈다. 사실 그는 놀란 상태였다. 움직임을 멈춘 채로 한 팔로 몸을 지탱하며 물끄러미 지후를 내려다보았다. 지후가 열에 들떠 빨개진 눈으로 그를 올려다보고 있었다. 더욱 상체를 들어 가며 그의 입술에 닿으려고 애를 쓴다. 그런 지후의 모습이 명인의 심장을 새로운 형태로 뛰게 했다.

자신을 할퀸다. 이 녀석의 도발이.

그래도 키스를 해 주지 않자 지후가 손을 뻗어 그의 목을 감아 당겼다. 달콤한 숨결을 흘리며 명인의 입술에 입을 쪽 맞추곤 아랫입술을 깨물었다. 명인이 '윽!' 하는 것과 동시에 지후의 빨간 혀가 그의 입술을 할짝 핥았다. 명인의 피가 머리끝까지 몰렸다.

정신을 잃은 사람처럼 열에 들뜬 눈으로 키스를 갈구하는 지후의 이마를 손바닥으로 누르곤 가만히 내려다보았다. 그때 지

후가 울 것 같은 얼굴로 그에게 중얼거렸다.

"제발……."

심장에 통증이 왔다.

단 한마디. 그 한마디에 자신은 이렇게나 무섭게 영향 받고 있다.

명인은 질 것만 같은 자신을 필사적으로 지탱하며 지후의 머리카락을 쓸어 주었다. 비와 땀에 흠뻑 젖은 그 녀석의 머리카락이 더할 수 없이 선정적이다. 촉촉하게 젖은 눈가, 풀어진 입술, 반짝거리는 눈동자, 뽀얀 살결, 비에 젖은 머리칼, 바스러질 것 같은 몸, 이 습도, 이 열기……. 세상이 온통 녀석과 자신의 움직임으로 꽉 차서, 그 이외에는 아무것도 없는 것 같다.

이 녀석의 투명한 얼굴.

이 녀석의 달콤한 입술.

이 녀석의 신비로운 홍채.

이 녀석의 싱그러운 어깨.

단단하면서도 유연한 몸.

매끄러운 허리의 곡선.

며칠이라도 좋으니 그 모든 것을 시간을 들여 하나하나 만져 가며 은밀하게 둘이서만 보내고 싶다. 하루 종일 쓰다듬고 키스하고 끌어안고 모든 걸 자신의 것으로 하고 싶다. 세상 밖으로 나가고 싶지 않을 정도로.

비의 장막이 바깥세상과 이 침실을 분리해 주는 것 같다.

"원해?"

지후가 망설였다. 그 손을 끌어 와 가슴 위에서 꽉 잡으며 명인이 다시 물었다.

"날 원하면 말해."

지후가 질끈 깨물고 있던 입술을 놓으며 고개를 끄덕였다. 붉게 물든 눈동자에서 애처로운 눈물이 흘러내렸다. 고였던 눈물이 빛 가루처럼 반짝이며 떨어졌다.

세상에서 가장 아름다운 빛이다.

"원해……. 그러니 찾아왔을 거 아니야. 그쪽 말처럼……. 말 잘 듣는 착한 애처럼 결국 찾아왔잖아요. 대체 여기서 더 뭘 어떻게 하란 거야."

속상해 죽겠다는 듯 그 녀석의 눈물의 농도는 짙었다.

"난 이게 다예요. 더 뭘 어떻게 할 수도 없는데. 자존심이고 뭐고 다 팽개치고, 쪽팔린 것도 참고서 달려왔는데……. 무릎이라도 꿇어요? 잘못했다고 빌기라도 할까요?"

콧잔등이 빨개진다.

안쓰럽게도.

으스러뜨릴 듯 확 끌어안고 더욱 힘껏 찔러 올렸다. 아까보다 한층 더 격하게, 거칠게 움직이며 그 안에 자신을 때려 넣겠다는 듯 지후의 작은 몸을 사정을 두지 않고 밀어붙였다.

쾌감이 더해질수록 가슴은 저릿했다.

이를 앙 물고서 견디고 있는 그 몸이 사랑스러우면서도 안타깝다. 이 녀석에게 이렇게나 흔들리고 있는 자신이 놀라울 정도다. 지후의 눈꼬리를 타고 계속해서 눈물이 흘러내렸다. 하

지만 이미 욕망은 멈춰 줄 수 있는 상태가 아니었다. 스스로 컨트롤이 불가능했다.

피가 거꾸로 솟는 기분. 울고 있는 지후의 허리를 꽉 잡고서 명인은 마지막까지 우악스럽게 몸을 밀어붙였다. 허공에 들린 지후의 다리가 바르르 떨렸다.

이렇게 자신을 잡고 흔드는 녀석.

이렇게나 자신을 아프게 하는 녀석.

어째서 이런 고통을 주는 당사자에게 자신은 입을 맞추고 싶은 걸까.

움직임이 점점 더 빨라질수록 두 사람의 호흡도 흐트러졌다. 지후의 손톱이 명인의 등에 박혔다. 새빨간 선이 그어지면서 지후가 비명을 지르고 명인은 그 소리에 자극돼 절정을 맞았다. 몸 안에서 빠져나왔다. 뜨거운 정액이 쏟아져 흘러내렸다.

극치의 쾌감 속에서 지후의 얼굴을 찾았다.

생경한 자극에 바르르 떨고 있는 지후의 얼굴이 보인다.

열에 들떠 어차피 자신의 시야도 불안정했다. 그럼에도 찾아서 꽉 끌어안았다.

스스로도 겁이 날 정도로 이 녀석을 놓아주고 싶지 않단 생각, 그럴 바에야 차라리 깨뜨려 버리는 게 나을 것 같다, 그런 파괴적인 소유욕이 들 정도로.

사정을 했음에도 식지 않는 정염에 휩싸여 아직 정신을 차리지 못하고 있는 지후의 풀어진 입술에 다시 집요하게 키스했다. 예민해진 입술은 조금만 건드려도 반응을 보였다. 혀를 찾아

감아올리며 손으로는 부드러운 지후의 꽃잎을 건드렸다.

이미 민감해질 대로 민감해진 그곳이 다시 건드려지자 지후의 눈이 번쩍 떠졌다. 의아함으로 눈이 동그래지며 도망가려고 바르작거렸지만 명인은 단호히 붙들어 뭔가를 호소하는 지후의 눈을 무시한 채 다시 가져 버렸다.

"아아……!"

지후의 몸이 작은 동물처럼 정신없이 떨리며 넘어갔다. 감당하기 벅찬 듯 곧 그의 어깨를 때리고 할퀴고 깨물고, 할 수 있는 모든 방법을 동원해 구타하는 지후를 제압하고 귓불을 혀로 핥고 입술을 겹쳤다. 끝내 반항하던 기운도 점차 사라지고 맞물린 입술 사이로 다시 신음이 흐르기 시작했다. 뜨거운 그것을 새겨 넣듯 더욱 깊이 지후의 안에 쑤셔 넣었다.

신음이 그의 이성을 끊어 놓을 것 같다.

"소리…… 더 듣게 해 줘."

"아윽!"

어차피 자신의 요구에 응해 준 건 아니었다. 지금 지후는 혼미한 상태였다.

명인은 그대로 지후의 몸에서 자신을 빼내고 그 몸을 뒤엎었다. 침대에 엎드린 자세가 된 지후가 당황한 눈빛으로 그를 돌아봤다.

"지, 지금 뭐 하는……."

하지만 명인은 그 눈을 무시한 채 뒤에서 녀석을 안았다. 등이 휘어지며 경련하듯 꿈틀거렸다. 그 귓가에 입술을 붙이고

낮게 속삭였다.

"새로운 자극이 될 거야."

이미 그가 주는 자극에 길들여진 지후의 몸이 그가 잠깐만 움직여도 파도처럼 넘실거렸다. 뒤에서 밀어붙이자 뜨거운 숨을 확 내뱉으며 턱을 치켜 올렸다.

그 팔을 잡아 다른 손으로는 지후의 턱을 만지며 입술을 파헤쳐 손가락을 입안에 넣었다.

"후……."

녀석이 화났다는 듯 그의 손가락을 세차게 깨물었다. 그 통증마저 자극이 되어 그를 미치게 했다.

그의 까만 머리카락이 이마 위에서 흔들리고 땀방울이 후드득 떨어졌다. 녀석의 내부가 더욱 조여져 그를 돌아 버리게 했다. 머릿속까지 핑 돌 것 같은 쾌감에 지후의 등을 누른 채 정신없이 몰아붙였다. 헉헉 거친 숨이 터졌다.

흐릿한 시야로 지후의 벗은 등이 보였다. 좁고 자그마한 어깨가 보였다. 단지 그것을 보는 것만으로도 애처롭다. 그래서 더 사랑스럽다.

지후가 지금 무슨 생각을 하고 있는지는 알 수가 없다. 어쩌면 그저 몸을 태우는 정염, 그 외의 것엔 관심 따위 없을지도 모르겠다.

그렇더라도…….

지후의 턱을 돌려 뒤에서 입술을 덮어 혀를 섞었다.

그 턱을 타고 흘러내린 타액마저 모조리 핥아 가며 잡아먹을 듯 키스했다. 한참을 몰아붙이다가 입술을 놓아주자 지후가 할 딱거리며 한꺼번에 숨을 내쉬었다. 붉게 풀어진 입술, 욕망에 젖어 고양이처럼 길어진 눈꼬리, 관능에 푹 빠진 중성적인 눈동자, 그 매력.

헉헉.

명인은 거친 숨을 몰아쉬며 다시 지후를 안았다. 차츰차츰 뇌가 분해되는 느낌. 가져도, 가져도 충족되지 않는 갈망. 이후 며칠, 몇 달이라도 침실에서 나가지 않고 이렇게 끝도 없이 이 몸 안에서 살고 싶다.

사람이 어떻게 미치면 이런 생각을 할 수 있는 걸까.

어떻게 하면 이렇게 본능에 조종당할 수 있는 걸까.

대체 어떻게 하면, 이 행위만이 아닌 마음을 새겨 넣을 수 있을까.

머리가 어떻게 되는 것 같다.

Somewhere over the rainbow

"옛날 얘기 하나 해 줄까요?"

꿈속에서 지후가 말했다. 그 녀석의 옆에 자신은 없었다. 지후는 그저 혼자 있었다. 아무리 나를 보고 말하라고 해도, 네 앞에다가 나를 끌어다 놓으라고 해도 그 녀석은 거부한 채 독백하듯 말을 이었다.

"옛날 옛날에 호랑이가 살았는데…… 그건 아니고…… 어떤 남자가 있었대요. 그 남자한텐 아내와 딸들이 있었어요. 그리고 마흔이 넘은 그 남자한텐 꿈도 하나 있었대요. 딸들만 쭉 낳아서 아들을 갖고 싶었다나 봐요. 하지만 남자는 그 마음을 결코 드러낼 수 없었죠. 남자의 어머니가 딸만 낳는 며느리를 너무 심하게 괴롭혔기 때문에. 상식 밖의 박대에 며느리의 마음은 병들어 가고 스트레스와 우울증으로 정신과를 찾아야 할 정도였대요. 그땐 그랬나 봐요. 아들을 낳지 않았다는 죄로, 아내는 인간 이하의 취급을 받았고 또 임신을 했는데 결국 태어난 아이마저…… 딸이었대요.”

아내는 시어머니에게서 쏟아질 폭언과 학대를 너무 두려워했다. 그래서 아버지는 생각 끝에 딸을 아들이라고 속이기로 했다.

“어머니가 이미 연로하시니까 그저 잠시만 속이면 될 거라고 생각했나 봐요. 하지만 어차피 오래 못 갈 거짓말이었죠. 그런데 이상하게 어머니가 계속 그 앨 아들인 것처럼 대했대요. 처음엔 연세가 들어서 그런가 싶었는데 아니었대요. 기저귀를 채우면서도 어머니는 일절 성별에 대한 언급이 없었다고 해요.”

그제야 아버지는 자기 어머니가 일부러 그런다는 걸 알았다. 서로 정확한 말을 나누진 않았지만 암묵하에 그렇게 지후는 아들이 되었다. 하지만 거기엔 아들을 갖고 싶은 아버지의 마음도 포함된 게 아니었을까, 하고 지후는 말했다.

태어날 때부터 자신이 사내아이라고 믿고 있었던 아이. 그 아이는 남자아이의 옷을 입고 남자아이처럼 자랐다. 언니가 아닌 누나라고 불렀고, 동네 오빠도 오빠가 아닌 형이라고 불렀다. 아버지는 그 아이를 ‘우리 아들’이라고, 엄마도 ‘우리 아들’, 시어머니도 ‘내 손자’, 그렇게 불렀다고 한다.

아버지는 딸에게 미안한 만큼 사랑을 줬고, 지후는 남녀 구분이 없는 일곱 살까지 자신을 남자아이라 생각하고 살았다.

하지만 결코 오래 유지될 수 없는 비밀이었다. 초등학교에

들어간 지후는 자신과 아이들이 뭔가 다르다는 걸 느꼈고, 성교육을 받으며 엄청난 충격을 받았다. 그즈음 생리가 터졌다. 그리고 가족들이 보인 반응. 진저리를 치며 날카로운 반응을 보인 엄마와 매질까지 한 할머니. 자신의 이 이상한 몸 때문에 엄마와 할머니를 그렇게 만든 거라 생각했다. 죄책감이 일었다.

무엇보다 가장 사랑하는 아버지의 외면. 그것은 어린 지후에게 엄청난 충격으로 다가왔다. 아니, 겁이 났다. 아버지가 자신을 싫어하게 될까 봐.

그래서 지후가 선택한 건, 모든 걸 부정하는 것이었다. 할머니 말처럼, 엄마 아버지 말처럼 자신을 세뇌시켰다. 그건 절대 생리가 아니고, 가슴이 생기느라 멍울이 지며 아파도 무시했다. 하나도 아프지 않은 것처럼 가족들과 눈이 마주치면 더 생글생글 웃었다.

두려움, 혼란.

자신은 남자인가, 여자인가, 정체성을 잃은 상태에서 사춘기를 맞았다. 그리고 그때 아버지가 교통사고를 당했다. 병원으로 옮겨졌지만 이미 사망한 후였다. 아버지가 그렇게 갑자기 가 버리고 지후는 그 상태로 홀로 남겨졌다.

그 어떤 것도 책임져 주지 않은 채로 아버지가 돌아가시는 바람에, 지후는 아무것도 할 수 없었다. 그저 지금까지 그랬던 것처럼 스스로를 남자애라고 생각하고 살 수밖에 없었다.

여자로도 남자로도 살 수 없게 만든 아버지가 때로 원망스럽기도 했지만, 평생 고생만 하다가 돌아가신 아버지를 원망할 수도 없었다. 그리고 그로부터 얼마 후 엄마도 병원에 들어가서 나오지 못했다. 평생 시어머니에게 모진 시집살이를 살며 얻은 병이 원인이었다. 그렇게 부모님을 둘 다 병원에서 잃었다.

그래서 지후는 병원이 무서웠다.

"영정을 지키면서 생각했어요. 누나들도 나만큼이나 이렇게 앞이 깜깜할까? 나처럼 이렇게 세상에 홀로 남겨진 기분일까? 아버지를, 엄마를 대체 어떻게 이해해야 할까. 원망하지 않고 어떻게 버틸 수 있을까."

만약 아버지가 하던 일을 하며 아버지의 궤적을 따라 살아가다 보면 언젠가 자신도 아버지의 인생을 이해할 수 있을까? 자신에게 이런 인생을 선물한 아버지의 마음을 알 수 있지 않을까? 일만 저질러 놓고 무책임하게 떠난 그 아버지의 마음을 알 수 있지 않을까.

"그래서 고등학교를 졸업하자마자 아버지가 했던 일을 시작했어요. 하지만 아무리 시간이 지나도 여전히 아버지의 마음은 알 수 없네요. 아버지가 흘린 땀방울의 의미는 이해했지만 그 이상은 모르겠어요. 아직 난 아버지를 원망하고, 엄마를 이해하지 못하고 있나 봐요."

한번 생각하면 미쳐 버릴 것 같아 생각을 끊어 버리고 대충대충 살아왔다.

누구도 이해할 수 없는 삶.

누구도 상상도 할 수 없는 삶.

누구에게도 말할 수 없는 삶.

자기 자신만이 이해할 수 있는 삶.

자신의 인생을 나락으로 떨어뜨린 사람이 부모라는 걸 그 누구에게 설명할 수 있을까.

단지 자기만족을 위해서였을까?

아니면 딸을 아들로 키워서라도 잠시라도 편하고 싶었던 걸까.

그렇게 지후를 부정하고 싶었을까?

"왜 나일까요? 왜 하필이면 나였어야 했는지."

왜 남자도 아닌, 여자도 아닌 이런 삶에 익숙해지게 만든 건지.

도대체 무엇을 잘못해서, 무슨 죄를 져서 이런 굴레에 빠져야 했던 걸까.

"나랑 똑같은 사람이 TV에 나온 걸 봤습니다. 그 사람은 마흔까지 자기가 남자인 줄 알고 살았다는데, 주민등록번호까지 앞자리가 1이었다고 해요."

"……."

"다들 그러죠, 말도 안 되는 일이라고. 어떻게 저런 일이 일어날 수 있지? 저 부모는 도대체 뭐 하는 사람들이야? 당사자는 바보냐? 왜 저러고 살아? 어느 정도 나이가 들면 알아차렸어야 하는 거 아냐? 다들 쉽게 말하면서 공격만 하죠. 잘하면 동정 정도 받을까. 물론 그 사람한테 정신지체가 있었다고는 해요. 그제야 다들 아…… 하면서 수긍하더군요. 그런데 저는 오히려 그 사람이 부러웠습니다. 평생 남자로 알고 살았다면,

그럼 이런 혼란은 없었을 테니까.”

지후의 표정이 아프게 일그러졌다.

“몰라도 불행, 알아도 불행, 결국 똑같이 불행하다면 차라리 모르고 사는 게 낫지 않았을까.”

지후의 주민등록번호는 분명히 ‘2’로 시작된다. 차라리 자신도 아예 ‘1’이었다면, 아무리 겉모습이 여자 같아도 의심받지 않았을 테고 선생님과 친구들의 그 기묘해하는 시선을 받지 않아도 되었을 테다. 왕따를 당하지도 않았을 테고, 놀림과 괴롭힘을 당하지도 않았을 테다. 시험해 보려는 온갖 수작들을 겪지도 않았을 테다. 변태, 게이라는 소리를 듣지도 않았을 테다.

“아들로 키울 거였으면 차라리 신고도 남자애로 했어야지.”

하지만 부모님은 그러지 않았다. 지후에게 붙은 레테르는 ‘여자’였다. 그렇다고 해도 이미 유년 시절 지후에게 새겨진 자신에 대한 정체성은 남자였고, 첫 생리가 터졌을 때 가족의 반응으로 자신의 본래 성별은 죄악이 되었다. 이미 부정당한 성별로는 돌아갈 수 없었다.

성인이 되어 스스로 돌아갈 수 있게 되었을 땐 정신도 육체도 이미 너무 지쳐서 늦어 버린 후였다. 남자면 어떻고 여자면 어떨까, 그냥 그렇게 살았던 것 같다. 성별의 혼란 따위, 오로지 부모님의 생각에 닿아 보는 것에 집중하며 살려 했다. 그런 식으로 정말 중요한 것에서 일부러 고개를 돌렸는지도 모르겠다.

그리고 그때 이명인이 나타났다.

단 하루 만에 연지후의 모든 걸 파악해 버린 남자.

자꾸만 파고들려는 남자.

혼란을 가중시키는 남자.

겨우 잠잠하게 눌러 놓은 자신의 정체성을 까발리는 남자.

이제 버렸다고 생각한 반쪽의 연지후를 흔들어 깨우는 남자.

자신이 원한 건, 있는 그대로를 받아들여 주는 사람이 아니었다. 그냥 그 누구도 원하지 않았다. 원망도, 증오도 하지 않고 스스로를 무력하게 여기지도 않게…… 그냥 제멋대로 살아가는 인간으로 버려두었으면 싶었다.

'왜.'

한 번 외치면 끝이 없다.

자신의 '왜?'는 의문에서 그치지 않는다. 그건 그대로 자신을 부정하고 부모를 부정하게 만든다. 어차피 해답도 없다. 해답을 가진 부모님은 이미 죽고 없다.

"이제 와서 여자로 살아간다고 뭐가 달라집니까. 여자로 돌아가서 얻는 건 뭔데. 딱히 여자든 남자든 상관없습니다. 살아가야 하는 거라면, 그냥 살아가는 겁니다."

의미도 없이. 정체성도 없이.

"그렇다면…… 나는 도대체 뭘까요. 처음부터 난 필요 없는 인간이었을까요?"

지후가 명인에게 물었다.

"태어난 이유 같은 게 나한테 있었을까요?"

지후가 울었다.

그래. 그건 꿈이 아니었다.

스스로 자신의 모든 얘기를 해 주고, 새벽녘 다리가 엇갈려 쓰러진 작은 동물처럼 주저앉아서 지후가 그에게 물었던 말이었다.

"나는 대체 왜 태어난 걸까요? 살아갈 가치가 나한테 있는 걸까요?"

생각해 보면, 지후가 한 말들은 다 하나의 지점으로 모이고 있었다.

절박…….

누구에게도 해 주지 않았던 그 말들을 이명인에게는 해 주었다. 그걸 '나한테만'이라고 만족하며 좋아해야 하는 건가. 그러기엔 드러난 진실의 무게가 너무 컸다. 한 사람의 인생이 통째로 담긴 문제였다.

"넌 여자다."

사연을 들었다고 해서 모든 걸 다 알게 되는 건 아니다. 백 퍼센트 이해한다고 할 수도 없다. 감히 그럴 수 있는 수준이 아니었다.

이미 그 녀석은 살아오면서 겪을 고통이란 고통은 다 겪었다. 너무 아프게 살아와서 웬만한 자극은 자극이 되지 않을지도 모른다. 그만큼 힘겨운 삶을 혼자 감당하고 견뎌 내 왔다. 다만 오로지, 부모의 마음을 알아내고 싶다는 그 순수한 목표에 의지해서. 그게 그 녀석의 유일한 복수의 방법이었으며 자신이 살아갈 수 있는 존재의 이유였으리라.

그런 삶이라니, 너무 안타깝지 않은가.

"너는 그냥 여자야."

무슨 말을 해도 지후에게는 닿지 않으리라.

하지만 받아들여지든, 아니든.

"나는 그것 말고 다른 모습으로 널 본 적은 한 번도 없어. 나한테는 그거면 돼."

여자로 돌아가야 하는 날이 닥쳤기에 녀석은 괴로웠던 것이다. 돌아가야 할 이유가 여태까지는 없었을 테니까.

"하지만 이제 이유가 생겼으니까, 넌 돌아가야 해."

지후가 화가 난 듯 명인을 노려보았다. 명인은 흔들리지 않고 말을 이었다.

"네가 여자로 있어 주기를 미치도록 바라는 한 남자가 여기에 있어. 넌 내 여자가 되기 위해 태어난 거야."

"헛소리하지 말아요. 그렇게 이기적인 말이 어디 있어. 나는 그쪽을 행복하게 해 주기 위해서 태어난 것도, 댁의 욕구를 충족해 주기 위해서 태어난 것도 아니야."

"그래, 우습고 한심한 남자의 마음이지. 그렇더라도 나는…… 네가 여자라서 다행이다."

지후의 표정이 멈칫했다.

손을 뻗어 지후를 일으켜 세웠다. 겁을 집어먹은 듯 빠져나가려는 지후를 단단하게 틀어 안고 억지로 눈을 맞췄다.

"찌꺼기라도 좋아. 툭툭 털어 이는 먼지만큼이라도 넌 날 생각하면 돼. 그 먼지보다는 내가 낫다고 생각하면 돼. 딱 그 정도의 마음으로 날 지켜봐. 그러다 결국 넌, 날 위해서 여자로 살고 싶다는 생각을 하게 될 거야."

"몰라. 누가 그딴 생각 따위……."

"네 자신이 누구보다 소중하고 아름다운 여자라는 걸 스스로 알게 될 거야."

"그딴 거……."

"너는 날 사랑하게 될 거야."

"난…… 그런 거 필요 없어요."

"그럼 이건 뭐지? 우리가 하고 있는 이건, 아무것도 아닌 것 같나?"

"몸을 섞는다고 다 사랑은 아닙니다."

"난 몸만 섞은 기억은 없어."

지후가 귀를 막으려 했다. 명인은 그 손을 잡아 붙들었다. 두려움에 가득 차 벽을 세우는 그 눈을 보며 명인이 말했다.

"사랑, 별거 아니야. 별로 대단치도 않아. 두려워할 거 없어. 단지 좀 행복해지면 되는 거야."

"……."

"도망가지 마. 고민할 일이라면 좀 더 고민해. 내가 옆에 같이 있어 줄 테니까. 언제라도 날 이용해. 필요하면 나한테 손 뻗어. 그건, 아픈 고민이 아니야."

"사랑 따위…… 무슨 상관인데요. 그쪽도 나랑 안 어울립니다. 이런 말도 안 되는 인간한테 진지해질 필요 없습니다. 이런 인간 때문에 고민할 필요도 없고."

"고개 돌리지 마."

"집에 갈 겁니다."

"아니, 넌 나와 있을 거야. 내가 원하니까."

지후의 눈이 커졌다.

"너도 원하고 있어. 아니면 아니라고 말해."

"……."

"말해. 절대 아니라고, 한번 말해 봐."

"……그래요, 원해요. 원합니다. 당신이랑 같이 있고 싶어서 미치겠습니다. 그래서 뭐요? 그거면 모든 게 해결돼요? 근데 왜……."

지후의 눈동자에 투명한 눈물이 고였다.

"왜 아무것도 안 변하는데요?"

가슴이 아프다.

명인은 그런 지후를 끌어당겨 안았다. 자신이 찔린 것처럼, 아니 그보다 더 아프다는 걸 지후에게 배우고 있었다. 어찌 보면 타인이 살아온 이야기, 얼마 전까지 몰랐던 사람의 삶의 이야기, 그저 안됐다 생각하고 스쳐 지나갔을지도 모를 인연. 하지만 질긴 인연은 그렇게 두지 않았다. 자신에게 지후를 보내 주었다고, 그렇게 생각했다. 보내 주어서 다행이라고.

이 세상에서 가장 아픈 게 이 녀석의 눈물이 되어 버렸다.

그저 갖고 싶다고 생각한 건, 이 녀석의 몸만이 아니라 정신이고 머릿속에 있는 생각이었고 숨결이었고 숨소리였고 목소리였고 표정이었고 성격이었고, 그 모든 것이었다.

미치도록 갖고 싶은 마음과 함께 이 녀석의 아픔을 끌어안고 싶은 마음도 함께 커 버렸나 보다.

이 녀석이 울면 자신이 너무 아프다.

그저, 널 안 보면 하루도 못 살 것 같을 뿐이다.

이런 감정이 대체 뭐냐. 이런 걸 대체 뭐라고 하면 좋을까.

대체 이런 감정을…….

"사랑한다……."

토해 내듯, 지후의 귓불에 입술을 묻으며 아프게 고백했다.

이게 사랑이라고, 그렇게 온몸으로 생각한다.

"너도 날 원해. 원하고 있어."

지후가 떤다.

"부정하지 마. 제발 부정하지 마. 내 곁에 있어. 넌 결국 나한테 오게 돼 있어."

주문을 걸듯 속삭이며 가운을 벗겨 내리고 드러난 어깨와 쇄골에 키스의 비를 퍼부었다. 마음 안에 담긴 걸 말로 다 표현할 수 없기에 그래서 사람들은 이렇게 육체를 찾는가. 더더욱 육체를 찾아 닿지 못할 저 끝까지, 채 끄집어내지 못한 모든 것을 꺼내 쏟아붓는 것인가.

어차피 결핍.

태어날 때부터 내게서 빠져 있던 모든 게 네 안에 몽땅 들어가 있기에 그걸 찾아 맞춰 완성하려고, 그 욕구로 나는 널 끊임없이 탐한다. 그걸 찾지 않고는 도저히 못 견딜 것 같기에.

활처럼 유연하게 휘어지는 허리를 안고 들린 턱에도 키스했

다. 야윈 어깨에 입술을 눌러 가며 가운의 끈을 풀고 가는 허리를 위아래로 쓸어내렸다. 가운이 바닥으로 떨어졌다. 그 가운 위로 지후를 눕히고 다시 그 몸을 안았다.

머리에 새겨 넣을 수 없다면 몸에라도 새겨 넣겠다.

명인을 몇 번이나 받아들여 이미 지친 지후의 몸이 열락이 아닌 힘겨움으로 열을 냈다. 힘겨우리란 건 그도 알았다. 이제는 아마 쾌락보다는 통증이 더할지도 모르겠다. 연한 살갗은 마찰로 인해 쓰릴 정도의 고통이 일겠지. 그럼에도 명인은 견딜 수가 없어 더욱 깊이 삽입을 하고서 마지막까지 지후를 안았다.

맹목적인 열망.

이 녀석은 아마 절대로 머리로는 그를 받아들이지 못할 테다. 아무리 기다려도 마음을 주지 않을 수도 있다.

방법을 모르므로.

받아들이고 싶어도 그 닫힌 문을 여는 열쇠가 그 녀석에겐 없다.

두려움이 너무 커서 열쇠를 받더라도 차라리 도망을 선택할 것이다.

문은, 밖에서 깨뜨릴 수밖에 없다.

집요하게 자신을 주입하고 그 녀석의 온몸에 이명인을 새긴다. 조금만 움직여도 이명인이 생각나도록, 몸의 구석구석 이명인의 체취를, 이명인의 흔적을 각인처럼 새긴다.

이런 포악한 방법만이 녀석을 생각하고 있는 증거라니.

　이 갈증의 깊이만이 유일하게 자신을 보여 줄 수 있는 방법
이라니.
　빛에 반사되어 후드득 떨어지는 지후의 투명한 눈물이 그의
독점욕을 부추겼다. 가쁜 숨을 할딱이는 지후의 자궁 끝까지
자신을 찔러 넣었다.
　그래, 너에겐 이것이 있다. 너를 여자로 만드는 그것이.
　거기에 닿고 싶다.
　마지막, 절정에 달했을 때 명인은 일부러 몸을 빼지 않고서
그대로 지후의 안에 정액을 쏟아 냈다. 소유욕이란 건 순식간
에 악마처럼 돌변한다. 세차게 반항하는 지후를 필사적으로 가
두고서 자궁 안에 모든 정액을 흘려 넣듯이 집요하게 자신을
쏟아부으며 명인은 절대 지후를 놓아주지 않았다.

Sunrise, sunset

　마당 한쪽에 차를 세운 명인은 음료수와 간식거리가 든 봉투를 들고 차에서 내렸다. 현장은 마무리 작업이 한창이었다.

　그때 명인의 얼굴을 알아본 몇몇 인부들이 인사를 건네 왔다.

　"수고하십니다. 드시면서 하세요."

　명인이 인부들에게 봉투를 건네자 인부들이 고맙다고 하며 받아 들었다. 잠시 공사 상황에 대한 몇 마디 대화를 주고받으며 주용을 기다렸다.

　완공이 얼마 남지 않았으니 마지막 점검을 하라고 연락이 왔다. 클라이언트를 만나고 출발하면서 전화를 넣어 놨는데 아직 도착하지 않은 듯했다.

　"지금 감히 이 사수님을 무시하는 거냐? 목수라고 목공 일만 할 거야? 기초부터 설비, 전기까지 완축을 해야 의미가 있는 거라고!”

　명인의 귓가로 그 목소리가 파고든 건 그때였다. 틀림없는 연지후의 목소리.

　또 뭐에 저렇게 흥분한 건지 열성을 다해 자신의 뜻을 설파하고 있었다.

　그날 아침 눈을 떴을 때 역시나 지후는 없었다.

　그 녀석은 그렇게 도망가기를 선택한 모양이다. 하지만 쉽지 않은 말들을 밖으로 내뱉고서 녀석의 마음도 편하지는 않았을 것이다.

　며칠 만에 겨우 얼굴을 보는 것 같다. 천천히 소리가 들린 쪽으로 걸어가 보니 생각대로 지후는 거기에 있었다.

　“무슨 건축 공모전에서 1등 하고 젊은 건축가상인가 그딴 거 받았다고 다 아는 거 같지? 니들이 도면 보고 지시할 줄만 알지 시공 노하우를 알아? 그건 현장에서 직접 뛴 우리들이 한 수 위야. 알아들어?”

　목청 높여 떠들어 대고 있는 지후를 쳐다보는 명인의 눈썹이 찌푸려졌다. 겨우 나흘, 그사이에 또 무슨 사고를 친 건지 얼굴에 반창고가 덕지덕지 붙어 있다. 녀석이라면 어쩔 수 없는 일이라고 하더라도 명인은 화가 났다. 또한 지후의 옆에 바짝 붙어 있는 인간도 눈에 거슬렸다.

　“알아 모시겠습니다, 사수님. 게으름 피우지 않고 열심히 현장 배우고 있지 않습니까. 화 푸세요.”

　“잘난 척하지 말라고, 이 자식아. 자신 있게 나설 거면 실수를 하질 말든가.”

“죄송합니다, 잘난 척 쓰레기통에 버렸습니다. 이제 됐죠?”

“지금 나 놀려? 무슨 자식이 변죽이 이렇게 좋아? 구렁이 담 넘어가듯 나 속일 생각 하지 마. 이런 일은 말이야, 신축보다 남이 해 놓은 일 뜯어고치는 게 더 힘든 거야. 이번 한 번만은 열의가 넘쳤다고 이해하고 넘어가 주지만 똑같은 실수 하면 그땐 가만 안 둘 거야.”

“넵!”

지후의 밑도 끝도 없는 타박을 포용적으로 다 들어줘 가며 허물없이 대화를 주고받는 그 녀석.

잘 알고 있는 얼굴이었다.

최시형.

주용의 동생이다.

그때 주용이 지후보다 먼저 명인의 존재를 알아차리곤 활짝 웃었다.

“어? 명인 형!”

몰딩 작업을 하고 있던 지후의 손이 순간 멈칫했지만 다시 묵묵히 일을 이어 갔다. 그 태도가 괘씸해서 명인의 눈살이 찌푸려졌다.

“오랜만입니다. 몇 년 됐나? 여기 형 집이라면서요. 며칠 전에야 알았어요.”

“……안 그래도 좋은 소식 들었다. 축하한다.”

“쑥스럽습니다.”

"뉴욕 넘어간다던 것 같던데."

"왜 아니겠습니까. 가기 전에 형이 나와서 회사 일 좀 도우라네요. 그래서 이렇게 무서운 사수님을 모시게 됐습니다."

최시형.

Y대 건축 대학원 출신으로, 일본에서 열린 신건축 공모전에서 1등, 건축연맹에서 주관하는 젊은 건축가상도 받았다. 그야말로 장래가 촉망되는 젊은 건축가로 엘리트 코스를 착착 밟고 있는 주용의 자랑이자 집안의 인재다. 또한 외모도 잘나서 건축 잡지에 얼굴이 자주 노출되는 등 요즘 한참 뜨고 있는 건축계의 핫한 인물이기도 했다.

"혹시 사수님도 형 아세요? 아, 집주인이니까 당연히……."

"무슨 사내자식이 그렇게 말이 많아? 시끄러우니까 거기나 잡아!"

저 녀석.

일부러인 듯 지후는 눈도 마주치지 않고 퉁명스럽게 지시만 내렸다. 명인은 그런 지후를 묵묵히 쳐다보았고, 시형은 또 그런 명인을 쳐다봤다.

"어…… 두 분 뭔가 있는 거 같은데요? 잘 아는 사이예요? 분위기가 싸한 게 원수라도 만난 것 같습니다? 형, 우리 사수님한테 뭐 밉보인 거라도 있으십니까? 누가 보면 사수님이 형을 일부러 무시하는 줄……."

"야, 잡담이 길어! 사수는 일하고 있는데 시다바리가 왜 이리 수다야? 빨랑 안 도와?"

"휴우, 네에, 알겠습니다!"

"그리고 거기, 집주인 형씨도 따로 지시할 거 없으면 거치적
거리니까 나가 계십쇼. 잘못하다 다치기라도 하면 골 아파지
니까."

그 녀석의 퉁명스러운 축출 명령에 명인의 눈썹이 더욱 끌려
올라갔다. 도무지 이 녀석은 틈을 주지 않는다. 그게 며칠 됐다
고 또 이렇게 생전 처음 본 사람 취급하는 건지.

하지만 지후는 몰딩 목재에만 시선을 둔 채 끝까지 돌아보지
않았다.

괘씸한 녀석. 그렇게 나오겠다는 건가.

"그럼, 수고해라."

"어? 형 진짜 가시는 거예요?"

"이따가 얼굴이나 보고 가라."

시형을 향해 말하고 명인은 밖으로 나왔다.

"형이 사 온 거라면서요?"

잠시 후, 시형이 음료수를 들고 명인의 곁으로 왔다. 명인은
차에 기대 집 외관을 훑어보고 있었다.

"잘 마시겠습니다."

옆으로 와 나란히 기댄 시형이 음료수를 따며 붙임성 있게
말했다.

"뉴욕으로 가기로 한 건 완전히 결정된 거냐?"

"일단은요. 거기서 좀 더 부딪치다가 사무실 차리고 한번 거

하게 놀아 볼 생각이에요."

"떠나기 전에 아버지가 남긴 회사에서 땀 흘려 가며 한번 초심으로 돌아가 봐라, 그 소린가?"

"오, 우리 형 마음을 어떻게 그렇게 잘 알아요? 아무래도 그런 마음인 것 같죠? 참, 형은 아예 귀국한 건가요? 디자인 스튜디오 오픈했다고 들었는데, 한국 뜨기 전에 한번 놀러 갈게요."

"오지 마, 인마."

시형이 큭큭 웃었다.

"그나저나 우리 사수님 좀 재미있지 않아요?"

난데없는 화제 전환에 명인의 눈빛이 멈칫했다. 화제가 마음에 들지 않는다.

"우리 형이 하도 또라이, 또라이 해서 도대체 어떤 사람일까 궁금했거든요. 그런데 뭔가 예상외라고 할까, 보고 있으면 독특하고 재밌다고 할까. 아주 열정적이에요. 표정은 건조한데 입만 열면 뭔가 불꽃 같은 것이 번쩍거리는 게……."

"……."

명인은 눈동자가 살짝 커져서 천천히 시형을 돌아보았다.

"우리 같은 사람들, 그런 불꽃에 사족을 못 쓰잖아요. 뭔가가 속에서 들끓는데 그걸 밖으로 빼내 보이지 못해 안달 난 사람들, 그게 우리 같은 창작하는 직업 가진 사람들의 특징이죠. 자기 등에 있는 상처 좀 봐 달라고 남대문 시장에서 훌러덩 벗고 난리치지 않고서는 못 배기는……."

왠지 예감이 안 좋은 건 자신의 노파심이겠지.

"좀 다른 사람 같아요. 저 사람이랑 있으면 뭔가 다른 세상에 있는 느낌이랄까? 붕 뜨는 거 같다고 할까? 땅에 발붙이고 사는 사람 같지가 않아요. 우리 형이 워낙 시끄럽게 굴어서 하루 이틀 정도 출근하는 시늉만 하고 말 생각이었거든요. 그런데 재미있어서 떠나기 전까지 꽉 채워 볼까 싶어요."

"……꽤 수다가 길어졌구나, 너."

"그러게요. 즐거워서 그런가? 사수님이랑 같이 있으면 불꽃 같은 게 타닥타닥 튀거든요. 그런 거 저 되게 좋아해요. 주로 그런 영감을 주는 여자들을 창작자들의 뮤즈라고 하지요."

순간 명인의 눈동자가 파동 쳤다. 시선이 확 마주치는 순간 시형이 말을 이었다.

"여자인 거, 형도 아는 거 같은데."

시형이 피식 웃곤 다 비운 음료수 캔을 휴지통에 휙 던졌다.

"우리 사수님 보는 눈빛이 결코 동성의 인부 보는 눈이 아니었거든요. 형 같은 사람이 노골적으로 내 거라고 금 그으면 관심 없던 사냥꾼들도 총부리를 옮기고 싶어지는 겁니다."

"최시형, 너 건방져졌구나. 나랑 놀고 싶은 거냐?"

명인의 눈빛이 일순간 번뜩였나 보다. 시형이 얼른 손사래를 치며 웃었다.

"농담이에요. 형이 정색하면 무섭습니다. 장난 좀 쳐 본 거예요."

"……주용이가 말해 줬냐?"

"뭘요? 아…… 우리 사수님 성별? 그걸 들어야 압니까? 딱

보니까 사이즈 나오는데……는 아니고 저도 살짝 긴가민가했
는데 이상하게 형이 나타난 순간 확인되던데요?"

"역시 나랑 놀고 싶은가 보군."

"아니라니까 그러시네요. 하 참…… 진땀 나네."

"호기심으로 넘겨짚고 건드릴 일 아니다."

시형이 흘끗 명인을 봤다.

"모든 인간관계의 시작은 호기심이죠. 그거 없이 뭐가 생기
겠어요? 넘겨짚고 건드리고, 그 모든 걸 합쳐서 저는 관심이라
고 부르는데. 저도 끼워 주세요. 재미있을 것 같은데."

"입을 좀 다무는 게 어때?"

명인이 낮게, 하지만 충분히 위협을 담아 말하자 시형의 입
가에서 서서히 미소가 가셨다. 두 사람의 시선이 낮게 엉켰다.

그때 옆으로 진입해 온 차가 두 사람 사이의 정적을 깼다.

"어라? 둘이 만났네? 그건 그렇고 이명인, 네 손님 오셨다."

주용이 차에서 내리면서부터 시끄럽게 굴었다.

천천히 명인의 고개가 돌아가자, 주용의 차 보조석에서 실크
스타킹에 감싸인 긴 다리가 나왔다.

"나 불청객은 아니지?"

유진이었다.

자신이 아는 바로 최시형은 시시껄렁한 대화를 즐기는 가벼
운 녀석이 아니다. 낙천적이고 외향적이라 사람 간의 사귐이
좋은 녀석이긴 했지만 적당한 선을 잘 지키기에 더 신뢰를 받

는 녀석이었다. 제 형과는 반대로, 어른스럽고 진중한 성격으로 정평이 나 있다.

‘좀 다른 사람 같아요. 저 사람이랑 있으면 뭔가 다른 세상에 있는 느낌이랄까?’
‘그 모든 걸 합쳐서 저는 관심이라고 부르는데.’

그런 녀석이 흥미 위주로 경솔하게 내뱉을 말들은 아니다. 그래서 일순간 기분이 상해 버렸다.
그 짧은 시간 동안 연지후에 대해 많은 걸 파악한 듯.
무엇보다, 자신과 같은 생각을 하고 있다는 게 불쾌했다.

‘표정은 건조한데 입만 열면 뭔가 불꽃 같은 것이 번쩍거려요.’

그건 자신이 유일하게 알고 있는 것이어야 했다. 이 무슨 유치한 선점욕인가 모르겠다.
“나 참.”
친구의 동생을 상대로 위협이라도 느낀 건가.
사람과 사람 사이의 감정이란 건 그렇게 쉽게 생겨나는 게 아니다. 시형은 그저 즉흥적으로 말한 것일 수도 있다. 거기에 예민하게 반응하는 건 자신이다.
하지만 그럼에도 신경이 쓰인다.

지후와 시형의 사귐이 고작 며칠뿐이라 한다면, 자신 역시 지후에게 관심을 갖게 된 건 일순간이었다. 그 눈에서 튀는 불꽃이 그의 시선을 잡아 끈 것도 사실이다.

그래서 자신과 같은 생각을 하고 있는 시형이 아주 거슬렸다.

연지후를 두고서, 그 녀석 주변에서 얼씬거리는 인간 전부를 다 배척하기라도 하겠다는 건지. 인간이 왜 이렇게 갈수록 유치해지는 건지 모르겠다.

"집이 예쁜데? 생각 이상으로 괜찮네."

유진의 목소리에 명인의 의식이 현실로 돌아왔다.

"어떻게 온 거야."

"아, 뭐야. 귀찮아하는 그 말투는? 역시 나 불청객이었어?"

"어떻게 오게 된 건지 경위를 묻고 있는 거야."

"집 구경도 하고 싶고 겸사겸사 나도 싣고 가라고 주용이한테 전화했지. 너한테 말했으면 거절당했을 거 아냐."

명인이 혀를 끌 찼다.

"솔직하게 대답해 봐. 내가 온 거 싫니? 불쾌해?"

"글쎄, 뭐라고 대답해 줄까."

"하여튼 이명인 짜게 굴긴. 기왕이면 잘 왔다고 활짝 웃어 주는 건 어때?"

"……잘 왔다. 활짝."

유진이 황당하다는 듯 웃자 명인도 자신의 유치한 개그가 마음에 안 찬 듯 고개를 저었다.

남은 자재들을 옮기려고 밖으로 나오던 지후는 문득 한 곳에 시선이 갔다. 그곳에서 이명인이 웬 늘씬하고 아름다운 여자랑 나란히 서 있었다. 여자는 상당한 미인이었는데 어쩐지 이명인이랑 사이가 꽤나 좋은 것 같다.

"누구냐, 저 여잔……."

그랬다가 고개를 설레설레 저었다.

"이젠 별짓을 다 한다. 아서라, 연지후. 선남선녀가 제집 앞에서 웃는다는데 무슨 상관이냐. 누가 말려? 내가 말려?"

동강 나서 쓸모없는 자재를 마당에 탁 놓자 먼지가 확 일었다.

"연지후."

손을 탁탁 털고 돌아서려는데 이명인의 목소리가 그의 뒤 꼭지를 붙들었다.

"……뭡니까?"

이명인을 보면 심란해진다. 또 복잡해진다.

며칠이나마 겨우 고요해져 가고 있었는데 또다시 저 남자가 만드는 폭풍의 중심에 휘말려 버릴 것 같다. 그게 두려워서 되도록 피했으면 좋겠다. 아무리 벗어나려고 해도 저 남자의 품속에 갇혀 있고, 아무리 부정하려고 해도 정신 차려 보면 어느 순간 저 남자의 말들에 길들여지고 있다.

"이리 와 봐."

자기는 움직이지도 않고 사람을 오라 가라다.

하, 오라면 못 갈 줄 알고.

　　지후는 휘적휘적 걸어가 불성실한 태도로 짝다리를 짚고 서서 그를 봤다.

　　"왜요. 뭔데 바쁜 사람 멋대로 오라 가라 명령입니까?"

　　차라리 불성실하게, 거칠게 구는 게 이 남자를 대하기엔 더 편했다. 혹시 내재하고 있을지 모르는 혼란을 이 남자에게 들키긴 싫었다. '나는 이대로가 좋아'라고 계속 시끄럽게 고집부리는 것도 싫다. 내 생각을 말하는 게 아니라 질기고 미련하게 버티는 것 같다.

　　"얼굴 좀 보자, 이 녀석아."

　　그가 지후의 모자를 손가락으로 툭 튕기는 바람에 지후는 반쯤 뜬 모자를 얼른 푹 누르며 그를 째려봤다.

　　"아, 왜 멋대로 모자는 건드리고 난립니까?"

　　"인사해라. 이쪽은 연지후, 그리고 노유진."

　　난데없이 사람 부른 이유가 겁나게 예쁜 저 누나를 소개시켜 주기 위해서였나 보다. 어울리지도 않게 친절한 짓을 하고 난리다. 도대체 뭐 하는 여자기에? 또 무슨 사이기에?

　　지후는 괜히 기분이 나빠져서 고개를 까딱 하며 껌을 씹어 뱉듯 불량하게 인사했다.

　　"안녕하쇼. 연지후라고 합니다."

　　"아, 반가워요. 집 구경하러 왔어요. 근데 이명인답지 않게 현장 사람들이랑 친하게 지내나 보네?"

　　그는 대답이 없었다. 지후는 명인을 흘끗 보곤 다시 노유진이라는 여자를 쳐다봤다. 그를 대하는 여자의 어조로 봐선 꽤

나 친한 사이 같은데.

그나저나 아까부터 뭔가 싶었는데, 이 여자 되게 좋은 냄새가 난다.

"미인 누님이시네요."

지후가 불쑥 말하자 이명인한테서 끌 하며 혀를 차는 소리가 들린 것 같다.

"어머, 고마워요. 뭐라고 불러야 하나? 지후 씨? 이런 말 해도 될지 모르겠지만 지후 씨도 예쁘게 생겼네요. 남자 맞아요? 그런 소리 많이 듣죠?"

"뭐, 기왕이면 멋지다고 해 주시죠."

"아…… 그러게요. 실수했네요. 근데 이명인이 일부러 소개까지 시켜 주고, 이 남자랑 친해졌나 봐요. 좀 무뚝뚝한 성격인데 동성한텐 다르나?"

이명인과 또다시 시선이 마주쳤다. '뭐라고 대답할 건데?'라는 듯 집요한 시선으로 묻는 것 같다. 지후는 심드렁한 표정으로 대답했다.

"형 동생 먹기로 했거든요. 형이 되게 잘해 줘요. 역시 남자끼린 통하는 게 있나 봅니다."

이명인의 눈썹이 끌려 올라갔다.

"그렇구나. 부럽네요."

역시…… 기분이 안 좋다.

"뭐, 아무튼 전 일하던 중이라 이만. 즐거운 시간 보내다가 가십쇼."

지후는 꾸벅 인사를 하고 돌아섰다.

안으로 들어와 툭툭, 공구를 챙기는데 노유진이라는 여자에게서 풍기던 향기가 떠올랐다. 순간 지후는 망치를 던지듯 내려놓곤 바닥에 털썩 앉았다.

"젠장, 뭐야."

이게 뭐 하는 짓인지 모르겠다. 외면하고 있었지만 자신은 역시 성질이 난 것 같다. 이명인이 다른 여자와 함께 서 있는 걸 본 순간부터 그냥 그게 거슬렸던 것 같다.

주제에 이젠 하다 하다 질투까지 하려는 건가?

이건 그냥, 자신의 안에 있는 반쪽의 남자가 저 아름다운 여자한테 센서를 작동시킨 것뿐……일 리는 없고.

"소개는 개뿔."

"또 욕하고 있는 겁니까?"

그때 옆에서 불쑥 목소리가 끼어들어 지후는 '으헉!' 소리를 내질렀다.

"아, 이 자식! 인기척 좀 내고 다녀!"

"인기척 엄청 냈는데. 사수님이 딴생각하느라 못 들은 거 같은데요."

"시끄럽고, 마무리나 도와."

"넵! 아 참, 오늘도 삼겹살에 소주 한잔 어떠세요?"

"오늘은 생각 없다."

"왜요? 아…… 하긴, 어제 그렇게 난리를 피우셨으니 오늘 하루는 쉬어 주셔야겠죠. 사수님이랑 술 마시면 조마조마해서

술이 입으로 들어가는지 코로 들어가는지 모르겠더군요.”

“그 군바리 새끼들이 먼저 건드렸어!”

“네네, 알겠습니다. 누가 뭐랬나요? 아무튼 제가 그때 나서지 않았으면 얼굴에 멍 좀 든 걸론 안 끝났을 겁니다.”

“너 대체 뉴욕인지 뭔지에는 언제 가냐?”

“제가 세 살 많은 건 아세요, 사수님?”

“무슨 상관이야. 오십 넘어도 내 밑으로 들어오면 다 내 밥이고 따까리지. 이 바닥에선 모든 걸 경력과 실력으로 말해. 나보다 잘해? 나보다 이 바닥 잘 알아?”

“사수님 그럴 때 좀 귀여운 거 알아요? 뭔가 여자 같다고 할까.”

지후의 표정이 뚝 멈췄다. 빙글 웃고는 그대로 조인트를 깠다.

“짜식이, 눈썰미 뽐내고 싶으면 작업할 때나 써먹어!”

제대로 정강이가 까였는지 시형이 깡충깡충 뛰며 ‘윽!’ 낮은 비명을 흘렸다. 지후를 원망스럽게 쳐다보며 중얼거렸다.

“우리 사수님 또 텐션 오르셨네. 깡패 되셨네.”

“아, 답답해. 담배 있냐?”

이 답답함이 깐죽거리며 자신을 건드리는 최시형 때문은 아닌 것 같다. 지후가 안주머니를 더듬으며 말하자 시형이 픽 웃곤 주머니에서 담배를 꺼냈다가 중얼거렸다.

“어? 돗대네…….”

“줘 봐.”

“어어! 왜 이러십니까? 돗대는 양보 못 한다는 소리도 못 들으셨어요?”

　그러곤 시형이 빼앗기기 전에 그 담배를 자기 입에 쏙 던져 물었다. 씨익 웃곤 라이터를 꺼내 보란 듯 불을 붙이곤 창틀이 아직 달리지 않은 창가로 가서 담배 연기를 내뿜었다.

　“저 자식이…….”

　황당하다는 듯 그 모습을 보며 중얼거리던 지후는 곧 휙휙 걸어가 시형의 손가락에서 담배를 확 빼앗아 입술에 물고 빨아들였다. 시형이 멈칫했다.

　“지금 뭐 하십니까?”

　“담배 피우잖아.”

　심드렁한 표정으로 지후가 대답했다.

　“말이 나와 하는 말인데 담배 좀 꽉꽉 채워서 다녀, 이 자식아.”

　차체에 기대 안쪽의 지후와 시형을 쳐다보고 있는 명인의 눈썹이 사납게 찌푸려져 있었다. 그의 눈빛이 싸늘하게 식었다.

　한창 티격태격하는가 싶더니 갑자기 지후가 시형의 담배를 빼앗아서 입술에 무는 순간 그는 차마 말로 표현할 수 없을 만큼 불쾌해졌다. 속이 뒤틀리는 것 같았다.

　‘연지후.’

　그 허물없는 태도가 어이없었다. 그를 박박 긁는 눈앞의 그 광경이란. 보란 듯 멋대로 하는 것도 아닌, 그저 자연스럽게 하는 행동인 것 같아 더 신경에 거슬렸다.

　차갑게 굳은 표정으로 지후의 옆얼굴을 쳐다보고 있는데, 그

때 문득 시형의 시선이 이쪽으로 향했다. 순간 보란 듯 명인과 시선을 맞춰 온 시형이 어깨를 으쓱했다. 바로 명인의 표정이 바위처럼 단단하게 굳고 한쪽 눈썹이 끌려 올라갔다. 싱긋 웃어 보인 시형이 고개를 돌렸다.

명인의 눈매가 더할 수 없이 싸늘해졌다.

"귀엽지 않네, 저 녀석."

"누가? 하여튼 또 대답 안 해 주지. 암튼 예쁜 꽃미남 총각도 있고, 나도 진작 놀러 와 볼 걸 그랬나 봐. 그나저나 저 예쁜 총각은 시형이랑도 친한 거 같네? 근데 진짜 남자 맞아? 모르고 보면 헷갈리겠어. 딱 남장 여잔데?"

"너, 최주용 차 타고 먼저 나가라."

"……응? 벌써?"

"내일 회사에서 보자."

유진이 어이없어했지만 명인은 차를 출발시키려는 최주용을 잡아 그녀를 먼저 태워 보냈다. 그리고 그대로 건물 안으로 들어가, 아직도 창가에서 담배를 나눠 피우고 있는 지후의 팔뚝을 잡아채 성큼성큼 밖으로 나왔다.

"앗! ……또 뭡니까?"

당연히 갑자기 잡혀 끌려 나오게 된 지후가 황당하다는 듯 반항 섞인 질문을 했다. 명인은 차갑게 식은 눈으로 지후를 돌아보았다.

"지금 이대로도 충분히 열 받았으니까 그냥 따라와라."

"하, 열 받은 게 누군데……."

"여기서 그 이유를 말해 줄까? 하긴, 그것도 좋겠군. 최시형도 보고 모두 다 보게, 왜 이러고 있는지 이유를 설명해 주는 것도 괜찮겠어."

지후의 눈동자가 믿을 수 없다는 듯 벌어졌다.

"지금 무슨……."

명인은 지후의 귀에 상체를 바짝 붙였다. 그리고 낮게 말했다.

"지금 난 돌아 버린 놈이야. 제발 날 더 건드리지 마라."

지후를 차에 태운 명인은 입을 꾹 다문 채 엑셀을 꾹 밟았다. 물론 지후의 표정도 좋지 않았다. 속도계의 바늘만 점점 올라가고 있었다.

결국 먼저 대화를 시도한 건 지후였다.

"대체 왜 그럽니까? 심술 난 사람처럼."

"왜일지 머리가 있으면 스스로 생각해 봐."

"심술 난 건 맞단 소리네. 아, 유치해라!"

중얼거리며 지후가 명인을 흘끗 쳐다봤지만 명인은 여전히 냉랭한 표정이었다. 지후는 한숨을 푹 내쉬었다.

"지금 화내야 할 사람이 누군데. 나도 어디 가서 다혈질이란 소리 꼭 챙겨 듣지만 그쪽도 만만치 않습디다. 아주 사람을 몰아붙이면서 협박하는 폼이 사채업자 해도 되겠던데요?"

"얼굴은 또 왜 그래."

"뭡니까? 사람 말하는 건 듣지도 않고 자기 할 말만 하고."

그래도 명인이 묵묵부답이자 지후가 고개를 설레설레 저었

다. 자기 얼굴을 슥 만져 보곤 별거 아니라는 투로 내뱉었다.

"어제 군바리들이랑 한판 떴습니다."

정면을 향하고 있는 명인의 얼굴이 찌푸려졌다.

"뭐?"

"그쪽들 잘못이었다고요. 아니라면 아닌 줄 알지. 사내면 군
번줄 보이라고 얼마나 헛소리들을 하던지. 군번줄을 누가 달고
다녀? 이명인 씨도 군번줄 있겠네. 그거 달고 다닙니까?"

"그래서 또 치고받았다는 건가?"

"끝까진 못 갔습니다. 최시형이 말리는 바람에."

명인의 표정이 멈칫했다. 싸늘하게 식어서 그가 물었다.

"……누구?"

"최시형요. 벌써 가는 귀 먹었습니까? 어제 같이 마셨거든요.
삼겹살에 소주. 먼지 많이 먹은 날엔 그게 최고죠."

아무렇지 않게 말하는 녀석이 어이가 없었다.

두 가지 다 명인을 건드렸다.

욱해서 몸싸움을 벌였다는 것. 그리고 그 자리에 최시형이
함께 있었다는 것.

안 그래도 둘이 담배 나눠 피우는 모습에 머리끝까지 화가 나
있었는데 이 녀석은 눈치가 없는 것인가, 관심이 없는 것인가.

명인은 입을 꾹 다문 채 엑셀을 더 꾹 밟았다.

"어? 왜 이렇게 빨라져? 나 참, 사고 나서 개죽음 당해 봐야
정신 차릴 겁니까? 속도 좀 줄이죠? 앗! 카메라!"

지후가 아무리 떠들어 대도 명인은 표정을 굳힌 채 질주를

선택했다. 지후가 어이없다는 듯 쳐다보고 있었지만 앞만 보며 달렸다.

속이 부글부글 끓어서 아무 말도 하고 싶지 않았다.

물가에 내논 애도 이보다는 덜 불안하겠다. 이렇게 아무렇지 않게 속을 뒤집는 녀석이 또 있을까?

잠시 후 명인이 지후를 데리고 간 곳은 음식점이었다.

"여긴 대체 왜요?"

"여기 만둣국 맛있으니까 먹어."

난데없이 만둣국이라니 지후는 어이가 없었지만 일단 명인을 따라 들어갔다.

거긴 만둣국집이라기보다는 개성 요리를 하는 유명한 맛집이었고, 그런 만큼 음식 값도 아주 비쌌다. 그저 만둣국 한 사발 퍽퍽 퍼먹을 생각이었던 지후에게는 그 종갓집 사랑채 같은 내부 모습과 색색들이 정갈한 상차림이 부담스러웠다. 음식을 나르는 사람들도 다들 고운 개량 한복들을 입고 있고, 이래서야 주눅이 들어서 음식이 코로 들어가는지 입으로 들어가는지 모를 정도다.

"와, 맛있네요!"

하지만 얼마 후, 툴툴거림이 무색하게 만둣국을 한 그릇 비운 지후는 아주 만족한 얼굴로 그렇게 감탄하고 있었다.

사람 먹는 동안 난처하게 계속 뚫어져라 쳐다보고 있는 이명인 때문에 미치는 줄 알았는데, 한 숟갈 두 숟갈 떠먹다가 보니 어느새 맛에 홀랑 빠져 버려 정신 차리고 보니 게 눈 감추듯 한

그릇을 뚝딱한 후였다. 어느새 이명인이 한 그릇을 더 시켜 주었고 그래서 배가 빵빵해진 후에야 저렇게 만족스러운 얼굴로 맛을 품평했더니, 그때까지도 이명인은 움직이지도 않고 지후를 쳐다보고 있었던 모양이다.

"그쪽은 안 먹습니까?"

보니 저쪽 그릇은 처음 나온 그대로 같았다.

"배 안 고파요?"

"더 먹을 테냐?"

"배부릅니다."

맛있는 걸 사 준 건 좋은데 저렇게 쌩하니 찬바람 쌩쌩 부는 얼굴로 로봇처럼 표정을 굳히고 있으니 지후는 가시방석에라도 앉은 느낌이었다. 물론 그 가시방석에서도 먹을 건 다 먹었지만.

"왜요? 왜 그렇게 쳐다보는데요?"

"……."

"미운 놈 떡 하나 더 주는 겁니까? 되게 기분 안 좋은 거 같은데. 배불리 먹이고 나서 한 번에 잡으려고 그래요? 내가 헨젤과 그레텔입니까?"

"연지후."

갑자기 부드럽게 부르는 바람에 지후는 화들짝 놀랐다. 표정은 잡아먹을 듯 사나우면서 어조만 부드러우니 더 무섭다. 이거 원, 살 수가 없다.

"……왜, 왜요?"

"내가 널, 어쩌면 좋을까?"

지후는 어안이 벙벙한 듯 눈을 껌뻑거렸다.

"뭐가요? 무슨 말인지 못 알아듣겠는 건 내 머리가 나빠서겠죠?"

"내가 말이다, 질투가 좀 심해."

점점 더 난데없는 말이 나와서 지후가 '엥?' 하는 표정을 했다.

"그래서요?"

"만둣국 배불리 먹였으니까 몇 가지 약속을 좀 해 줘야겠어."

"……조건이었습니까? 에잇, 그럴 줄 알았으면 작작 먹었지. 뭔데요, 대체?"

"아무 놈이나 사내끼리라는 둥 어울리지 말 것. 위화감 없이 어떤 놈이든 상관없이 담배 나눠 피우지 말 것. 툭하면 싸움질해서 얼굴에 상처 남기지 말 것."

"……"

"특히, 최시형이란 놈과 필요 이상 가까이 붙어 있지 말 것."

지후의 입이 떡 벌어졌다. 곧 '모라고요?'라는 듯 황당한 표정을 했다.

"잠깐만요. 딴 거도 딴 거지만 최시형? 그건 왜요?"

"아무튼."

저 둔한 녀석 때문에 명인은 속으로 한숨을 삼켜야 했다. 지금 자신이 얼마나 힘겹게 분노를 누르며 말하고 있는지 저 녀석은 절대 모를 테다.

"저 지금껏 같이 일하는 사람들이랑 담배 나눠 피우고 술 마시고 그렇게 살아왔습니다. 허구한 날 남자들이랑 부딪치고, 사우나만 같이 안 갔지 거의 시커먼 남자들 속에서 섞여 사는데, 그걸 어떻게 하루아침에 갑자기 안 합니까?"

지후가 구구절절 반대 의견을 제출했지만 깔끔하게 무시당했다.

"그럼 그렇게 약속한 걸로 알고."

"……이, 이명인 씨? 내 말 못 들었습니까? 사람 목소리 안 들려요?"

"다 먹었으면 가자."

"……그쪽은 먹지도 않았잖아요."

"이제 먹을 거야."

"에? 뭘요?"

순간 둘의 시선이 부딪쳤다. 동시에 등줄기가 오싹해 오며 뭔가 서늘한 예감 같은 게 든다 싶었더니…… 예감은 틀리지 않았다. 그날도 결국 지후는 그의 차 안에서부터 집까지 그칠 줄도 모르고 키스를 하고 몸을 나누며 새벽까지 시달림을 당해야 했다. 그리고 그의 침대에서 함께 잠이 들었다.

이상하다…….

이렇게 길들여지는 건가.

이상하다…….

그의 곁에서 잠드는 게 점점 더 위화감이 느껴지지 않는다. 그런 자신을 깨달으며 지후는 당혹스러움을 느꼈다. 하지만 자신도 모르게 이는 안도감도 부정할 수 없는 사실이었다.

아침에 일어난 지후는 처음으로 잠든 이명인을 두고서 혼자 몰래 도망가고 싶지 않다는 생각을 했다. 일어나자마자 또 키스를 당하며 몸을 더듬을 줄 알았으면 진작 도망을 결행했을 테지만.

Because of you

지후는 멍하니 앉아 있었다. 점심시간이라 잠깐 일을 멈추고 공사 현장의 베란다에 나와 광합성을 하는 중이었다.

아, 왜 이렇게 나른할까.

이렇게 평온한 걸까.

이래도 되는 걸까?

평온한 건 게으른 거고, 게으른 건 나약한 것과 같다. 왜 자꾸 마음이 나른해지려는 건지 모르겠다. 늘 무언가에 쫓기듯 불안하게, 투쟁하듯, 누구와도 싸울 준비가 되어 있다는 듯 가시를 세우고 살았기에 이런 나른함은 지후를 문득문득 불안하게 했다.

"후우……."

"며칠 데리고 다니던 멀끔한 총각은 어디 갔어?"

한숨을 쉬고 있는데 인부 한 명이 나와서 지후에게 막걸리 사발을 내밀었다.

"오늘은 안 마시렵니다. 그리고 멀끔한 총각은 딴 현장 보냈습니다."

"사장 동생이라고?"

"그러더라고요. 하나도 안 닮았는데 형제라니 진짜 웃겨 죽는 줄 알았네. 근데 능글거리는 거 보면 또 닮은 것 같기도 하고."

"얼굴이 뽀얀 게 이쪽 일 할 가다가 아니던데?"

"이쪽 일은 이쪽 일이긴 한데 이를테면 펜대 굴리는 일이죠. 도면 그리고 뭐 그런 거요."

"건축가 양반이시구먼. 근데 그런 잘난 분이 왜 여기 와서 그러고 있어?"

"아, 잘난 분은 뭐 여기서 이러고 있으면 안 됩니까? 앗! 황 기사님이시네. 황 기사님은 이 바닥의 자존심이시죠. 30년 내공. 저 같은 게 감히 함부로 소리치며 개길 분이 아닌데 죄송합니다! 발끈해서 그만."

"그래, 이 자식아! 아무한테나 벌컥벌컥 성깔 좀 부리지 마."

황 기사는 지후의 사수 같은 존재였다. 팀장보다 더 존경하는 사람이 황 기사님이었는데, 딴생각하며 대충대충 대답하다가 그만 감히 황 기사님을 들이받을 뻔했다.

"그 뭐냐, 그러니까 잠시 전의 화제로 공손히 다시 돌아가 보면, 사장이 잘난 건축가 동생 선생님한테 아버지가 남긴 회사 일을 직접 해 보면서 그 거룩한 뜻과 의지를 느껴라……라고 명령을 내렸다고 합니다. 나쁘지 않은 마음가짐이죠."

"너도 아버지 때문에 이 일 한다고 안 그랬냐?"

지후는 순간 입매를 한일자로 굳혔다. 곧 표정을 풀고 낮게 중얼거리듯 말을 이었다.

"그게…… 저도 분명히 그랬는데, 요즘 들어 그게 헷갈리고 있습니다."

"뭐? 그건 또 뭔 소리야? 갑자기 왜 헷갈려?"

'그러게 말입니다……. 아버지 길을 따라 걷다 보며 그 인생도 이해할 수 있겠지, 아버지 삶을 느껴 보고 싶다, 그러다 보면 아버지의 마음도 알게 되지 않을까, 그런 거였는데…….'

하지만 그게 적용되려면, 아버지가 원하는 대로 살고 있어야 했다. 아버지가 원했던 남자로 살아가면서, 왜 이렇게 살게 했는지 그걸 파헤치며 부딪쳐야 했다. 그런데 자신은 지금…… 자꾸만 반쪽의 여자가 툭툭 튀어나오려 한다.

이명인의 옆에서 느끼는 따뜻함, 감각의 두근거림, 자신을 쳐다봐 주는 눈길, 어디에 있어도 끝까지 쫓아와 자신을 끌고 갈 것 같은 그 집착, 강요, 질투. 그럼에도 그것에 거칠게 반항하고 싶지 않은 자신에게 어느덧 익숙해지려 하고 있다. 계속 그 남자를 생각하고 있다.

그 남자가 더듬었던 자신의 몸이, 그 만져 주던 방식이, 뜨겁게 터지던 숨결이, 그 순간의 정염이, 머릿속을 태울 것 같던 쾌락이 순간순간 몸을 덥게 해 미칠 것 같다.

이건 오로지 육체적인 반응.

그 남자에 대한 정신적인 감정은 아닐 것이다.

하지만 전자이든 후자이든 자신의 안쪽에 숨어 있던 여자가 슬그머니 머리를 툭툭 내미는 건 사실이었다.

이래서야 원망의 마음밖에 안 들 거 같다. 이런 혼란스러운 마음으로 아버지의 궤적을 밟아 봐야, 왜 이 모양 이 꼴로 만들었느냐고 불만만 가지지 않겠는가. 그건 아니었다. 원망하고 싶었던 게 아니었다.

이해해 보고 싶었는데. 이해하기 힘든 일이니까 더욱 그래 보고 싶었다. 할 수 있을 거라 생각했는데.

이런 건 정말 싫다.

단지 남자 하나 때문에 자신의 삶 전체가 미워지고, 아버지를 부정하고, 그건 정말 아니지 않은가.

그런 생각을 하고 있는 자신이 배반자 같다.

그럼에도 이명인과 같이 있었으면 좋겠고 그의 손이 만져 주기를 바라고 있다. 아무도 없는 고시원으로 돌아오면 습관처럼 그를 떠올린다. 그래서 더욱 그에게 스스로 찾아가는 일은 없었다. 의식적으로 그에게 가는 길을 차단하고 있었다.

이대로 만나지 않고 살아갈 수 있다면, 그럼 아버지에게 가는 길은 가까워지겠지.

하지만 결국 이명인은 잃어야 하는 걸까.

모르겠다. 자신이 원하는 게 뭔지. 진정 하고 싶은 게 뭔지. 진짜로 가고 싶은 게 어느 쪽인지. 둘 다 놓치지 않을 수 있다

면 좋겠지만, 그게 안 된다면 자신이 놓아야 할 건, 이명인이다.

이명인이어야 하지 않겠는가.

"황 기사님."

"어?"

"황 기사님은 사모님 사랑하셨습니까?"

황 기사가 마시고 있던 막걸리를 확 내뿜었다.

"뜬금없이 뭔 개 풀 뜯어먹는 소리야?"

"아, 사랑하셨습니까, 안 하셨습니까?"

"아, 몰라! 사랑이 어딨어?"

"오, 사랑하지도 않았는데 어떻게 2남 3녀를 낳으셨습니까? 성령으로 잉태라도 하셨습니까?"

"그게 어디 사랑해서 가진 거야? 일하려고 지방 돌다가 하루 들렀는데 덜컥 애 섰다 그러고, 또 지방 돌다가 하루 들렀더니 또 덜컥 섰다 그러고, 그러다 보니 다섯이 된 거지."

황 기사가 쑥스러운 듯 킥킥 웃자 지후도 옅게 웃었다.

"사랑이라……. 세상에서 가장 흔한 단어 같은데 그것참 어렵네요. ……근데요, 황 기사님."

"아, 왜! 또 닭살 돋게 뭘 더 묻고 싶은 건데?"

"……막걸리 한 잔 달라고요."

명인은 을지로 방향으로 차를 몰고 있었다. 유진이 요즘 옛 한글체라고 할 수 있는 판본체에 관심이 많아 손 글씨를 취재할 수 있는, 옛날 간판이 많은 곳으로 취재하러 가길 원해서 동행한 길이었다.

　수많은 그래픽 회사 중에서도 자신만의 서체를 가지고 디자인하는 회사는 거의 없었다. 유진은 바로 거기에서 착안해 '디자인 스튜디오 감感'만의 서체를 만들기를 원했고, 옛 간판에 나타나 있는 손 글씨에서 영감을 얻고자 했다.

　그녀는 보조석에 앉아 ≪엘로퀀스Eloquence≫를 읽고 있었다. 예술, 건축, 음악 등 다양한 분야에 속한 사람들의 인터뷰를 담아 놓은 그 잡지는 유진이 늘 곁에 두고 생각날 때마다 펼쳐 보는 것이었다.

　"뭔가 피크닉 가는 기분이다."

　잡지에 시선을 둔 채로 유진이 말했지만 명인은 핸들에 한 손을 얹고 딴생각에 빠져 있었다.

　"이명인."

　"아, 미안. 뭐라고 했지?"

　"후우, 아니야. 내가 너한테 뭘 기대하겠니. 나 이거 삐쳤단 소리야."

　"그래."

　유진이 잡지를 툭 덮었다.

　"어찌 보면 나도 이거 고질병이지. 네가 그렇게 신경질 나게 하는데도 미워지지 않는 거 보면. 역시 난 인간도 옛날 인간, 간판도 옛날 간판이 더 좋은가 봐. 고딕체, 명조체, 뭐 그런 게 왠지 마음을 건드리거든. 딱딱하고 재미없을 거 같지만 그래서 더 매력이 있어. 꼭 너처럼."

"……."

명인은 유진에게 해 줄 말이 없었다. 그녀가 바라는 걸 자신은 줄 수 없다.

"청산동이나 보문동 쪽에도 오래된 간판 많다더라. 다음엔 거기나 가 볼까 봐."

유진이 중얼거리고 있는데 휴대폰이 울려서 명인은 블루투스 이어폰을 귀에 꽂았다. 주용의 전화라서 당연히 집 공사 문제일 거라 생각했다.

—야, 이명인! 너 어디냐? 내가 너한테 전화를 해야 하나 말아야 하나 고민을 좀 했는데……!

하지만 통화가 연결되자마자 터져 나온 주용의 어조가 왠지 횡설수설해서 명인의 눈이 가늘어졌다.

"무슨 일인데. 이것저것 섞지 말고 정확하게 말해."

그 순간 왜 불길한 예감 같은 게 들었는지 모르겠다.

심장이 안 좋은 속도로 뛰었다. 그리고 그 예감은 틀리지 않았다.

—그, 그게 말이다. 크레인이 쓰러졌는데…… 큰 사고는 아니고 지후 녀석이 옆에서 깝작대다가 크레인 샤클에 어깨를 얻어맞아서…….

명인의 얼굴이 그대로 굳었다.

"그게 무슨 소리야!"

갑자기 소리를 버럭 지르자 옆에 있던 유진도 놀라고 주용도 흠칫한 것 같았다.

　―아, 이 자식. 귀청 떨어질 뻔했네! 내가 이래서 전화할까 말까 망설인 거라니까. 지금 그 자식 좀 다쳤다고 네가 친구한테……!

　"병원 어디야."

　더 들어 줄 여유가 없었다. 차갑게 말을 자르고 묻자 주용이 대답해 줬다.

　"알았어. 지금 바로 간다."

　이어폰을 뺀 명인은 그대로 핸들을 틀었다. 사납게 유턴을 하는 바람에 몸이 확 쏠린 유진이 얼떨떨한 얼굴로 명인을 쳐다봤다.

　"……왜 그래? 병원이라니, 무슨 일 있어?"

　하지만 명인은 아무것도 들리지 않았다. 초조함에 입술이 바짝 타들어 갔다. 엑셀을 밟아 속도를 더 올리며 주먹으로 이마를 꾹 눌렀다. 화산처럼 분노가 끓어올랐다. 마음이 급해서 잠깐의 신호 대기조차 기다리지 못하고 무시한 채 달렸다. 며칠 동안 지후에게서도 연락이 없었고 그도 여러 가지 일을 처리하느라 바빴다. 되도록 빨리 일을 처리하고서 지후를 만날 생각으로만 바빴는데, 그사이에 녀석이 또 사고를 쳐 버린 것이다. 걱정으로 머릿속이 터질 것 같다.

　젠장!

　주먹으로 핸들을 쾅 쳤다. 온몸의 피가 빠져나가는 기분이었다.

병원에 도착하자마자 명인은 정신없이 달렸다. 주용에게 전해 들은 병실을 찾자마자 벌컥 문을 열고 안으로 들어섰다. 어깨까지 이용해 숨을 몰아쉬며 돌아보자 2인실의 병실 내부가 보였다. 침대 하나는 비어 있고 지후는 다른 쪽 침대를 차지하고 앉아 있었다.

환자복 차림으로 놀라 동그래진 눈으로 이쪽을 쳐다보고 있는 지후를 발견하자마자 그대로 성큼성큼 걸어가 녀석의 앞에 섰다.

"……어?"

지후는 여전히 놀란 토끼처럼 눈을 껌뻑거리며 유령이라도 보듯 명인을 쳐다보고 있었다. 귤을 까먹는 중이었던지, 깁스한 팔을 하고서도 기어이 귤 한 조각을 입에 넣으려다 주춤한 참이다.

팔에는 깁스가 되어 있고, 얼굴 군데군데 쓸린 상처가 있다. 환자복을 둥둥 걷어 올려놓은 팔과 다리에도 찰과상들이 보였지만 생각했던 최악의 상황은 아니었다. 여전히 화는 가라앉지 않았지만, 그나마 그 정도면 됐다는 안도감에 명인은 보호자용 의자에 털썩 앉았다.

얼마나 긴장을 했는지 온 얼굴이 땀에 젖어 있었다. 얼굴을 쓸어내리며 침대를 팔꿈치로 누르고 있다가 손가락 사이로 지후를 물끄러미 봤다. 그제야 지후도 일시 정지 상태에서 깨어나 귤을 옆에 툭 놓고는 중얼거렸다.

"아닌 밤중에 홍두깨도 아니고 사람 놀라게 하는 데 재주 있네요. 아, 젠장, 도대체 누가 연락한 거야? 별거도 아닌데 뭘 그렇게 누가 죽기라도 한 것처럼 달려와요? 내가 연락한 건 아니니까 딴 놈이 했단 건데, 사장이지? 사장 맞지? 아, 이 수다쟁이 오야지!"

"머리는."

"머리가 뭐요."

"다쳤냐고."

"……괜찮아요. 그게 터졌으면 이러고 있겠어요? 직통으로 골로 갔지."

명인이 이마를 꾹 눌렀다. 지후는 괜히 미안해졌다.

"어깨만 좀 얻어맞았어요. 넘어지면서 벽에 좀 부딪친 게 답니다. 별거 아니라니까요. 사람 난처하게 참……."

"별거 맞아. 그러니까 증상이나 말해. 얼마나 다친 거야. 의사는 뭐라고 해."

"안 그래도 머리 검사해 봤는데 아무 이상 없대요. 사장도 걱정은 됐는지 강제로 검사실로 밀어 넣더라고요. 그나마 다행인 게 우리가 4대 보험이 되는 회사라, 힛힛."

상황이 이런데도 천연덕스럽게 키득거리고 있는 지후 때문에 명인은 살의까지 피어올랐다.

"지금 웃음이 나오나?"

"그럼 웁니까? 살아난 게 다행인데 이럴 때 웃어 줘야죠. 아 제길슨! 이럴 줄 알았으면 보험 빠방하게 들어 놓는 건데. 특약도 어디서 그딴 거지 같은 거나 골라서 들어 놔선, 나처럼 손해

보지 말고 그쪽도 보험 들 거면 잘 보고 들어요.”

“……팔은.”

“이거요? 똑 부러진 건 아니고 그냥 살짝. 그나마 똑 부러진 게 아닌 게 어딥니까? 가만, 뼈는 똑 부러지면 차라리 낫다고 그러던데. 젠장, 똑 부러질 걸 그랬나?”

“다리는.”

“보시는 대로 그냥 좀 긁혔…… 아 진짜! 눈으로 보면 모릅니까? 뭘 그렇게 하나하나 다 물어봐서 사람 귀찮게 합니까?”

“움직여 봐.”

“하아……. 자, 봐요, 봐.”

신경질을 내며 지후가 다리를 위아래도 모자라 좌우로까지 움직였다. 발가락도 꼼지락거려 보이고 깁스를 하지 않은 다른 쪽 팔까지 붕붕 흔들었다.

“됐죠? 회진 시간 끝났어요? 뭐야, ‘하얀거탑’도 아니고.”

구시렁거리며 다시 귤을 집어 드는 걸 보고 있던 명인이 조용히 그 귤을 가져와 자신이 껍질을 벗기기 시작했다. 그런 명인을 물끄러미 보던 지후가 픽 웃었다.

“대애박! 지금 뭐 하는 겁니까? 너무 다정해서 무서워 닭살이 막 돋네.”

“입 다물어.”

“하, 문병 와서 환자 마음에 상처를 주네. 입 다물어가 뭡니까, 입 다물어가. 여기요! 손님 좀 바꿔 줘요!”

사실 귤을 까고 있는 명인도 민망했지만 보고 있는 지후도 민망하긴 한 모양이었다. 괜히 소리치며 오버를 하고 있는 녀석에게 귤을 갈라서 한 조각 내밀자 녀석이 손으로 덜렁 받으려고 했다.

"손 치워. 그냥 먹어."

명인이 무시하며 단호하게 말하자 불퉁하게 쏘아보던 지후가 고개를 휙 돌렸다.

"안 먹으렵니다, 그럼."

명인이 그 턱을 휙 잡아 강제로 입술을 벌리게 해 귤을 입안에 넣었다.

"아 진짜 뭐 하는 겁니까? 나 환잔 거 안 보여요?"

"그렇지. 그러니 씹기 힘들 테지."

명인이 지후의 고개를 꺾어 그대로 그 입술을 덮었다. 강제로 입술을 열어 귤 조각과 지후의 혀를 동시에 빨아들이자 지후의 눈이 뎅그래졌다. 미끄덩거리며 귤이 이쪽저쪽으로 왔다 갔다 했다. 터뜨린 귤을 지후의 입으로 다시 옮기고 귤과 지후의 혀를 함께 맛봤다. 혀끝에서 달콤한 향이 퍼졌다.

그제야 안도감이 들었다. 혹시라도 이 녀석이 다쳤을까 봐, 많이 다쳤을까 봐 얼마나 초조했었는지 그 조바심을 녀석은 결코 모를 것이다.

녀석의 입술을 빨아들이며 오롯이 깨닫고 있었다.

원하는 건 이 녀석의 몸, 하지만 그것을 포함한 모든 것이다.

이 머릿속에 있는 생각도, 사상도, 고집도, 입술도, 숨결도, 툭툭 튀어나오는 거친 사고방식도, 이해 안 되는 삶의 방식도,

마음에 안 드는 행동도, 모든 걸 갖고 싶다. 가지려면 녀석이 갖고 있는 고유의 모든 것을 그대로 인정해야 한다.

그런 간단한 논리를 지금에야 깨닫고 있었다.

이 녀석이 어떤 모습이든, 어떤 식으로 살아가든, 그냥 그대로 녀석을 인정하자. 질투라고 용납받을 수 있는 정도 이외의 모든 것은 금지하자. 하지 말자. 무엇도 강요하지 말자.

녀석이 사내로 살겠다면 사내로 살게 두면 된다. 자신만 녀석이 여자임을 알고 있으면 되는 것을.

그러니 이 녀석을 바꾸려고 하는 자신이 바뀌면 된다.

바꾸려는 방법을 찾지 않는 것, 그게 녀석을 가질 수 있는 방법이었다.

얼마나 그렇게 키스했을까. 지후와 자신의 입술이 귤의 향기로 온통 뒤덮인 후에야 천천히 놓아주자 지후가 남은 귤을 꼴깍 삼켰다.

"왜?"

"아, 진짜. 왜요? 그걸 몰라서 물어요? 문병 와서 이게 적절한 행동입니까? 아까 문 열렸다 닫혔는데 누가 봤으면 어쩔 겁니까? 본 게 틀림없어. 혈압 재러 온 간호사였나? 털 많은 의사였나? 아 쪽팔려서 어떻게 살지?"

뭐라고 억울해하며 계속 항의하고 있었다.

물끄러미 지후를 보다가 명인이 말했다.

"보고 싶었다."

순간 지후가 멈칫했다.

“……날 봐.”

딴 데에 시선을 박고 있는 녀석을 불렀다.

“연지후.”

지후가 천천히 고개를 돌렸다.

“보고 싶었어, 며칠 동안 내내.”

“…….”

“넌, 아니었니?”

지후의 눈동자가 흔들렸다.

갑자기 녀석이 자기 눈을 마구 비볐다.

“왜 그래. 눈이 아파?”

“아니에요, 그런 거. 그냥 내가 이상해요. 그쪽 때문에 자꾸 감정이 오르락내리락 솟구쳤다가 꺼졌다가 이러는 거 정말 감당이 안 돼요. 차라리 만나기 전으로 돌아가고 싶기도 하고 그건 절대 싫기도 하고. 한번 인간한테 익숙해지니까 혼자가 되는 게 또 두렵잖아요. 아, 제길. 이런 건 또 처음이라 어떻게 해야 할지 모르겠어요.”

“……단지 외로워서 싫은 거냐, 나랑 같이 있고 싶은 거냐.”

“……같이 있고 싶어요. 나 혼자가 싫은 게 아니라, 그쪽이 없는 나 혼자, 그게 싫어졌어요. 그래요. 그런 건가 봐요.”

명인은 굳은 듯 지후를 바라보고 있었다. 놀라서 몸이 움직여지질 않았다.

그런 말을 해 주리라곤 생각지도 못했다. 그래 봐야 자기 세계에 꽁꽁 틀어박혀 이명인을 단절시키는 것에만 집중하고 있

을 줄 알았다. 그랬는데…….

이렇게 예쁜 말을 할 줄도 아는 녀석이었나.

연지후가 지금 자신의 인내심을 시험하고 있었다. 당장이라도 안고 싶어 돌아 버릴 것 같았다. 병실이 아니라면 정말로 그렇게 해 버렸을지도 모르겠다.

지후가 고개를 숙이곤 자기 머리를 마구 헝클어뜨렸다.

"왜 이래, 정말……. 죽겠네, 진짜. 사람 마음이 왜 이래. 감당 안 되게."

명인은 그저 시선을 고정한 채 그런 지후를 바라보기만 했다. 지후가 천천히 고개를 들었다. 시선은 맞추지 못하고서 불퉁한 얼굴로 낮게 말했다.

"있잖아요, 그거……. 이제 걱정 안 시킬게요. 그러니까 왜 이런 말을 하느냐면…… 그 있잖아요. 그날 대답 못 했는데…… 솔직히 간섭하는 것 같아서 살짝 짜증도 났었는데, 다쳤다고 이렇게 달려온 그쪽 보니까 좀 찔려서. 그러니까 앞으론 남자들이랑 막 섞여서 술 안 마시……는 건 안 되고, 담배는 안 나눠 필게요."

명인의 눈동자가 세차게 흔들렸다.

"사고 치는 것도 줄이고, 술판 엎는 거 특히 안 할게요. 얌전히 마시도록 노력할게요. 그날 왜 그렇게 싸늘했나 했는데 계속 생각해 보니까 이 인간이 최시형이랑 담배를 나눠 피우고 있었더라고요. 나라도 그쪽이 그때 그 미인 누나랑 그러고 있었으면 화났을 텐데 그게 뒤늦게야 깨달아져서……."

명인의 심장이 천천히 뛰기 시작하고 있었다.

늘 무슨 생각을 하는지 알 수 없는 녀석의 얼굴에 처음으로 의미라고 부를 수 있는 표정이 담겼기 때문에. 처음으로 스스로 관계를 이어 가고 싶다는 뜻을 비친 것이기에. 자신의 감정을 표현하고 있었기에. 이토록 사랑스럽게 자신의 마음을 보이고 있었기에…….

어쩌면 질투라는 이름으로 자신이 멋대로 간섭하려 했던 것들.

그건 달리 말해 일방적인 강요일 수도 있었다.

또한 몇 번이나 넌 여자고, 그것도 내 여자여야 한다고 녀석을 몰아세우기도 했다.

하지만…….

타인과는 다른 녀석.

누구와도 다른 녀석.

결코 평범하지 않은 녀석.

세상 사람들의 고정된 눈으로 본다면 정상이 아닌 녀석.

휘어진 그 녀석을 억지로 일자로 펴려고 했다. 내 여자로 만들기 위해서.

'그 녀석'을 '그녀'로 만들려는 조바심을 버리고, 다른 존재임을 인정한다. 그렇게 생각하면, 그 녀석은 자신의 입장에서는 정상적인 삶을 살고 있는 그냥 평범한 인간일 뿐이다. 그 녀석은 틀린 게 아니다. 단지 다를 뿐이다.

그 녀석이 '다른 존재임을 인정한다'.

그럼에도 그 녀석을 느낀다.

더듬어서 그 녀석을 느끼고 있다.

연지후는 그냥 연지후인 것이다. 그 녀석이라고 하더라도 이미 명인의 가슴 안에선 그녀 자체였다. 그 이상 무엇이 필요할까.

이렇게 사랑스럽게 상대방의 마음을 봐 주는 녀석인데.

질투도 질투였지만, 사내 녀석처럼 툭툭 조심성 없이 행동하는 게 거슬렸던 마음이 조금이라도 있었다면, 자신이 생각을 고쳐먹어야 했다.

연지후, 그뿐.

그래. 자신이 바라는 건 단지 연지후, 그것이면 됐다.

"아무튼 그래서 아무래도 한 번쯤은 이 얘기들을 꼭 해야 할 거 같아서……."

더 참을 이유가 없었다. 그대로 손을 뻗어 변명하듯 움직이는 지후의 입술을 자신의 입술로 확 막아 버렸다. 이 녀석의 말엔 자신을 무장해제시키는 묘한 힘이 있다. 그 힘에 자신은 그저 조종될 뿐이다.

갈구하듯 지후의 입술을 빨아 가며 그 파괴적인 키스에 더없는 충족감을 느꼈다. 휘몰아치는 강렬한 욕구가 지금 당장이라도 이 침대에서 연지후를 범하고 싶다는 위험한 사고로까지 이어졌다.

지후의 안에서 어떤 변화가 일어난 건지는 모르겠다. 하지만 자신을 의미 있게 말해 주는 지후가 명인은 그저 미칠 정도로 사랑스러웠다.

　입술을 맞대는 것을 끝으로 힘겹게 입술을 떼어 내고 명인은 지후의 이마에 자신의 이마를 기댔다.

　"퇴원하면, 널 가질 거야."

　지후가 한 손을 뻗어 명인의 목을 조용히 끌어안았다.

　명인은 천천히 병실 문을 열고 밖으로 나왔다. 의사의 소견을 들어 볼 생각으로 돌아서려던 그의 몸이 멈칫했다.

　병실 문 옆 벽에 유진이 기대 서 있었다.

　그제야 자신이 유진을 태운 상태에서 병원으로 무작정 달려 왔다는 게 떠올랐다.

　"이런……."

　"쟤 뭐야?"

　중얼거리는데, 쏘아붙이듯 갑자기 날아온 말에 명인은 고개를 살짝 기울여야 했다.

　"아니, 넌 뭐야, 이명인."

　이제 보니 그녀는 벽에 등을 기댄 채 가늘게 떨고 있었다. 뭔가 참아 누르듯.

　"쟤 남자 아니었어? 근데 왜 남자랑……. 너 설마, 남자 좋아 하는 거였니?"

　파르르 떨며 그녀가 소리쳤다.

　무슨 말인지 대충 이해가 갔다.

　"본 거군."

그는 옅은 한숨을 흘리며 머리카락을 쓸어 넘겼다.

"프라이버시 침해야, 그거."

"보려고 했던 건 아니야. 누가 다쳤기에 네가 그 정도로 넋이 나간 건지 궁금해서 문을 열었는데 네가 그 남자애한테 키스하고 있었어. 그래, 그렇게 된 거야. 정말 어이없지 않니?"

명인은 물끄러미 유진을 봤다.

"왜? 날 타박하고 싶니?"

"아니."

"그럼 뭔데?"

"정말 그 녀석을 남자로 생각하는 사람이 있구나, 싶어서."

유진의 눈이 커졌다.

"무엇보다, 네가 보이는 태도가 잘 이해가 안 가는군."

"……"

"내가 사내자식을 좋아하건, 여자를 좋아하건 네가 무슨 상관이지?"

"이명인!"

소리치던 그녀의 동공이 뭔가 생각하는 것 같더니 천천히 더 벌어졌다.

"……설마 쟤 여자였니?"

명인은 아무런 반응이 없었다. 유진의 입술이 바르르 떨렸다.

"정말, 그런 거였어? 하…… 어쩐지 뭔가 이상하다 했더니. 그럴 수도 있겠다 싶었지만 그래도 에이 설마, 했는데. 하는 짓이 완전히 남자애라서 도저히 아니지 싶었는데……"

유진이 곧 후후 웃었다. 천천히 몸에서 힘을 풀고서 긴 생머리를 한 손으로 쓸어 넘겼다.

"그래. 생각해 보면, 정말 남자인 것보단 놀랄 일은 아니겠네. 네가 남자를 붙들고 키스했다고는 생각하고 싶지 않으니까. 쟤가 정신병도 아니고 전염병 걸린 것도 아니고, 그냥 좀 남자처럼 하고 다니는 거, 겨우 그건데 그게 뭐 놀랄 일이겠어?"

"노유진, 말이 심해진다."

"그랬니? 그랬다면 미안하네. 좀 어이없어서 그러니까 이해 좀 해 주겠니?"

노유진이 바닥과 마찰을 일으킬 정도로 힐에 힘을 주며 돌아섰다.

"솔직히 남자 때문에 내가 밀렸다고 생각해도 자존심 상하고, 남자 같은 애한테 밀렸다고 해도 자존심 상하는 건 마찬가지야. 네가 마음에 담은 '여자'를 이런 식으로 알게 된 내 입장도 좀 이해해 줬으면 싶다."

"잘 가라."

"네가 그렇게 밀어내지 않아도 갈 거야. 이쯤에서 그냥 가는 게 낫겠어. 아! 네 키스 동영상은 실시간으로 잘 봤어. 잘하던데? 별표 다섯 개 주고 사라진다, 이만."

노유진은 그렇게 말하고 총총히 사라졌다.

하여튼 자존심 하난 대쪽 같은 여자다. 저래서 자신도 저 친구가 싫지 않은 거고.

명인은 잠시 유진의 뒷모습을 바라보다가 돌아섰다.

입원 이틀째, 지후는 그날 두 명의 손님을 맞았다.

한 사람은 예측 가능한 범위였고, 다른 한 사람은 전혀 예상 밖의 인물이라 놀랐다.

"내가 너 덜렁거리다가 이 꼴 날 줄 알았다. 그나마 피했으니 천만다행이지."

일단 전자는, 근방의 중학교에서 양호 교사를 하고 있는 지후의 막내 누나다. 병실에 들어선 순간부터 지금까지 내내 가자미눈으로 구박을 쏟아 내는 중이다.

"기껏 음료수 꼴랑 몇 개 사 들고 와서 엄청 잔소리 늘어놓네."

귀를 후비며 지후가 귀찮아 죽겠는 얼굴로 투덜거렸다.

다른 누나들과는 사이가 멀었지만 막내 누나와는 그나마 좀 친했다. 다섯 명의 누나, 가장 위의 누나와는 무려 열 살이 차이가 났고 아홉 살, 일곱 살, 다섯 살, 그렇게 쭉 내려오다가 막내 누나와는 두 살 차이였다. 그야말로 어머니의 인생은 배가 불렀다가 꺼지고, 불렀다가 꺼지고의 반복이었을 것이다. 그것도 아들 하나 얻으려고.

나이 차이가 그렇게 많다 보니 막내 누나 빼곤 전부 다 결혼해서 가정을 이뤘다. 그리고 자연스레, 안 그래도 원만치 않았던 사이가 지금은 아예 뚝 떨어져 서로 소식도 전하지 않는 관계가 됐다.

"근데 아까 나간 남자 누구야? 되게 잘생겼던데. 난 무슨 영화배우인가 했어."

이명인 얘기다.

누나가 오는 바람에 바통 터치를 하고 나갔다. 새벽까지 내 내 침대를 지키다가 아침에 옷 갈아입고 오겠다며 잠시 사라진 그는 얼마 안 돼 다시 나타났다. 회사에 잠깐 들렀다 온 거라고 했다. 바쁘신 분이 참…… 사람 미안하게 만든다.

귀신도 아니면서 잠도 안 자고 밤새도록 의자에 꼿꼿이 앉아 사람 얼굴을 쳐다봐서 난처해 죽는 줄 알았다. 뿐인가, 새벽에 잠깐 눈을 떴는데 시선이 마주쳐서 심장이 다 떨어질 뻔했다. 비몽사몽간에 먼저 자 버리긴 했지만 그래도 저 남자도 같이 잘 줄 알았는데.

사람 맞아? 보통 그게 가능하나?

그래도 부모님 외에 누구도 자신에게 그처럼 해 준 사람이 없기에, 가슴이 뭉클해지는 건 어쩔 수 없었다.

"기럭지가 얼마나 긴지 고개 꺾어질 뻔했다. 아주 병실이 다 환하던데."

누나가 꿈꾸듯 몽롱한 눈으로 환상에 빠져 중얼거렸다.

"누구, 연예인 얘기야?"

"야!"

"아, 몰라. 그리고 선생이란 사람이 기럭지가 뭐야, 기럭지가."

"나보다 더 무식한 게 무슨 헛소리야? 아홉 살 때까지 구구단도 못 외운 게!"

"모, 못 외우긴 누가 못 외웠다는 거야? 왜 천편일률적으로 똑같은 걸 외워야 하는 건지 의연하게 반항한 거뿐이지!"

"웃기고 있다. 그래서, 뭐 하는 사람이야? 어떻게 아는 사이

야? 친해? 몇 살이야? 애인은 있어?”

본격적으로 눈을 초롱초롱 빛내며 바로 호구 조사로 돌입했다. 하여튼 잘생긴 남자 밝히는 건 중증이다.

“뭐라는 거야, 노처녀가. 관심 끊어.”

“노처녀 아니거든? 언제 또 온대? 아주 간 건 아니지? 누나로서 내가 다소곳하게 감사 인사라도 올려야겠는데 전화 좀 해 봐. 난 전혀 불편하지 않으니까 자리 피해 주시지 않아도 된다고, 빨랑빨랑, 응?”

지후는 고개를 절레절레 저었다.

“누나.”

“응?”

“그렇게 잘생겼어?”

“응!”

“그럼 그냥 구경만 해.”

“아, 왜!”

“소개를 시켜 주기가 좀 그래.”

“대체 왜, 뭐가 그런데?”

“음…… 나랑 잤거든.”

순간 누나의 얼굴 근육이 기하학적으로 변했다. 설명이 너무 심플했나? 아마도 누나의 그 표정을 너끈히 석 달은 잊지 못하리라. 충격과 경악, 미스터리와 서스펜스가 총천연색으로 버무려진 그 충격적 영상을 어찌 잊을 수 있을까.

“저, 저, 저, 정말이야? 에이, 장난하지 말고.”

"장난 아니야."

"헉!"

"안 잤으면 몰라도 잤는데 소개시켜 주긴 좀 그렇잖아?"

"그, 그야 당연하지! 그러면야 내, 내가 포기해야지. 그, 근데 진짜야? 게게게, 게이니? 아아아, 아니지 참. 까놓고 보면 네가 남잔 아니지. 그, 근데 그 남자도 그걸 알아? 자, 잘생긴 사람이 취향이 참 독특하구나. 내내내, 내 보기에 넌 이마에 여자라고 써 붙여 놔도 못 믿을 인간인데. 무당 같은 건 아니지? 아, 아무튼 봉 잡았다. 우리 동생 췩오!"

엄지손가락을 치켜 보이고 '행복하렴'의 여운을 풍기며, 누나는 망치로 세 대 정도 얻어맞은 얼굴로 내빼 버렸다.

하긴, 지후만큼이나 '연지후=남자'라는 공식이 굳은 시멘트처럼 고착화된 게 바로 지후의 가족이었다. 본래가 어찌 되었건, 누나들에게 지후는 그냥 남동생이었다.

물론 막내 누나는 지후가 이제 그만 여자로 돌아와야 한다고 생각하는 쪽이었지만, 그랬음에도 동생이 자신이 모르는 곳에서 여자가 되었다는 건 충격이었을 것이다. 그게 부모님이 돌아가신 후에도 이 집안에 짙게 드리워져 있는 어두운 그림자의 정체였다. 지후뿐 아니라 누나들에게도 동시에 채워진 속박이고 사슬이었다.

아닌 걸 뻔히 아는데도 여동생을 남동생이라 생각하고 살아왔다. 그러니 그들 입장에선 차라리 이대로 안 보고 사는 게 마음 편할지도 모르겠다.

막내 누나가 파란만장한 사연을 남기며 떠난 후 쉴 틈도 없이 두 번째 방문자가 찾아왔다. 하지만 그 사람은 지후로선 짐작도 못 한 사람이라 얼떨떨했다.

"좀 괜찮아요?"

생글 웃으며 다정하게 인사를 건넨 사람은 그녀였다.

좋은 냄새가 나는 그 여자, 노유진.

물론 연결 고리를 찾으려면 찾을 수 있다. 이명인. 하지만 그게 이 여인이 여기까지 찾아온 이유가 되나?

"괘, 괜찮습니다."

얼떨떨하게 대답하며 머리로는 계속 이 여자와 자신의 상관관계를 더듬어 보았다.

"나 기억하죠? 그때 명인이랑 같이 봤었는데. 아, 난 명인이 사무실 동료이자 제법 오래된 친구예요."

"아…… 넵."

대답은 명쾌하게 했지만 그래도 잘 모르겠다.

"잘못하면 큰 사고로 이어질 뻔했다고 들었는데 그나마 불행 중 다행이라고 말해도 되죠?"

그녀는 되게 비싸 보이는 과일 바구니를 갖고 왔다.

"그럼요. 불행 중 다행 맞습니다."

지후는 헤헤 웃으며 대답했다. 머리 반쪽으론 과일 바구니를 반기고, 다른 반쪽으론 아무쪼록 빨리 이명인이 와서 자신을 이 난해한 상황에서 구해 줬으면 싶다.

"음…… 제가 나름 주용이랑도 친하고, 그래서 찾아와도 될 거 같아서 왔는데 역시 실례였나 싶기도 하고.”

똑똑하게 생겼다 싶었더니 이 여자는 눈치도 빨랐다. 그래서 지후는 얼른 양손을 들어서, 잘못하면 발까지 보탤 기세로 마구 휘저어 가며 부정했다.

“아닙니다, 무슨 그런 말씀을. 와 주셔서 감사합니다. 이렇게 과일 바구니도 엄청나게 비싼 걸로 사다 주시고.”

“아프진 않아요?”

“첨엔 더럽…… 엄청 아팠는데 지금은 좀 괜찮네요. 하하…….”

욕도 함부로 할 수 없고.

“근데 환자복이 좀 큰 거 같다. 아님 너무 마른 건가? 처음 봤을 때부터 그랬지만 되게 가늘어요, 선이.”

“그, 그런 소리 많이 듣습니다. 연예계 데뷔했으면 꽃남 찍고 바로 K-POP으로 점프해서 한류 싹쓸이했을 거라고.”

그녀가 웃었다. 미인이라 그런지 미소도 참 예뻤다. 다정하고 나긋나긋한 어조, 여자란 역시 이런 분위기를 지닌 거겠지.

“명인이랑은 십년지기 친구예요. 그런데 어제처럼 그렇게 놀라고 초조해하는 건 처음 본 거 같아요. 사고 소식 듣고 거의 제정신 아닌 것처럼 굴었거든요.”

“아…….”

지후는 입을 헤 벌린 채 잠시 어떻게 반응해야 할지 주춤하다가 그냥 고개를 끄덕였다.

예감하건대, 노유진은 연지후가 여자란 걸 모르는 것 같다. 그냥 느낌이 그랬다.

"글쎄 말입니다. 제가 친동생 같기라도 한가 봅니다. 하하하……."

뭐라고 해야 할지 머리를 굴려 봐도 잘 떠오르지 않았다. 애초에 머리 나쁜 놈이 잔머리 굴려 봐야 깡통 소리밖에 안 난다.

"그러게요. 명인인 혼자라서 늘 형제 있는 집을 부러워했거든요."

"그, 그렇구나!"

뭔가 잘 동조를 해 줘야 할 것 같아 쓸데없이 크게 대답했다가 민망해져서 뒷머리를 벅벅 긁었다.

"……좀 이유 없이 반응이 컸네요. 죄송함다."

노유진이 쿡 웃었다.

"지후 씨 진짜 귀엽다. 나도 내 남동생 삼을까 봐요."

"하하! 하긴 제가 좀 탐이 나는 인간이긴 합니다."

"아! 내가 너무 오래 앉아 있었네요. 아무튼 어제 사고 소식 들었을 때 같이 있기도 했고, 알고도 안 와 보는 건 아닌 거 같아 실례를 무릅쓰고 찾아왔어요."

"아, 아닙니다, 실례 아닙니다. 그럼요. 절대 아니죠."

"그럼 시간 되면 또 와도 될까요?"

"아무렴요. 기다리겠습니다. 과일 바구니도."

"알았어요, 과일 바구니. 아, 그리고 우리 앞으로 친하게 지내요, 지후 씨."

부드럽게 미소 지으며 유진이 말하자 지후도 고개를 끄덕였다.

이명인의 주변 사람이면 저 사람도 좋은 사람일 거다. 사장이 그렇고, 사장이 그렇고, 사장이 그러니까…….

그러고 보니 이명인에 대해 아는 게 별로 없네?

햇살 같은 환한 미소를 남기고 노유진이 병실을 나간 뒤 약 십여 분쯤 후, 이명인 씨가 교체를 하듯 나타났다.

"바쁘면 안 와도 되는데……."

자꾸 찾아오는 게 왠지 어색해서 지후는 괜히 시트를 손가락으로 쭉쭉 밀어 가며 중얼거렸다. 명인이 어이없다는 듯 말했다.

"……진심이냐?"

"인간이 뭐, 다 진심만 말합니까? 가끔은 내숭을 품은 거짓부렁을 남발할 때도 있지."

명인의 손이 지후의 머리에 와 닿았다. 머리라도 쥐어박을 줄 알았는데 아무런 소식이 없어 흘끗 눈을 들어 보자 그가 굉장히 달콤하게 웃었다.

"지금 듣던 중 아주 반가운 소릴 했어. 자각은 하고 한 소리이길 바란다."

오늘따라 저 남자의 콧날이 더 높아 보이고 얼굴은 더 잘생겨 보인다. 세수라도 하고 온 건지 얼굴이 청량하고 눈빛은 더없이 맑고 피부도 아주 좋아 보이고……. 깨끗하게 닦인 유리를 뽀드득 소리 나게 만진 기분이라고 할까. 병원에서 꼬박 밤새운 인간치곤 상태가 너무 좋다. 뭐지?

아니면 저 미소 때문일까? 그가 남자답게 잘생겼단 생각은 가끔 했었지만, 저렇게 멋지게 웃고 있으니 괜히 심장이 사방

팔방 콩 튀듯 튀려고 한다.

그때 의자에 앉던 그가 문득 과일 바구니를 보곤 물었다.

"누구 왔다 갔나?"

"아, 그 누나……! 노유진 씨."

"……노유진?"

"어제 같이 있었다면서요? 알고도 어떻게 안 와 보느냐고 매우 다정하신 어록을 남기고 가셨답니다. 그쪽 주변에 있는 사람치고 아주 친절하고 죽이게 미인이고 사려도 깊고. 얼굴만 예쁘다고 여자냐, 마음이 고와야 여자지. 근데 그녀는 얼굴도 예쁘고 마음도 고와. 너무 눈부셔서 몸 둘 바를 모를 삼십 분이었습니다."

"……."

"왜 말이 없습니까? 그리고 왔다 간 건 왜 모릅니까? 눈 튀어나올 정도로 예쁜 그 누나랑 만날 붙어 다니는 거 아니었습니까? 어제도 같이 있었다면서요."

명인의 눈썹이 살짝 찌푸려졌다.

"나 참, 그렇게 아름다운 미인이랑 절친이면서 왜 등신처럼 사고나 당해 자빠져 있는 이런 인간한테 와서 이러나 모르겠네요."

"아무튼 간에. 너 지금 질투했냐?"

지후의 눈이 왕방울만 해졌다.

"누, 누가 질투를 했다고!"

"노유진이 참 잘 왔다 간 거 같네. 등신 같은 사고뭉치 꼴통이 질투하는 모습도 다 구경하게 만들어 주고. 고맙다고 인사라도 해야겠다.”

지후의 얼굴에 불이 확 지펴졌다. 장작이 수백 개는 들어간 아궁이처럼 새빨개져서 그 당혹감에 지후는 이불을 뒤집어쓰고 피해 버렸다.

“잘 겁니다!”

소리친 지후는 이불 속에서 자신의 심장에 얼른 손을 대고 눌렀다. 은근하게 웃던 그의 얼굴이, 그 매력적인 목소리가 지후의 심장을 쿵쿵 뛰게 했다. 걷잡을 수 없이 뛰어서 꼭 병이라도 걸린 것 같다.

‘아, 나 진짜 왜 이래. 갈수록 더 등신 같아지잖아. 왜 이러는 거야, 대체!’

괜히 밖에다 대고 내뱉었다.

“아, 얼른 안 가고 뭐 하는데요? 가요, 빨리! 난 기왕 공짜 입원한 김에 혼자 있을 겁니다!”

“사춘기냐?”

“사춘기 아니라도 인간은 혼자 있고 싶을 때가 있는 겁니다.”

“그럼 혼자 있어. 나도 혼자 있을 테니까. 네 옆에서.”

이불 속에서 지후의 심장이 더욱 쿵덕쿵덕 했다. 그때 시트 위로 무언가가 다가와 가만히 머리를 매만져 주기 시작했다.

그 손길이 아주 조심스럽고 부드러워서, 지후는 어쩔 수 없이 울컥했다.

아무리 부정하려 해도 어쩔 수 없다. 이 남자로 인해 소속이

란 것의 의미를 배우고 있다. 누군가에게 속한다는 것, 그 느낌. 늘 혼자여서 추웠다. 하지만 그 시간이 있었기에 지금 이 남자가 옆에 있는 것의 특별함도 더 느낄 수 있는 것 같다. 인간에게 필요 없는 시간이라는 건 하나도 없다는 걸까.

정말…… 그런 걸까.

가지지 않으면 잃을 것도 없다.

그렇게 생각하고만 살았는데, 이제야 가지는 것의 의미를 깨달았다. 잃기 위해 가지는 게 아니다. 잃지 않기 위해 가지는 거다. 혹여 잃더라도, 가졌을 때의 만족감과 설렘이 이토록 크기에 감수하고서라도 사람들은 이렇게 관계를 맺나 보다.

욕심을 내서라도.

이 욕심이 지후는 처음으로 고마웠다.

천천히 눈을 감았다. 이렇게 나른하고 편안한 마음으로 잠이 들기 시작한 건 대체 언제부터였더라. 이명인이 나타나 준 그때부터가 아닐까.

의식이 완전히 잠 속으로 빠져들 때까지, 시트 위에서 움직이는 그의 손길은 그치지 않았다.

전리품으로 깁스를 얻은 채 퇴원일이 다가왔다. 깁스는 퇴원 후에도 좀 더 달고 다녀야 할 듯했다. 평상복으로 갈아입은 지후는 화들짝 놀란 얼굴로 병실 침대 옆에 서 있었다.

"지금 뭐라고 한 겁니까? 내가 뭘 잘못 들었나?"

"제대로 들었어. 넌 이대로 나랑 같이 갈 거야."

"하…… 나 참. 말이 되는 소릴 하세요. 난 내 집으로 갈 겁니다. 내 집 있는데 내가 왜 거길 갑니까?"

"그래, 있지. 고시원."

"고시원이 뭐 어때서요? 이 사람 또 기분 나쁜 소리 하시네. 내가 내 돈 내고 잘 살고 있는 멀쩡한 집을 지금 비웃는 겁니까?"

"고시원 찬양은 그쯤하고. 그 손은 어쩔 건데."

"손이 뭐요. 한 손으로 충분히 다 해결할 수 있습니다. 다친

게 뭐 한두 번인가?"

명인이 고개를 설레설레 저었다.

"아무튼 넌 나랑 같이 지낼 거야."

"아무튼 내 집으로 갈 겁니다. 고시원요! 내 짐이 있고 내 이불이 있는 데요. 고시원요!"

"아, 그래서 방 뺐고 네 짐, 이불 다 옮겨 놨어."

지후의 머릿속이 징 울렸다.

"지금 뭐라고……?"

"애초에 고시원 위험해."

"나보다 더 위험한 것도 있습니까?"

"하…….".

"그거 알아요? 주변에 원룸 오피스텔, 아무튼 한동안 혼자 사는 집이 죄다 강도에 성폭행에 난리가 났었는데 내 집만 멀쩡했죠. 누구도 감히 내 집을 털 생각을 못 했다는 소립니다."

명인의 눈썹이 꿈틀거렸다.

"그걸 지금 말이라고 하고 있나?"

"말 아니면 뭐, 솝니까?"

"됐고. 누나도 있는 거 같더니 왜 혼자 살아."

지후가 갑자기 먼눈을 했다.

"아…… 그랬지요. 저한테도 누나란 존재들이 있긴 하지요. 네에, 그런 시절도 있었습니다. 하하…… 누나들 얼굴을 본 게 언제더라? 어언…… 십 년쯤 돼 가나?"

홀로 연극조의 대사를 읊다가 명인과 눈이 마주치자 지후가

어깨를 으쓱했다. 그래서 이마만 딱콩 얻어맞았다.

"누나들이랑 별로 안 친합니다. 대충 그러려니 하지 뭘 그렇게 하나하나 다 알려고 그래요?"

지후가 이마를 문지르며 투덜거렸다.

사실 막내 누나 빼고 누나들은 전부 지후를 낯설어했다. 지금 생각해 보면, 아버지의 사랑을 독차지한 지후를 누나들이 질투했던 게 아닌가 싶었다. 자기들이랑 똑같은 주제에 왜 재만 거짓말하면서 사랑 받는 건지 억울했을 것이다. 그만큼 차별이 심했으니까…….

아버지는 자식들을 잘 입히고 잘 먹이는 능력 있는 가장은 아니었다. 그러다 보니 누나들은 빵 하나에도 서로 싸워 댔다. 새 옷은 당연하고 장난감부터 학용품까지 원하는 걸 가진 적이 한 번도 없었다.

하지만 지후만은 달랐다. 늘 새 옷을 입고, 새 가방을 멨고, 혼자 맛있는 걸 먹었다. 진짜 이상한 일이 아닌가. 딸을 아들이라고 속인 것뿐인데 그런 '만든 아들'이 정말 그렇게 사랑스러웠을까? 술에 취해 과자를 사 오실 때면 꼭 자고 있는 지후를 흔들어 깨워 누나들 몰래 데리고 나가 혼자 먹였다. 생일상도 지후만 받아먹고, 케이크에 촛불을 끈 건 지후가 유일했다.

아버지는 아들이 그렇게나 좋았던 걸까?

할머니도 지후에게는 관대했다. 그래서 지후는 누나들에게 증오의 대상이었을 것이다.

"아들도 아닌 주제에!"

“너도 여자잖아! 이 변태 멍청아!”

더 남자애처럼 연기해 보라고 비아냥거렸다.

아무것도 모를 땐 누나들이 왜 그러는지를 몰랐고, 이유를 알고 나서는 누나들의 서운함을 이해하기 이전에 자신의 혼란이 더 커서 화해할 기회조차 없었다.

그땐 자신이 남자가 아니란 걸 깨닫고서 혹시라도 아버지의 사랑이 멀어질까 봐 그것만이 초조했다. 그래서 더 아들처럼 행동하기도 했다. 아버지가 실망할까 봐, 아버지를 슬프게 할까 봐 어떻게든 남자애처럼 굴려고 했다. 목소리도 더 굵게 내보고, 서서 소변보는 연습까지 했다.

자신이 여자애인 게 미안했다.

‘우리 지후, 장한 우리 아들. 아버지가 늘 미안하다.’

그렇게 말하는 아버지를 실망시키고 싶지 않았다.

‘진짜 아들로 태어났다면…… 여자가 아니었으면 얼마나 좋았을까?’

한번 옛날 생각을 하면 끝도 없이 빠져든다. 지후는 얼른 안 좋은 생각을 지워 버리고 명인을 봤다.

아버지한텐 남자로 태어난 게 미안하고, 이 남자한텐 남자로 살아가고 있는 게 또 미안하고.

돌겠다, 진짜.

“알았습니다.”

명인의 눈썹이 끌려 올라갔다. 심호흡을 하고 지후가 말을
이었다.

"따라갈게요. 고시원 낼 돈도 굳고 잘됐네요, 뭐. 치사하게
식비 내라고 하는 건 아니겠죠? 좋습니다, 거기 갈게요."

"……이상한데. 갑자기 생각이 바뀐 이유가 뭐지?"

"이유가 뭐, 따로 있나요? 같이 살고 싶으니까 그러지."

이명인을 깜짝 놀라게 만들었다.

자신 같은 불행한 인간에게도, 딱 한때 행복이 허락된다면
바로 지금이었으면 좋겠다. 미래가 어떻게 되건, 어떤 길이 기
다리고 있건, 후회가 남지 않게 이 남자를 사랑해 보고 싶다.
재밖에 남지 않더라도, 후에 그 재를 뒤적이며 공허한 것밖에
남지 않게 되더라도, 온몸의 피와 살이 떨어져 나갈 정도로 그
를 사랑해 보고 싶다.

자신에게는 지금, 이 남자뿐이다.

그가 손을 뻗었다. 커다란 손바닥이 지후의 얼굴을 덮듯이
감쌌다.

"후회하지 마."

그의 눈동자가 불타고 있었다. 열기가 그 눈동자의 홍채를
순식간에 붉게 물들였다.

"후회하면, 같이 죽는 길밖에 없어."

"되게 무섭네. 가끔 보면 진짜 미친 인간 같은 거 알아요? 점
잖은 얼굴에 생각하는 건 딱 사이코패스야. 되게 이상해. 근데
하나도 안 겁나는 거 보면 나도 미쳤나 봅니다. 하긴 나만큼 미

친 인간도 없으니까 우린 쌤쌤인가? 괜히 데리고 가서 골 터질 일만 수두룩할 테지만. 그때 후회해도 난 모릅니다?"

지후의 얼굴에 장난꾸러기 같은 웃음기가 담겼다. 명인의 눈빛이 더욱 짙어졌다. 뺨에 있던 손을 목으로 미끄러뜨렸다. 가는 지후의 목이 그의 한 손에 다 갇혔다. 서서히 어루만지다가 그가 지후를 확 끌어안았다.

"경쟁하려 들지 마. 난 너보다 강자가 아니야. 어차피 지는 사람은 나일 테니까, 부딪쳐서 깨질 생각 따위 하지 마. 네가 깨질 바에야 차라리 놓아주는 걸 택할 거다. 난…… 악마가 아니야."

지후의 눈동자가 흔들렸다.

천천히 손을 뻗어 그의 넓은 등에 손가락을 하나씩 하나씩 짚다가 꼬옥 끌어안았다.

"가면…… 안아 줘요."

당신에게 안기고 싶습니다.

어느새 이만큼 간절해진 바람.

명인이 앞서고 지후가 그의 뒤를 따랐다. 그가 병실 문을 열고 기다려 주기에 지후는 그를 지나쳐 병실을 나갔다. 그는 아무 표정도 없었다.

잠시 전 안아 달라고 지후가 말한 이후로 계속 저 상태였다. 표정이 무섭도록 굳어 있어서 지후는 머릿속이 복잡했다.

'뭐지? 괜히 말한 건가? 자기가 원할 때 해야지, 상대방이 해

달라고 하면 전투욕이 사라지는 타입인가? 뭐냐, 그건. 진짜 변태 같잖아.'

뒤에서 문이 닫히는 소리가 들렸다.

'아, 진짜 뭐지? 아니면 다른 데서 실수를 했나? 사장이 잠깐 신경 못 써서 병원비를 자기가 냈나? 병원비가 너무 많이 나왔나? 하여튼 이 게으른 사장! 아, 몰라! 사람이 모처럼 솔직하게 말했는데 무시해도 유분수지. 될 대로 되라 그래!'

왠지 힘이 안 나서 비틀비틀 걸어가고 있는데 마침 맞은편에서 오던 낯익은 얼굴들과 마주치는 바람에 지후의 걸음이 우뚝했다.

"어?"

병실 쪽으로 걸어오던 그 두 사람은 바로 시형과 아름다운 그녀 노유진이었다.

지후가 반사적으로 구십 도 각도로 인사를 꾸벅 하자 유진이 생긋 웃었다.

"다행이다, 안 늦어서. 퇴원하는 길이죠?"

"예에……."

"거봐, 조금만 더 늦었으면 엇갈릴 뻔했잖아."

"그러게요. 사수님, 이제 몸은 괜찮으세요?"

그제야 시형에게로 눈을 돌린 지후가 영혼 없는 목소리로 말했다.

"어…… 근데 이 뻔뻔한 자식은 대체 누구야? 사수님이 크레인에 얻어맞아서 입원하고 있는데 낯짝 한번 안 비치던 게 감히 뻔뻔하게 어딜 기어 와?"

지후가 안색이 싹 변해 깁스한 팔로 시형의 머리통을 치려고 쫓아다녔다. 시형은 기겁해서 피하다가 안 되겠는지 지후의 어깨를 탁 붙들고 재빠르게 말했다.

"진정하세요. 제가 오고 싶지 않아서 안 온 게 아니라 사수님 안 계시는 동안 사수님 자리 메우려고……. 거참, 칭찬은 못 해 줄망정 이러시면 억울해집니다?"

"이게 어디서 아직도 반성을 못 하고 핑계질이야? 네가 뭔데 감히 내 자릴 메워? 너 따위가 뭘 할 수 있는데?"

"사수님, 제가 사수님한테는 등신 같을지 몰라도 한 발짝만 나가면 알아주는 천재적인 건축가로……. 내가 지금 뭐 하는 거냐. 아무튼 다행입니다. 얼마나 걱정했는지 상상도 못 하실 겁니다!"

얼렁뚱땅 지후를 확 안아 버리는 바람에 지후는 어이가 없었다. 난리 피는 걸 막을 요량이었겠지만 이 자식이 사람을 너무 핫바지로 본다. 바람과 같은 속도로 지후의 깁스한 팔이 치켜 올라간 것과, 누군가가 시형의 한쪽 어깨를 확 밀치고 지후의 몸을 잡아뗀 건 동시였다.

명인이 지후를 자기 품에 감싸듯 끌어안고서 시형의 어깨를 밀어내며 서 있었다. 뭐가 어떻게 된 상황인가 싶어 지후의 눈알이 도르륵 굴렀다.

명인과 시형의 시선이 마주쳤다. 시형이 피식 웃곤 입을 열었다.

"형, 이러실 겁니까?"

"아직 환자라서."

"마치 보호자라도 된 듯한 말투네요."

"네 형이 사무가 바빠 얼굴을 비치지 않으니 누구라도 보호자를 해야겠지."

"다른 사람 시선은 신경도 안 쓰는 건가요? 유진이 누나도 있는데."

그제야 명인의 시선이 유진에게로 돌아갔다. 유진은 무슨 생각을 하는지 알 수 없는 표정으로 팔짱을 낀 채 세 사람을 묵묵히 쳐다보다가 피식 웃었다.

"진짜 어마어마한 과보호다. 누가 보면 아들인 줄 알겠어."

"너까지 올 곳은 아닌 것 같은데."

"그런가? 뭐, 그렇게 생각할 수도 있겠지만."

유진이 바로 지후를 보며 말을 이었다.

"퇴원한다기에 와 봤어요. 생각보다 몸은 좋아 보이네요. 다른 덴 다 괜찮은 거예요?"

"저야 괜찮은데 두 남자가 갑자기 이상한 행동들을 하고 그러네요. 누가 보면 엄청난 VVIP가 퇴원하는 줄 알겠습니다. 한쪽이야 며칠 간병도 해 줬고 좀 이해는 되는데, 다른 한쪽은 일주일 만에 겨우 얼굴 들이민 주제에 낯짝 두껍게 상관하고 있네요?"

"사수님 의외로 꽁하시네."

"꽁한 사수가 명령하는데, 앞으로 낯짝 보이지 마라. 어디서 잔머리 쓰고, 술도 안 취한 게 멋대로 끌어안고 지랄이야? 한 번만 더 그래 봐라 응? 그리고 그쪽은 떼어 내긴 왜 떼어 냅니까? 나는 뭐 올려붙일 주먹 없는 줄 압니까?”

명인에게까지 퍼부어 준 후 그대로 세 사람을 남겨 두고 앞서 걸어갔다.

보호받는 기분이란 게 왠지 민망하고 찜찜했다. 그대로 여자 취급 받은 거 같아서 마음이 사나웠다. 연지후가 남자가 아니란 건 이명인밖에 모를 텐데, 다른 사람들 앞에서 상황에 안 맞는 행동을 하는 그가 어이없기도 했다. 당황스럽고, 딴 사람들 보기도 불편했다.

나 참, 퇴원 한번 하기 더럽게 힘드네.

‘언제부터 이렇게 옆에 인간들이 득시글거렸다고.’

그래도 그게 그렇게 나쁜 기분은 아니다.

진짜 와야 할 가족들도, 그렇게 오랫동안 봐 온 사장도 아니었다. 정작 찾아온 사람들은 만난 지 한 달도 채 안 된 신상 지인들. 하지만 그게 무슨 상관이랴.

친구라고 부를 만한 인간 하나 없던 인생에서 처음으로 시끌벅적한 퇴원길을 경험했다. 하지만 그 시끌벅적한 분위기가 그 후로도 계속 이어지리라는 건 그땐 전혀 몰랐다.

“낮술 마시니까 기분 좋다. 우하하하!”

“오후 여섯 시야. 낮술 아니잖아, 누나.”

“넌 머리도 좋은 게 무슨 헛소리야? 해 떠 있으면 낮술이지.

봐, 아직 해 안 졌잖아. 그래서 넌 술맛 안 난단 소리야?”

“무슨 소리. 술술 넘어가는구면. 이러고 있으니까 누나랑 우리 형이랑 셋이서 마시던 생각 나네.”

“하긴 너 술 얻어먹겠다고 우리 엄청 따라다녔었지. 고등학생 주제에, 뒤에서 호박씨 다 까고도 우등생으로 졸업한 거 보면 요놈 요거 요거 보통은 아니라니까? 아, 예전에 얘네 집이랑 우리 집이랑 아파트 앞뒤 동이었거든요, 지후 씨.”

벌써부터 술에 취해서 알딸딸한 얼굴로 지후에게 설명해 주고 있는 이는 유진이었다. 유진과 티격태격하고 있는 인간은 시형이었고. 이명인 씨는 무뚝뚝한 얼굴로 말 한마디 없이 술잔을 기울이는 중이시다.

여기는 이명인 씨가 머물고 있는 레지던스 안.

네 사람은 병원에서 나와 곧장 여기로 향했다. 주동자는 노유진이었고, 지후의 퇴원 축하 파티를 하자는 명목으로 모이게 된 경위였다.

물론 처음엔 파티는 무슨 파티, 하는 마음이었지만 지후는 어느새 이 분위기에 흥건히 젖어 있었다. 노유진은 유쾌한 사람으로 술자리를 재미있게 만드는 방법을 알았다. 신 나게 잔 부딪치고 떠들고, 그렇게 ‘나’를 놓아 버리며 술을 푸는 사람을 지후는 참 좋아했다. 겉모습과 달리 화끈하고 재미있고 엄청 유쾌한 여자다. 덕분에 지후도 어느새 낄낄대며 그녀에게 동화되어 갔다.

“아, 술 고파. 나도 술 마시고 싶다.”

다만, 한 가지 문제라면 이놈의 깁스 때문에 자신만 술을 못 마신다는 정도.

그 푸념에 이명인이 어이없다는 얼굴을 했다. 그가 오른쪽 다리를 왼쪽 다리 위에 포개고는 무릎에 깍지를 낀 채 지후를 지그시 쳐다보았다.

"근데 이명인, 너 곧 이사 가겠네? 주용이 말론 완공 가까워지고 있다던데."

유진의 그 말에 그제야 지후의 머릿속 전구에 불이 들어왔다.

그렇지, 참!

아나, 이명인. 어차피 곧 이사 들어갈 거면서 남의 짐을 모조리 다 빼 오면 연지후는 닭 쫓던 개 지붕 쳐다보며 다시 고시원을 구해야 하나?

골치 아프구먼. 아, 또 술 당기네.

"집들이는 할 거지?"

"상황 보고."

"시형이 넌 언제 뉴욕으로 뜨는 거니? 집들이는 참석할 수 있지?"

"형 성격에 집들이를 하겠어?"

"왜 안 해? 하라면 해야지."

"나야 꼭 참석하고 싶지만 아무래도 그 전에 뜰 거 같은데."

그제야 지후가 시형을 돌아봤다.

"뭐? 그렇게 빨리 가냐?"

"왜요? 서운하세요? 사수님이 무서워서 예정보다 일찍 출국

해 버리려는 참이거든요.”

지후의 고개가 딸칵 떨어졌다.

“애초에 네가 여긴 왜 따라와 있는 거야? 병문안 한번 안 온 인간이 뻔뻔하게 어딜 고개를 빳빳이 들고 술을 마시고 있어?”

“아 진짜 쩨쩨하시네. 사수님 자리 지키고 있었다니까 왜 이러세요. 일 째고 병원 달려갔으면 프로로서 자각이 부족하다느니, 이래서 도면쟁이들은 믿을 게 못 된다느니, 지금 시공 일 무시하는 거냐느니, 또 한 소리 했을 거 아닙니까?”

“변명은 접어. 이미 네 인격은 파악했으니까.”

“속 좁다, 속 좁아.”

가슴을 탁탁 치다 못한 시형이 뭔가가 생각난 듯 갑자기 휴대폰을 꺼내 어딘가로 전화를 걸었다.

“어, 형. 난데, 우리 사수님한테 내 결백 좀 증명해 줘. 병원 안 찾아왔다고 아주 역적 취급하잖아. 뭐? 형수랑 부부 싸움 중이라고? 아 좀!”

그러더니 그가 지후에게 휴대폰을 휙 내밀었다.

“받아 보세요.”

“됐다. 친인척의 증언을 어떻게 믿어?”

“돌아 버리겠다 진짜. 친인척이기 이전에 사수님 사장입니다. 형수랑 부부 싸움 하느라 바쁘다니까 전화 끊어지기 전에 얼른 받아요!”

“받아 봐요, 지후 씨. 시형이 정말 억울한가 보네. 받아라! 받아라!”

노유진까지 젓가락으로 맥주병를 쳐 가며 선동하는 바람에 지후는 황당해서 결국 전화를 건네받았다. 이명인은 그저 '한심한 것들'이라는 눈으로 섞일 생각도 없어 보였다.

반 강제로 휴대폰을 귀에 댄 지후는 바로 한쪽 눈을 찌푸리며 휴대폰을 귀에서 떨어뜨렸다. 장난인 줄 알았는데 진짜 부부 싸움 중이다, 이 인간.

—내가 잘못한 건 또 뭐가 있는데? 뭐? 너? 너 지금 서방한테 너라고 했냐? 컥! 이, 이 새끼이? 너도 모자라 이 새끼? 지금 쳤냐? 더 때려! 왜 그거 치고 말아? 아예 팔다리 부러뜨려서 병원에 처넣어! 내가 외박하고 싶어서 외박했어? 진짜 장례식 있었다니까 왜 사람 말을 못 믿어? 야! 그건 던지지 마. 아직 할부 안 끝났잖아. 그래, 그, 그건 고이 내려놔. 착하지, 우리 마누라. 아, 알았어. 가방 사 줄 테니까 그만하자고!

최주용 씨의 '부부 생활 백서'가 스피커폰을 통해 고스란히 생중계로 울려 퍼졌다. '개김'으로 시작해서 가방으로 끝나는. 아, 이 시대 슬픈 가장의 모습이여.

"최주용, 완전 웃겨."

유진이 배꼽을 잡고 구르고, 시형은 형의 은밀한 사생활 노출에 얼굴이 시뻘겋게 달아올라 사수님을 째려보고, 이명인은 혀를 차고.

"사수님은 정말 사생활 보호 개념이 없는 분이시군요."

"이럴 줄 알았냐? 적당히 싸우고 말 줄 알았지. 아무튼 이거 들으라고 나 받으라고 한 거냐?"

―야! 연지후, 들리냐? 아아! 연지후! 뭐야, 끊었나?

그때 스피커폰이 쩌렁쩌렁 울리기에 지후는 심드렁한 얼굴로 공중에서 대답했다.

"연지후, 여기 있습니다, 사장님."

―전화 감이 왜 이래? 암튼 퇴원은 잘했지? 이명인이 오죽 잘 시켜 줬겠어? 그건 그거고, 우리 시형이 그만 구박햇! 너 입원해 있는 동안 시형이가 얼마나 고생했는 줄 알아? 너 대신 팀 꾸려 가면서 일당백으로 현장 뛴 애야 걔가. 이 친형도 아까워서 함부로 안 돌리는 애를 네깟 게 뭔데 자꾸 구박하고 뺑이 치게 만들어! 어?

지후의 시선이 천천히 시형에게로 날아갔다.

"정말로?"

"속고만 살았어요?"

"와, 최시형, 의리 대박이다. 너 왜 이렇게 지후 씨한테 잘하냐? 충성도 이런 충성이 없는데?"

유진이 끼어들어 놀렸다.

"듣고 보니 정말 그러네. 너 왜 이렇게 나한테 충성이냐? 대체 무슨 꿍꿍이야?"

"순수한 친절은 제발 좀 순수하게 받아 주시죠."

―야, 인마! 듣고 있어? 말 나온 김에 김두학 씨 현장 기한 내에 완성한 게 누구 덕인 거 같아? 완공 사흘 앞두고 너 그 꼴 나는 바람에 얼마나 곤란했는지 알아? 그 영감, 기사가 다치든 기사 할아비가 다치든 공사 기간 못 맞추면 한 푼도 안 내줄 노

랭이야. 그걸 시형이가 야간까지 해서 다 마쳤는데. 누굴 위해서? 또라이 사수님을 위해서! 칭찬은 못 해 줄망정, 이걸 확!

거실이 조용해졌다.

"……김두학 씨 현장을 말입니까?"

—그래! 우리 시형이가 그냥 가만히 있으라기에 내가 입 다물고 있었는데, 걔가 지금 누구 밑에서 따까리 소리 들으면서 휘둘릴 위치가 아니야. 세계적으로 주목받는 건축가야, 억대 연봉 받는 건축가 선생님! 우러러보는 걸로도 모자라 고개가 꺾어질 분을 두고 어디 상대도 안 될 게 뻔하면 구박하고 막말하고. 한 번만 더 우리 시형이 잡으면 진짜 나한테 죽을 줄 알앗!

그렇게 전화가 끊겼다.

지후는 잠시 목석처럼 굳어 있다가 휴대폰을 공손히 시형에게 건넸다. 그것도 양손으로.

"받으시지요."

시형이 어이없다는 듯 고개를 내저으며 휴대폰을 받았다.

"김두학 영감을 해결하다니, 정말 대단한 놈이구나, 너. 내가 제일 싫어하는 인간인데, 그 영감이. 그 영감도 나 싫어하고. 공사 기간 안 맞추면 진짜 돈 한 푼도 안 내줄 노랭이거든. 안 그래도 병실에 누워서도 영감 얼굴이 천장에서 왔다 갔다 했는데, 진짜로 그걸 해결해 준 거……십니까?"

"와, 바로 태도 바꾸는 거 봐. 사수님 왜 이렇게 비굴하십니까? 아무튼 이제 아셨죠? 저 이런 사람입니다. 이제 좀 달리 보이십니까?"

“물론 정보 제공자가 객관적이진 않지만, 그래도 뭐 그런 거라면…… 병문안 안 온 건 이해하고 넘어가 주겠네, 친구.”

“하, 친굽니까, 이제?”

“오늘 하루만.”

“그럼 어깨동무라도 할까요?”

“그럴까?”

지후가 우하하 웃으며 정말 어깨동무라도 할 듯 팔을 뻗었다가 순간 움찔하더니 동작을 딱 멈췄다. 아니나 다를까 이명인이 단단히 굳은 표정으로 눈을 가늘게 뜬 채 지후를 주시하고 있었다. 평소에도 그리 말이 많은 남자는 아니었지만 입 꾹 다물고 저러고 있으니 신경 쓰인다.

게다가 자신은 그에게 약속한 말이 있다. 나 원, 같이 일하다 보면 이렇게 저렇게 칡넝쿨처럼 얽히는 거지……. 답답해 죽겠고만!

“우리 지후 씬 참 좋겠다. 시형이가 누굴 위해서 대타 뛰고 그럴 성격이 아닌데. 얘가 얼마나 비싸게 구는 인간인데. 정말 사수님이 걱정되긴 됐나 보다. 신뢰받는 사수님이네요?”

“벼, 별로 신뢰받을 만한 행동을 한 게 없어서 듣기 민망하지만 기, 기분은 좋네요. 하하하. 근데 원래 잘난 인간들이 자기 자신만 믿고 일사천리로 일을 해치우지요.”

“시형아, 그래?”

“글쎄. 누굴 위해서 밤새워 본 건 오랜만이었어.”

시형의 능청스러운 대답에 지후는 픽 웃었다.

"사수님 빈자리 채우면서 보람 찬 하루를 끝내는 순간 느껴진 새벽이슬의 그 정취란 정말이지 감동이었죠."

"쇼를 해라."

"사수님 자꾸 그러면 저 진짜 빈정 상합니다? 저 정말 사수님이 무시할 만한 그런 남자 아니……."

"알아, 최시형. 나도 너 잘난 거 이미 알고 있어."

"……."

"나보다 세 살 위라는 것도 알고. 바보냐? 그 계산도 못 하게. 당연히 '너'라고 불러도 안 되고, 기껏 목수 주제에 함부로 대할 분 아니란 것도 알아. 그런데도 이렇게 막하는 날 보면 참 한심할 거야? 겨우 노가다 주제에 감히 대학원물까지 먹은 잘나가는 건축가 선생님한테 뭘 믿고 저럴까 싶겠지."

"그렇게 말할 거까지야……. 겨우 노가다라고 생각한 적도 없고. 이 일 제 아버지가 하던 일입니다."

시형이 씁쓸한 얼굴로 중얼거렸다.

"알아……."

지후는 고요한 표정이었고 노유진도 자연 조용해졌다.

명인은 그저 묵묵히 그런 지후를 지켜보고 있었다. 마치, 네가 하고 싶은 말을 다 하라는 듯. 그 무언의 허락에 등이 감싸이는 기분이다. 신기하게도, 아무 말 없어도 그 눈빛을 보면 무슨 생각을 하고 있는지 알 것 같다.

"최시형이 잘난 걸 몰라서 함부로 한 게 아니야. 다만 이 현장에선 얼마만큼 오래, 그리고 얼마나 자기만의 기술을 쌓았느냐

그걸로 모든 걸 결정해. 목수가 백 명이면 벽체 만드는 방법도 백 가지가 나와. 내가 존경하는 건 그런 사람들이야. 분명히 최시형은 대한민국에서도 알아주는 사람이고 앞으로도 더욱 빛날 테지. 그러니 넌 네 분야에서 네 사람들에게 존경받으면 돼. 난 내가 살고 있는 이 바닥에서 존경할 사람을 결정할 거니까."

노유진의 눈동자가 찬찬히 지후를 훑었다.

지후는 흔들리지 않는 꼿꼿한 대리석처럼 앉아 있었다.

"이제 곧 떠날 거라고 하니까, 세 살이나 위인데도 버릇없이 싸가지없이 군 거, 너라고 막 부른 거, 그건 사과할게. 그래도 뭐 한번 따까리는 영원한 따까리니까. 뉴욕 가서도 잘 살아. 어? 으쌰으쌰! 별로 해 준 것도 없는데 나 없는 동안 애써 줘서 진짜 고맙다."

모두가 돌아간 레지던스엔 지후와 명인만이 남았다.

지후는 벌써부터 소파에 쪼그리고 앉아 뭔가에 홀로 정신이 팔려 있었다. 보니, 팔 깁스에 해 놓은 낙서를 읽으면서 키들키들 웃고 있는 것 같다. 낙서는 노유진과 최시형이 남긴 것들이다.

"이거 봐요. 나 이런 거 처음 받아 봤어요. 접때 다리 부러졌을 땐 이런 거 일절 없었거든요."

명인이 혀를 끌끌 찼다.

"최시형이 나보고 악마 교관이래. 완전 웃겨."

명인은 천천히 일어나 지후의 앞으로 가 한쪽 무릎을 대고 앉았다. 지후가 고개를 들고 갸웃했다. 안주머니에서 만년필을 꺼낸 명인이 고개를 살짝 기울이자 지후의 눈이 커졌다. 한 글자 한 글자, 명인의 반듯한 필체가 깁스에 새겨졌다.

더 좋은 남자가 될게.

명인과 지후의 시선이 마주쳤다.

"그런 거…… 안 해도 됩니다."

당황하며 고개를 돌리는 지후에겐 여전히 단단한 껍질 같은 게 보였다. 명인은 그런 지후의 뺨을 잡아 어루만졌다.

"내가 하고 싶으니 하는 거다."

"……뭐가 그렇게 안 어울리게 희생적인 코스프렙니까? 난 해 줄 것도 없는데 자기만 해 주면 답니까?"

"받으려고 이러는 거 아니야."

지후는 계속해서 그를 외면하고 있었다.

"그나저나 아까 한 말은 돌려받아야겠는데."

그 말에 지후가 천천히 고개를 돌려 명인을 봤다.

"뭘 말입니까?"

"안아 달라, 네가 말하지 않았나?"

순간 지후의 눈동자가 벌어졌다.

긴장된 침묵이 돌았다. 단지 그 한마디 때문에 명인은 계속 마음이 급했었다. 갑자기 나타난 유진과 시형이 방해꾼 같아 빨리 쫓아내 버리고 싶을 정도였다. 남의 속도 모르고 그들과

웃고 떠드는 연지후가 그렇게 괘씸할 수 없었다.

"하지만 그 전에."

명인이 말을 이었다.

"너 머리 좀 감아야겠다."

"으억!"

소리를 지른 지후가 자기 머리카락을 막 헝클였다.

"겨우 이틀 안 감았는데 냄새 납니까?"

명인은 고개를 설레설레 저었다.

사무실 일도 있어서 명인은 내내 지후의 옆에 붙어 있을 순 없었다. 되도록 밤에는 같이 있어 주려 했지만 낮엔 처리할 일도 많았고 병원을 비울 수밖에 없어서 지후가 됐다고 부득불 반항을 하는데도 간병인을 두었다.

하지만 녀석은 끝까지 고집스럽게, 씻고 머리 감는 일 같은 기본적인 걸 절대 맡기지 않았다. 아마도, 혹시라도 자기 몸이 보이게 될까 봐 겁난 것이 아닐까 싶다.

"일어나. 머리 감자."

"내가 애예요? 나 혼자 합니다. 내일 감으면 날짜상으로 딱 맞아요."

결국 강제로 들쳐 메서 욕실로 끌고 갔다.

명인은 온갖 투덜거림을 쏟아 내고 있는 지후를 억지로 앉혀 놓고 샤워기의 물을 틀어 온도를 맞췄다.

"아, 이게 뭡니까? 쪽팔리게. 혼자 할 수 있다니까 그러네!"

"……."

“결벽증 있습니까?”

“이라도 있으면 바로 쫓아내겠네.”

“머리도 길든다는 거 알아요? 너무 자주 감으면 개기름도 그만큼 더 빨리 흐르고, 한 일주일 안 감고 푹 놔두면 또 나름대로 적응한다고요. 너무 자주 감으면 오히려 두피한테 더 안 좋다니까 그러네, 사람 참.”

참 말 많은 녀석이다. 그것도 궤변으로만.

“팔 들고 머리 대.”

어쩔 수 없이 강제로 붙잡아서 겨우 머리를 감겼다.

“앗! 눈 따가워! 샴푸 들어왔잖아요! 아, 팔 저려. 아직 멀었습니까? 팔 좀 내리고 있으면 안 돼요? 허리 아파 죽겠네, 진짜.”

명인은 그 시끄러운 녀석의 머리를 겨우 다 감기고 수건으로 머리를 감싸 주었다.

그제야 기분이 좋아졌는지 타월을 감은 채로 지후가 피식피식 웃었다.

“근데 생각보다 기분 좋다. 누가 머리 만져 주니까 참 좋네요?”

저 미소는 자신을 들뜨게 만드는 특효약인가.

웃고 있는 지후의 얼굴이 싱그러웠다. 명인은 허리를 숙여 불시에 입을 맞췄다. 놀랐을 법도 하련만 지후는 밀어내지 않았다. 입술을 다시 맞대고 부드럽게 혀를 감자 지후의 숨결이 가늘게 퍼져 나왔다. 명인의 피가 서서히 달아올랐다. 입술을 떼고 똑바로 지후를 바라보며 녀석이 걸치고 있는 윗옷의 단추

를 톡톡 풀었다.

남방을 벗겨 내리고 안에 있는 커다란 흰 티도 벗기자 맨 몸이 드러났다.

"자, 잠깐만요⋯⋯."

"가만히 있어. 잠시만⋯⋯."

명인의 호흡이 흐트러졌다. 뜨거워진 머리를 인식하며 동그란 젖가슴을 찾아 쥐자 찰진 촉감이 그의 손바닥을 타고 심장으로 전해졌다. 부드럽게 어루만지다가 조금 세게 비틀었다. 남은 옷마저 전부 벗겨 버리고서 명인은 가만히 지후를 내려다보았다. 그 시선이 부담스러운 듯 지후가 눈길을 피하고 괜히 딴 데를 쳐다봤다.

"그, 그만 좀 봐요⋯⋯."

"팔, 물에 젖지 않게 조심해."

그렇게 말하고 명인은 샤워기를 갖고 와 따뜻한 물을 틀었다. 지후의 매끈매끈한 피부 위로 물줄기가 흘러 내렸다. 숨결이 닿을락 말락 붙어 서 있어서 명인의 드레스 셔츠와 바지도 같이 젖어 갔다.

"추워?"

지후의 몸이 가늘게 떨리고 있어서 명인이 낮게 물었다. 입을 꾹 다물고 있던 지후가 말했다.

"내가⋯⋯ 혼자 씻을 수 있으니까 이제 줘요. 대중목욕탕도 한번 가 본 적 없고, 이런 거 진짜 쪽팔려 죽겠어."

도망가려는 녀석을 확 낚아챘다. 명인을 돌아보는 지후의 눈가가 빨갛게 상기되어 있었다. 명인이 그 눈을 보고 물었다.

"싫어?"

"……."

"싫으면 말해."

"……."

"그래, 좋아. 네가 말해. 이대로 계속할지, 그만할지."

지후의 입술이 바르르 떨렸다.

녀석이 천천히 몸을 바로 하고 섰다.

"낯설고…… 당황스럽고 민망하고, 어떻게 해야 할지 모르겠고…… 그런 것뿐입니다. 싫은 건 아니에요. 아니…… 좋습니다."

명인의 눈이 커졌다.

"좋아요."

지후가 한 번 더 반복했다. 그 표정이 애처로울 정도로 사랑스럽다. 눈빛은 여전히 고독하지만 표정은 반쯤 경계를 허문 것 같다.

수증기가 거울에 뿌연 장막을 만들어 욕실의 온도는 점점 더 올라갔다. 따뜻한 물에 폭 젖은 지후의 몸을 어루만지다가 목덜미에 진한 입맞춤을 했다. 지후의 성한 팔이 명인의 등 뒤로 둘러져 드레스 셔츠를 꽉 붙들었다. 젖어서 찰싹 달라붙은 셔츠 너머 맨 등에 지후의 손톱이 서서히 박혀 갔다. 명인의 입술이 목덜미를 타고 움푹 파인 쇄골로 내려가 고인 물을 혀끝으로 맛봤다.

"하아……."

지후의 몸이 활처럼 휘어졌다. 힘껏 쥐면 바스라질 것 같은 그 허리를 잡고 배꼽까지 혀를 더듬어 내려갔다. 무릎을 꿇고 앉아 허벅지로 혀를 미끄러뜨리자 지후가 버티지 못하고 쓰러지려 했다. 명인은 가볍게 그 몸을 안아 들어 욕조에 걸터앉고 자신의 허벅지 위에 지후를 뒤로 돌려 앉혔다.

"지, 지금 뭐 하는……."

"그대로 있어. 도망가지 마."

"하지만……."

"얼마나 이 시간을 기다렸는지 넌, 상상도 못 할 거야."

뒤에서 지후의 목덜미를 잘게 깨물어 갔다. 다리를 벌린 채 명인의 허벅지 위에 앉은 지후는 어쩔 줄 몰라 했다. 그 허벅지 안쪽으로 손이 미끄러져 들어가려 하자 지후가 본능적으로 몸을 움츠렸다. 허리를 끌어안고 목덜미를 꽉 깨물자 지후가 비명을 흘렸다.

"내가 너한테 얼마나 빠져 있는지 앞으로 매일 이렇게 자세하게 설명해 줄 생각이야. 이렇게 만지면서, 이렇게 몸을 섞으면서 네 머리에 모든 걸 새겨 줄 생각이야."

쉬어서 갈라진 목소리로 낮게 속삭이며 명인은 지후의 젖은 목에 이를 세우며 가슴을 어루만졌다. 지후의 머리를 감싸고 있던 타월이 스르르 흘러 아무렇게나 떨어졌다. 짧게 잘려 아무렇게나 삐친 머리카락, 앙상한 어깨, 마치 소년과 같은 뒷모습. 그 순수한 실루엣이 그의 욕정을 한없이 부추겼다.

가장 부서지기 쉬운, 가장 깨끗한 무언가를 품 안에 품고 있는 것 같다. 자신이 그 순수함과 연약함을 소중히 지켜 주는 쪽이 못 돼서 지후에게 미안할 일이었다. 도리어 부수고 깨뜨려 버리고 싶다. 마지막 한 조각까지 산산이 부숴서 자신이 다 가져 버리고 싶다.

명인의 손이 허벅지를 쓸고 지나가 지후의 가장 깊은 곳에 닿자 지후의 허리가 비틀렸다. 아랫입술을 깨물며 지후의 턱이 확 들렸다. 본능적으로 요동치는 지후의 몸을 억누르듯 명인은 지후의 몸을 한 손으로 끌어안은 채 다른 손으로 젖은 녀석의 안쪽을 매만졌다. 손가락으로 깊은 곳을 건드리자 반사적으로 오므려지는 지후의 다리를 다시 잡아 고정시켰다. 부드럽게 문지르며 유영하던 손가락이 곧 뜨거운 그 안으로 미끄러져 들어갔다. 다리를 벌린 채 지후가 온몸을 떨었다.

"아아……!"

지후의 턱이 더욱 치켜 올라가고 자유로운 한 손을 뒤로 뻗어 그의 뒷머리를 찾아 어루만졌다. 기쁨으로 명인의 심장이 뛰었다. 꽃잎을 헤치고 들어간 손가락의 움직임이 빨라졌다. 말할 수 없을 정도로 부드럽고 따뜻한 지후의 안쪽을 느끼며 명인은 터질 것 같은 심장의 박동을 느꼈다. 지후의 신음이 올라갈수록 그도 더 참을 수 없게 되었다. 직접적인 결합이 아니었음에도 그는 이미 거친 숨을 쏟았다.

결국 지후가 비명을 지르며 절정에 다다르는 순간 명인은 더 견딜 수 없는 마음에 지후를 일으켜 벽에 세우고 그대로 삽입했다. 벽을 짚고서 역동적으로 밀어붙이자 지후의 손가락이 명

인의 어깨에 박혔다. 그가 움직이는 대로 지후의 가는 몸도 같이 위아래로 들썩였다.

등이 쓸리지 않도록 지후의 등을 받친 채 그 턱을 깨물고 키스의 비를 퍼부었다. 가슴에 얼굴을 파묻고 더욱 속도를 빨리했다. 땀이 쏟아지듯 흘러내렸다. 뚝뚝 떨어진 땀방울이 지후의 몸 어딘가로 떨어졌다.

샤워기는 홀로 틀어진 채 세차게 물을 뿜고 있었다. 뿌연 수증기로 가득 찬 그 공간에서 지후가 비명을 질렀다. 지후의 몸이 크게 위로 솟구치며 떨린 순간 명인은 그 안에 자신을 모조리 쏟아 냈다. 허벅지를 타고 명인의 흔적이 흘러내렸다. 온몸을 다해 서로를 안은 정사.

그럼에도 부족해서 둘은 다시 서로의 입술을 찾았다.

몸과 몸이 감기고, 팔과 팔이 엉키고, 입술과 입술이 구겨졌다. 뜨거운 열기를 뿜으며 두 사람은 금세 다시 하나가 되었다. 190에 가까운 명인의 크고 단단한 체구가 고스란히 작은 지후의 몸에 실렸다.

"나는 네 남자야."

명인은 양손으로 벽을 짚은 채 지후에게 키스하며 속삭임을 지속했다.

"네가 무엇이든 상관없어. 여자든, 남자든 더 이상 상관 안해. 우린 이렇게 사는 거야. 너와 나만. 하루 종일 서로를 안으면서 일 년 내내 정염에 취해서 죽을 때까지 섹스하면서. 문제없어. 널 위해서라면 십 년쯤 수명을 줄여도 좋아. 그래, 그러면 되는 거야."

입술에서 도는 미열과 간헐적으로 터지는 신음, 달콤한 혀의 감촉, 단단한 가슴에 와 닿는 부드러운 가슴의 질감, 순수하고 때론 격정적인 지후의 모든 것.

그 어느 것 하나 명인의 이성을 도무지 정상으로 두지 않았다.

—좀 더 빨리 만났으면 좋았을 걸 그랬어요.

그것은 술자리가 끝나고 집으로 돌아가던 시형이 명인에게 전화를 걸어 한 말이었다.

—사수님이 형과 함께 지내는 거, 솔직히 되게 충격이었고 마음에 안 들었지만, 내가 형이었어도 저렇게 다친 사람 그냥 못 뒀을 거예요. 다만 그 사람이 사수님이라는 게 질투 나는 거지.

녀석은 취해 있었다. 하지만 넋두리나 주사 같진 않았다.

—그냥 좀 서운하네요. 뭐 별거 있었겠어요? 그저 함께 일한 짧은 기간 동안 경솔한 정이 든 것뿐이겠지요. 형이 갑자기 안 나타났다면 조금쯤은 더 커졌을지도 모르지만, 그거야 또 모를 일이고. 후…… 형도 아까 우리 사수님 말하는 거 봤잖아요. 나 이래서 우리 사수님을 그냥 둘 수 없는 기분이에요.

명인은 묵묵히 시형의 말을 들었다.

—이런 게 반한 건가? 하지만 뭐, 별로 크게 좋아한 마음도 아닐 테니 금방 끝나겠죠. 아무튼 우리 사수님, 행복하게 해 주세요. 행복해야 하는 여자 같지 않습니까?

그렇게 전화는 끊겼다.

처음부터 최시형은 자신과 비슷한 생각을 했던 것 같다. 지

후를 바라보는 시선이 서로 비슷했다. 마지막 말도 그를 건드리는 말임엔 틀림없었다. 만약 자신이 지후를 발견하는 게 조금만 늦었더라도, 녀석에게 지후를 빼앗겼을 것 같다는 직감이 들었다.

녀석은 자기가 할 수 있는 최대의 방법으로 지후에게 호감을 포현했다. 지후의 일을 대신 해 준 것도 그와 같은 맥락이리라. 한 여자를 같은 마음으로 보는 남자로서, 이번만큼은 자신이 한발 뒤처졌다고 인정할 수밖에 없었다. 최시형은 괜찮은 녀석임엔 틀림없다.

지후는 명인에게 폭 감싸여 침대에 누워 있었다. 지후의 머리 위에 그의 턱이 있고 벗은 어깨 위로 그의 팔이 둘러져 있었다.

몇 번이고 부서지도록 몸을 겹쳤다. 그건 마치 단순한 섹스가 아니라 지후를 이 세상에 묶어 두는 사슬 같았다. 이렇게 선명하게 소속감을 가질 수 있는 건 단지 육체적으로 안겼기 때문일까, 그 이상일까?

긴 세월 동안 지후는 홀로, 오로지 자신의 존재를 부정하며 산 기억밖에 없었다.

존재하는 이유를 알 수 없었던 존재.

하지만 눈앞에서 선명하게 살아 있는 이 남자의 손길이 어느새 연지후를 필요한 사람으로 만들어 주는 것 같다. 적어도 이 남자만은 절실하게 자신을 필요로 해 준다.

"……저기."

지후가 천천히 입을 열었다.

"음…… 아니 됐다. 별거 아닙니다."

"뭔데."

"아니라고요."

"말하는 게 좋을 텐데."

"……알았습니다."

"좋아."

"삼계탕."

"……뭐?"

"내일 삼계탕 먹고 싶다고요."

명인은 어이가 없겠지만 지후는 차마 말할 수 없었다.

퇴원 축하 파티 때 가장 먼저 간 사람은 시형이었다. 그 후 명인이 전화를 받기 위해 잠깐 자리를 비웠다. 결국 남은 건 지후와 노유진이었다.

"짜식. 술이 그렇게 약해서 어쩔 거야? 안 그래요, 지후 씨?"

"왜 아니랍니까. 그래서 이 험한 세상을 어떻게 살아가려고. 뉴욕 가기 전에 정신 바짝 차리게 주량을 확 늘려 줘야겠어요. 이대론 사수로서 자존심 상해서 못 보내지!"

"오옷! 좋아요, 좋아! 그런 의미에서 건배!"

노유진은 툭하면 건수를 만들어서 건배를 청했다. 유진의 맥주 잔과 지후의 콜라 잔이 화끈하게 쨍 부딪쳤다.

지후는 유진이 마음에 들었다. 몇 번 본 적은 없었지만 지후로서는 새로이 접한 타입이라 호기심이 그치질 않았다. 객관적

으로 봐도 괜찮은 여자다. 멋지고, 자유분방하고, 산뜻하고. 외모와는 전혀 다르게 남성호르몬도 제법 흐르는 것 같고.

"명인이랑 같이 지내기로 한 건 잘된 일이겠죠? 그래서야 손도 못 쓸 텐데. 축하 파티 하자고 했더니 갑자기 여기로 데리고 와서 첨엔 좀 의아했어요. 근데 뭐, 앞으로 같이 지낼 거라니까."

"그러게요. 그런 의미에서 건배!"

"어? 그거 내 건데. 좋아요, 뭐. 누가 하면 어때? 건배!"

"원체 체질이 빈대라 공짜로 먹여 주고 재워 준다는데 마다할 이유가 없죠."

"그래도 지후 씨 여자 몸이니까 역시 신경은 쓰이네요."

실실거리며 웃고 있던 지후의 눈동자가 정지했다. 대꾸할 여유도 없이 머릿속이 텅 비었다. 노유진이 너무도 자연스럽게 말해 버린 바람에 도리어 지후가 멍해져 버렸다.

일절 내색하지 않았기에 모르고 있을 거라 생각했다.

"겉모습이 어떻든 지후 씨 여자잖아요. 명인이도 그걸 알고 있고."

잠시 굳어 있던 지후는 겨우 숨을 내뱉었다. 심장이 둥둥 소리를 내며 뛰었다. 금이 간 유리 상자 안에 갇혀 서 있는 기분. 불안하고 위태롭게 금이 간 그 유리가 금방이라도 깨져 날카로운 모서리를 자신에게 향할 것 같다.

불안한 마음.

사실 노유진이 알 수도 있는 건데. 그게 뭐 그렇게 대단한 일이라고.

어쩌면 노유진은 지금 속으로 자신을 욕하고 있는 건 아닌지 모르겠다. 혐오스러워하고 있는 건 아닐까.

"내가 함부로 끼어들 문제가 아니란 건 알아요. 그래서 모른 척할까도 생각했지만 난 지후 씨랑 친해지고 싶으니까 사실대로 말하는 게 나을 거라 판단되네요. 그리고 실은 나 명인이 좋아해요."

지후의 고개가 들렸다.

"훗, 몰랐나 보다. 하긴 다 알 순 없으니까. 하지만 오해하진 말아요. 고백했지만 차였거든요. 그래서 이렇게 두 사람 일이 궁금한가 봐요."

"그랬……군요. 몰랐습니다. 미안합니다."

"음, 난 그렇게 생각해요, 지후 씨. 지켜보니까 지후 씨는 생각보다 더 매력 있는 사람이고 이명인이 반할 만도 해요. 지후 씨가 정말 남자였다면 내 가슴이 뛰었을지도 모르죠. 귀엽기도 하고 시형이한테 말할 땐 또 다른 모습도 보였고."

"그런 건 저보다 누나가 더……."

"누나가 아니죠."

순간 노유진이 말을 끊는 바람에 지후의 눈동자가 그대로 굳었다. 타박하는 어조는 아니었다. 그냥 평이하게 흘러나온 어조. 그럼에도 날카롭게 날아와 박히는 의미. 똑바로 꽂혀 오는 시선. 어쩌면 생애 처음으로 정곡으로 날아온 화살에 지후의 심장이 쏘였다.

"난 사정을 모르니까 어쩌면 경솔한 간섭일 수도 있고 주제

넘은 참견일 수도 있어요. 하지만 잘 들어요. 명인이랑 가볍게 만나는 게 아니라면, 지후 씨도 명인일 좋아하는 거라면 지후 씨도 노력해요. 그렇게 사내처럼 굴지 말고.”

화살촉이 심장에 박힌 건 맞는데 다른 때처럼 피가 나진 않는다. 쓰린 것도 아니고 아픈 것도 아니다. 그건 또 무슨 이유에서일까?

“이명인을 게이로 만들 생각인가요? 변태성욕자로 만들 생각인가요? 아니면 누가 어떻게 보든 상관없나요? 명인이가 지후 씨의 그런 모습을 그냥 그대로 받아들이고 놔둘 수도 있겠죠. 하지만 내가 아는 명인인 지후 씨를 사랑한다면 도리어 정상으로 돌릴 사람이에요. 하지만 지후 씨는 계속 사내처럼 그렇게 굴고 있네요. 그건 명인이가 지후 씨의 자유를 인정했거나, 지후 씨가 고집을 피우거나 둘 중 하나겠죠. 관계란 건 한 사람의 희생으로 이루어지는 게 아니에요.”

“…….”

“그저 서로 터치 안 하고, 앞으로의 일 같은 건 생각 안 하고 가볍게 만나고 말 거라면 할 말 없지만.”

“상관, 없지 않습니다. 가볍게 만나려는 마음도 아닙니다.”

“그렇다면 더더욱. 연지후 씨 당신은 남자가 아니죠. 이명인 앞에선 더욱 그렇겠죠. 둘이 형제의 정을 나누고 있는 게 아니라면 당연히 한 사람은 여자, 한 사람은 남자겠죠. 아니면 그런 건 별로 상관없나요? 아니, 당연히 상관있겠지. 그렇다면 명인이를 위해서도 이해 안 가는 그런 모습은 그만해야 하는 거 아닌가요?”

시끄러워. 당신이 나에 대해 뭘 안다고.

다른 때였다면 그런 말을 하며 고슴도치처럼 노유진에게 가시를 세웠을지도 모르겠다. 하지만 지후는 그 말이 잘 나오지 않았다. 노유진의 말은 하나도 틀리지 않았다. 독한 비난이었지만 동시에 객관적인 충고였고 한마디 한마디 지후의 정곡을 찌르는 말이었다.

“여자로 돌아가든가, 그게 자신 없으면…… 명인이 그만 놔요. 내가 하고 싶은 말은 그거예요.”

지후는 계속 노유진의 그 말을 떠올리고 있었다.

‘과연 내가 여자로 돌아갈 수 있을까? 나 또한 당신과 섹스만 하자는 건 아니야. 지친 당신이 나한테 그저 섹스만 하며 살자고 하더라도 나 또한 그게 기쁠 순 없어. 하지만 난 당신이 그 말을 하게 만들었어. 그만큼 내가 당신을 괴롭히고 있단 소리겠지. 노유진의 말은 틀린 게 없어. 그래서 나도 괴로워. 하지만 만약 도저히 안 된다면…… 나는 당신을 떠나 주는 게 옳은 걸까?’

노유진의 말이 천둥처럼 지후를 울리고 있었다.

섹스만 하며 산다는 것, 그게 도대체 말이 되는 건가.

“나 그냥, 당분간은 이대로 살아도 될까요?”

명인이 지후를 내려다봤다.

“……뜬금없게 무슨 소리야.”

"근데 만약 그러면, 나한테 지쳐서 떠나 버릴 건가요? 말귀도 못 알아듣는 놈이라고 화내면서 가 버릴 건가요? 그, 그냥 좀 궁금해서요."

천천히 명인이 지후의 턱을 들게 했다.

"계속해 봐."

"화낼지 모르겠지만 나는요, 갑자기 바뀌고 그런 거 잘 못해요. 머리도 나쁘고……. 변명이 아니라 정말로, 편한 대로 금세 바꾸는 거 할 정도로 요령 좋은 성격이었다면……."

"그냥 네가 하고 싶은 대로 해."

순간 지후의 입술이 서서히 닫혔다.

거기에 감동받아선 안 된다는 것쯤 지후도 알았다. 도리어 미안해야 할 말이었다.

명백하다. 자신은 그를 괴롭히고 있다.

"그 정도 마음이면 돼. 더 뭘 닦달할 생각도 없어. 그 정도면, 충분해."

지후의 눈동자가 흔들렸다. 이 사람은 도대체 왜 자신에게 이렇게나 인내심을 발휘하는 걸까. 왜 이렇게 퍼부어 주려는 걸까.

"이미 내가 그렇게 정했어."

상념으로 흔들리는 지후의 눈꺼풀에 그의 입술이 닿았다.

서서히 눈꺼풀을 내리며 지후는 지독한 혼란을 느꼈다.

아버지에게 묻고 싶다. 절실하게 아버지와 대화하고 싶다.

'아버지, 이제 나 여자로 돌아가면 안 돼? 그러면 안 될까?'

그래도 아버지, 나한테 실망하지 않을 거지? 슬퍼하는 건 아
닐 테지?
그게 아버질 배신하는 건 아니겠지?

지후는 새파랗게 질려 욕실에 서 있었다.

그 손에서 뭔가가 툭 떨어졌다. 천천히 쭈그리고 앉아 머리를 확 감싸 쥐었다.

또 다시 덮쳐오는 과거의 기억.

새파랗게 질린 얼굴로 몇 번이고 다짐을 받아 내던 엄마의 얼굴, 쓰러지던 할머니, 차갑게 돌아서던 아버지의 옆얼굴.

"헉헉."

지후는 숨을 몰아쉬었다.

공포.

"이런 병신……."

세면대를 집고 섰다. 괴롭다.

"……이렇게 될 줄 몰랐어? 세 살짜리 어린애도 아니고 이런 당연한 사실도 전혀 생각해 두지 않았어? 지금 와서 이렇게 충격을 받는 멍청한 짓을 하고 있어?”

속이 메스꺼웠다. 무엇이든 좋으니 몸 안에서 모든 걸 다 토해 내고 싶다.

이마를 흠뻑 적신 식은땀을 훔친 지후는 떨리는 손으로 바닥에 떨어뜨린 그걸 다시 주워 주머니에 쑥 찔러 넣었다. 그리고 이리저리 기둥이란 기둥에는 모조리 부딪치며 위태로운 걸음걸이로 거실로 향했다.

레지던스에서 지낸 지도 벌써 며칠이 지났다. 그의 집은 벌써 완공되었지만 개인 시간이 잘 나지 않아 아직 이사는 미뤄지고 있었다. 깁스는 어제 풀었고 이제 다시 출근할 생각이었다. 만약 출근을 다시 하게 되면 앞으로 어떻게 해야 하나 고민하는 중이었다. 계속 함께 있을 것인지, 이제 깁스를 풀었으니 다시 나가야 하는 건지.

깊은 곳 어딘가에 있는 연지후는 계속 함께 있고 싶다고 했다.

이대로 계속, 그와 함께.

하지만 대부분의 연지후는 이제 그만 네 갈 길을 가라고 경고했다.

진실로 그를 위한다면. 네가 네 어두운 그림자에서 벗어날 수 없다면.

자신은 여전히 정체성을 잃은 혼란 속의 인간이다.

똑바로 해라. 제대로 하지 않을 거면 정신 차리고 네가 가야

할 길을 가라. 노유진이 한 말도 다르지 않은 맥락이었다. 그녀의 의견에 자신은 동조하고 있다. 그래서 계속 죄책감에 시달리고 있었다.

하지만 이제 그만 이 이기적인 상황을 정리해야 한다. 알고 있다. 그의 곁에 있으면서도 혼란은 여전히 지속되고 있었다.

그리고 어쩔 수 없이 때때로 밀려들었던 불안.

하지만 역시 예감은 틀리지 않았다.

명인은 아직 퇴근 전이었다. 텅 빈 공간에 서 있던 지후는 그대로 모자를 찾아 푹 눌러쓰고 지갑만 챙긴 채 레지던스를 나섰다. 입고 있는 건 이 집에 들어올 때 걸치고 왔던 낡은 점퍼와 청바지, 검정색 모자.

그 모습 그대로 지후는 그곳을 나섰다.

버스 정류장으로 간 지후는 작업화로 바닥을 툭툭 차며 서 있다가 기다리던 버스가 오자 올라탔다. 해가 뉘엿뉘엿 지고 있었다.

몇 번 버스를 갈아탄 끝에 도착한 곳은 지후의 아버지가 잠들어 있는 납골당이었다. 지후는 터덜터덜 걸어 아버지가 잠들어 있는 납골함 앞에 섰다. 지후가 걸어 둔 꽃장식이 그대로 걸려 있었다. 그리고 그 옆엔 환하게 웃는 아버지의 사진이 꽂혀 있다. 영정 사진이 아닌, 아버지가 평소에 찍은 사진 중 하나였다.

작업복 차림으로 땀에 젖은 얼굴엔 주름이 깊게 패여 있었음에도 누구보다 환하게 웃고 있다. 아버지는 자신의 일을 좋아했다.

'힘들긴 뭐가 힘들어. 얼마나 좋은데. 가끔 힘들 때도 있지만 그땐 우리 지후 생각하면 마구 힘이 나서 상관없어.'

언제나 지후에게 따뜻한 말을 해 주었다. 한 번도 지후를 보고 웃지 않은 적이 없었다. 아버지가 살아가는 건 지후가 있어서라고, 지후는 아버지의 삶의 이유라고, 우리 지후가 있어서 아버지도 살아간다고 입버릇처럼 말했었다.
'상관없어.'
그건 이명인이 한 말과도 다르지 않았다.

'우리 지후 생각하면 마구 힘이 나서 상관없어.'
'네가 무엇이든 상관없어. 여자든 남자든 더 이상 상관 안 해.'

자신에게 이런 인생을 선물한 아버지와, 자신을 이런 인생에서 벗어나고 싶어지게 만든 사람이 같은 말을 했다니.
"아버지……."
지후는 천천히 고개를 숙였다.
"나 어떡해요, 아버지. 자신 없는데…… 너무 무서운데……. 나 같은 게…… 이러면 안 되는 거잖아요."
무릎이 꺾여 결국 지후는 바닥에 확 주저앉았다. 눈물이 왈칵 쏟아졌다. 이마에 닿은 시멘트 바닥이 차디찼다. 마치 자신의 머릿속에서 일고 있는 잔인한 생각처럼 섬뜩하도록 차갑다. 눈물이 바닥으로 후드득 떨어졌다.

"아버지, 나 임신했어요."

명인은 주용의 사무실로 들이닥쳤다.

벌써 일주일째, 지후에게선 소식이 없었다. 지후가 사라진 첫날밤을 꼬박 새우고 날이 밝자마자 주용의 회사로 들이닥쳤지만 지후는 나타나지 않았다. 전화기는 꺼져 있고 어디에서도 녀석의 흔적을 찾을 수 없었다. 회사에도 연락 한번 없는 건 마찬가지였고, 주용도 답답해 죽으려고 했다.

"이 자식은 대체 뭐야? 술 처먹고 뻗은 적은 있어도 그래도 오후엔 기어 나왔었는데. 어? 명인아, 넌 뭐 아는 데 없어?"

어찌어찌해서 지후의 막내 누나의 연락처를 알아냈다. 하지만 그쪽도 감감무소식이긴 마찬가지였다.

'갑자기 걔가 어딜 갔겠어요. 친구요? 그런 말 들어 본 적이 없어서……. 일이 친구고 가족인 애였거든요. 언니들이랑은 왕래 끊긴 지 오래고……. 그런데…… 지후 사정은 다 아시는 거죠? 어떡하지? 계속 전화가 꺼져 있는데…….'

그녀도 안절부절못하며 답답하단 말만 했다. 그녀의 언질에 따라 납골당에도 가 봤지만 역시 지후는 찾을 수 없었다.

실종 사흘째, 경찰서에 실종 신고를 냈지만 정신에 이상이 있는 것도 아니니 그저 가출 정도로만 접수되었다. 명인이 경찰서를 뒤엎다시피 해서 그나마 수사를 해 보겠다는 대답은 얻어 냈지만 어디까지 기대할 수 있을지 그도 알 수 없었다.

"아, 연락도 없었고 나타난 적도 없고 수상한 전화 온 적도 없었다니까?"

주용이 끊었던 줄담배를 뻑뻑 피워 가며 저도 답답하다고 했다. 혹시라도 지후의 부탁을 받고 말을 맞추고 있는 걸지도 몰라서 예민해진 명인이 주용을 닦달한 것이다.

"상식적으로 봐라. 네가 모르는 걸 내가 어떻게 알겠어? 진짜 뭐 아는 거 없어?"

명인은 천천히 고개를 저었다. 그의 얼굴도 핼쑥해져 있었다. 손으로 얼굴을 쓸어내리며 명인은 지친 한숨을 흘렸다.

"모르겠다, 도저히."

갑자기 사라졌다. 그 어떤 언질도 없이.

자신도 알고 싶었다. 왜 그랬어야 했는지.

도대체 무슨 일이 일어난 건지.

아니면, 너 정말 사고라도 난 거냐?

"초조해서 미치겠다."

"그래. 너 좀 미친놈 같아. 그래서야 네가 먼저 작살나겠다. 어린애도 아니니까 곧 나타나겠지. 답답해한다고 뭐가 달라지는 것도 아니고. 워낙 불안한 놈이었잖아. 너 만나고는 좀 안정돼 가나 싶었는데. 하여튼 그 미친 자식!"

주용이 담배를 비벼 끄곤 명인을 흘끗 쳐다보았다.

"이명인, 나는 그렇게 생각했었다. 너랑 우리 개또라이……
아니 지후. 연결되면 너보단 지후가 상처 입을 거라고. 사는 세

계가 다르니까. 네가 순간적인 호기심으로 녀석을 대하는 거라고 생각했어. 그런데 아무리 봐도 그 녀석이 널 힘들게 하는 거 같아. 상처 입는 건 너 같아. 이거 원, 뭐 이런 일이 다 있냐?”

“누가 상처 입고 말고가 무슨 상관이야.”

그딴 거, 얼마든 상처 입히라지. 온몸이 창에 찔리고 칼에 베여도 좋으니까 제발 자신의 옆으로 돌아왔으면 좋겠다.

“그냥 친구로서 헛소리 한번 해 본 거야. 아무튼 그 녀석 어디 가서 헛짓 하진 않을……지는 모르겠지만 암튼 한번 믿고 기다려 봐. 이 말이 무슨 도움이 될까 싶다만 지금은 그거밖에 믿을 게 없잖냐.”

명인은 공허한 눈으로 천천히 사무실을 나섰다. 데크로 올라가 서 있는데 누군가 옆으로 다가와 섰다. 시형이었다.

“사라진 건, 정말 형 때문이 아닌가요?”

명인의 눈에 힘이 들어갔다. 천천히 돌아보자 시형이 낮게 쏘아보고 있었다.

“아니면 갑자기 사라질 이유가 없잖아요. 사수님한테 그 정도 영향을 줄 사람, 형 외에 누가 있습니까?”

“차라리 나 때문이었으면 좋겠다.”

시형이 움찔했다.

“그 녀석의 부서지기 쉬운 복잡한 세계 때문이 아니라, 차라리 나 때문이었으면 좋겠어. 내가 그 녀석을 쫓아낸 거라면 차라리 낫겠다. 왜 이렇게 불안해 죽을 것 같은지 알아? 그 녀석이…… 정말 영원히 돌아오지 않을까 봐 겁이 나. 나 때문이라면 차라리 오기로라도 부딪쳐 올 녀석이야. 하지만 그 녀석 안에 있는 문제 때문이라면…… 그 녀석 죽어.”

시형의 눈동자가 벌어졌다.

“무슨…….”

“그건 누구도 이해할 수 없어. 그 녀석만의 문제야. 극복할 수 있는 것도 그 녀석 자신뿐이야. 나도 해 줄 수 없어, 그것만은. 그래서…….”

명인은 손바닥으로 이마를 꾹 눌렀다.

“미쳐 버릴 것 같다.”

명인은 팔로 눈을 가린 채 사무실 의자에 죽은 듯 길게 누워 있었다. 책상엔 받지 않는 통화 목록이 뜬 휴대폰이 버려진 듯 팽개쳐져 있었다.

이 답답함을 견딜 수 없었다.

“연지후, 돌아와. 전화 받아.”

아무리 생각해도 이유를 알 수 없다. 무엇이라도 자신에게 말해 주길 바랐다.

“명인아.”

유진이었다.

지금은 모든 게 다 귀찮았다. 사무실이 어떻게 돌아가는지 신경 쓰지 못한 건 벌써 오래되었다. 유진이 자신 대신 대부분 처리해 주고 있었지만 고맙다는 말을 할 여유조차 없었다. 상희에게도 형우에게도 마찬가지였다.

자신을 이 궁지에서 건져 내 줄 사람은 연지후뿐이다.

"아버님이 오셨어."

순간 명인의 눈이 떠졌다. 그는 눈을 덮고 있던 팔을 내리고 상체를 세웠다.

오픈하고 한 번쯤 찾아오시리라 생각했지만 시기가 안 좋았다. 머리가 터질 것 같았기에 차라리 안 만나고 싶었지만, 일부러 온 분을 그냥 돌려보낼 수도 없었다.

"……어디 계시지?"

"금방 이쪽으로 오실 거야."

"그래, 고맙다."

유진이 뭔가 더 말하고 싶은 듯했지만 그만두고 사무실을 나갔다. 유진과 엇갈려서 그의 아버지가 안으로 들어섰다.

"오, 여기가 우리 아드님 사무실이로구나. 아주 세련된 게 딱 봐도 예술 작품이 툭 튀어나올 것 같다. 응?"

분주하게 칭찬하며 들어서는 모습을 보니 아버지는 여전하신 듯했다. 싱글벙글, 아들의 일터를 찾은 아버지의 표정엔 만족감과 자랑스러움이 배여 있었다. 늘 명인을 믿고 모든 걸 아들의 판단에 맡기고 밀어주는 분이다.

양복을 쫙 빼입고 중절모를 쓴 모습이 꼭 흑백 영화 속 '험프리 보가트' 흉내라도 낸 것 같다. 아버지는 흑백 영화 광이었다.

찢어지게 가난한 집안에서 유복자로 태어나 해 본 일 안 해 본 일 없이 맨주먹에서 시작해 현재의 부를 일구었다. 현금 보유로 치자면 국내에서 손꼽힐 정도의 자산가가 됐다. 성공 신화라고 불러도 모자랄 정도로 아버지의 인생은 파란만장했다.

하지만 찬란하게 자수성가한 이면에는 배운 것 없고 가방끈 짧은 콤플렉스가 깊이 자리했다. 머리 좋고 운은 좋았지만 공부할 처지가 아니었다. 또한 머리도 공부 머리가 아닌 잔머리 혹은 사업 머리라 공부는 세상에서 가장 어려운 것이었다. 해서 아버지에게 공부 잘하는 사람은 다른 세상에 사는 사람이었다.

그런데 하나밖에 없는 아들이 수재 소리를 들으며 온갖 명예를 휩쓸어 오니 아버지에게 아들은 종교였다. 이 집안의 유일한 엘리트. 게다가 그 아들은 자라면서 예술의 길을 택했다. 아버지에게 예술은 또 하나의 반짝반짝 빛나는 딴 세상이었다.

일반적인 부모와 달리 아버지는 아들에게 판사, 의사, 검사가 되라고 한 적이 없었다. 도리어 아들이 회화과를 가겠다고 했을 때 만세라도 부를 표정이었다. 아버지에게 예술은 어쩌면 돈을 갈고리로 끌어모으는 직업보다 더 명예로운 형태였는지도 모르겠다.

'예술가는 배고프다지? 이 아버지가 다 밀어줄 테니 넌 그저 너 하고 싶은 거나 푹 빠져서 해. 후세에 이름이 남는 그 뭐냐, 자기 귀 자른 화가 있잖냐. 어, 그래. 고흐 정돈 돼야지!'

그런 말로 명인의 웃음을 터뜨린 장본인이었다. 한 번도 아버지와 다퉈 본 적도, 반목한 적도 없었다. 무조건 대단하다, 네가 그렇다면 그런 거지, 절대 신뢰로 밀어주었고 명인도 그

런 아버지가 늘 고마웠다.

부자 관계란 그런 것. 세상 모든 부자가 그렇겠지만 그 관계엔 끈끈한 무언가가 있다. 가끔 생각했다. 자신만큼이나 끈끈하게 얽인 지후와 그 아버지의 관계. 애증이 섞인 그 관계. 그건 지후가 아들로 컸기에 더욱 강했던 걸까. 지후가 아버지에게 집착하는 걸 보면 이해가 가면서도 또 가슴 한편이 답답하게 콱 막히는 것 같기도 했다.

지후의 아버지라……

"앉으세요."

"그래, 그래. 우리 아드님이 앉으라는데 앉아야지. 어디 우리 잘난 아드님 회사에서 끓여 주는 커피 좀 마셔 볼까?"

명인은 한쪽에서 커피를 내려 아버지 앞에 놓아 드리고 자신도 앉았다.

"넌 안 마시냐?"

"방금 전에 마셨습니다."

"그랬구나. 하긴 너무 자주 마시면 속 쓰려. 잠도 안 오고. 근데 소개시켜 주겠다던 아가씨가 방금 쟤냐?"

명인의 표정이 흔들렸다.

지후가 사라지기 전날, 명인은 아버지에게 전화를 했었다. 조만간 누군가를 소개시켜 주겠다고 했던 것이다.

사랑하는 여자를.

평생 함께하고 싶은 여자를.

"노유진은 아닙니다."

“아, 그래. 쟤 이름이 유진이라고 했었지? 네 친구. 근데 아니라고?”

“네, 아닙니다.”

“그럼 어디 있냐? 어디 다른 데서 일하냐? 오늘 볼 수 있을까?”

“……죄송합니다. 오늘은 안 될 것 같아요.”

“어, 그러냐? 그렇다면야 뭐, 신경 쓰지 마라. 내가 연락도 없이 불쑥 찾아온 거니까. 근데 우리 명인이를 붙든 애라니 자꾸 궁금해서 미치겠어. 하루라도 빨리 만나고 싶어 좀이 다 쑤시는데, 조만간 볼 수 있는 거지?”

“……네.”

“근데 왜 이렇게 얼굴이 어둡냐? 설마 너 차였냐? 에이, 설마 그럴 리가.”

“걱정 마세요. 조만간 꼭 만나게 해 드릴게요.”

“그래그래. 아버진 신경 쓰지 말고 너 편한 대로 해라. 어떤 여자든, 눈이 세 개 달렸건 코가 턱에 달렸건 네가 좋다고 하면 무조건 찬성할 테니까.”

명인의 입가에 씁쓸한 웃음기가 걸렸다.

“아버지.”

“응?”

“상처가…… 좀 많은 사람이에요. 지금 그 말씀 꼭 지켜 주세요. 무조건 절 믿어 주시고, 만나시면 소중히 대해 주세요. 부탁드릴게요.”

명인은 숨도 쉬지 않고 달리고 있었다. 지후의 막내 누나로
부터 연락이 왔는데, 정확치는 않지만 혹시라도 지후가 있을지
모르는 곳이 생각났다고 언질을 준 것이다. 자신 없는 어조였
지만, 조금이라도 가능성이 있다면 지체할 이유가 없었다.

그가 달려가고 있는 곳은 지후가 어릴 적 아버지와 함께 살
았던 옛집이었다. 도심에서 좀 떨어진 곳으로 바로 얼마 전까
지 지후의 큰누나가 살았는데 지금은 비어 있다고 했다.

사실 공사가 끝난 그의 집에는 이미 가구와 가전제품들이 채
워지고 몸만 들어가면 되도록 모든 준비가 끝났지만 그는 레지
던스를 떠날 수 없었다. 언제 지후가 돌아올지 몰랐기에 비울
수가 없었다. 혹시라도 돌아온 지후를 아무도 없는 공간에 단
일 초도 혼자 세워 두고 싶지 않았다. 한 달이 걸리더라도, 1년
도, 2년도 상관없었다.

하지만 아직도 지후가 돌아올 생각이 없다면 그가 움직여야
했다.

오래된 파란 철문을 밀고 안으로 들어가니 옛집의 정취가 그
대로 남아 있는 낡은 살림집이 보였다. 잠시 비워 둔 집이라 그
런지 여기저기 빈집의 흔적이 보였다. 명인은 먼저 한숨부터
삼켜야 했다. 만약 지후가 여기에 있다면, 온기라고는 없는 이
런 곳에서 대체 무얼, 어떻게 하며 지냈던 걸까.

아버지와 어린 시절을 함께 살았다는 집.

지후에게는 그것만으로 의미가 있을 터였다.

제발 있기를 기대하며 마루로 올라섰다. 안방으로 보이는 문

을 천천히 열고 안으로 들어서던 그의 걸음이 멈칫했다. 불도 켜져 있지 않았고 그 어떤 흔적도 없었지만, 구석에 누군가가 앉아 있었다.

명인의 눈이 터질 듯 커졌다.

지후였다. 그 녀석이 살림살이라고는 없는 텅 빈 방 안의 코너에 웅크리고 앉아 있었다. 무릎을 끌어안고 손등에 이마를 얹고 있다.

도대체가……!

명인의 안에서 울컥하고 무언가 뜨거운 게 올라왔다. 자신도 모르게 버럭 소리를 지를 뻔했다. 의혹, 원망, 분노, 셀 수 없이 많은 급박한 감정들이 떠올랐지만 그는 모든 걸 다 뒤로 미루고 오로지 안도만을 생각했다.

'그래, 다행이다. 이렇게 찾았으니 됐어.'

그는 천천히 걸어가 지후의 바로 앞에 섰다. 도대체 지금껏 무엇을 하고 있었던 건지 그냥 보기에도 바짝 말라서 안 그래도 작은 몸이 더 야위었다. 이곳에서 내내 지낸 건 아니겠지. 그랬다면 그건 정말 미친 짓이다. 녀석은 사람이 아니라, 마치 버려진 유령 같았다.

손을 뻗어 지후의 어깨를 만졌다. 순간 움찔한 지후의 고개가 천천히 들렸다. 명인을 발견한 지후의 눈동자가 세차게 흔들렸다. 하지만 그 놀라움이 몸 전체로 퍼질 정도의 힘도 없는 듯 지후가 반사적으로 일어나려다가 주저앉았다.

명인은 바로 무릎을 대고 앉아 그런 지후의 어깨를 부축하듯

세웠다. 녀석이 말없이, 동그란 홍채에 지친 기색을 잔뜩 담고서 물끄러미 명인을 쳐다보았다.

"여긴…… 어떻게 왔어요."

"너야말로 도대체…… 어딜 갔다 온 거야."

어딜 어떻게 헤매고 다닌 건지, 지후의 얼굴은 말도 아니었다. 자신도 화를 내고 싶었다. 도대체 이게 무슨 짓이냐고. 하지만 도저히 그럴 수 없었다.

퀭하게 움푹 들어간 눈과 홀쭉해진 뺨, 공허한 눈동자, 갈라진 입술, 도저히 연지후가 아니었다. 잠은 제대로 잔 건지, 먹을 건 제대로 먹은 건지, 사람이 아닌 듯 지쳐서 망가진 그 얼굴을 보자 그 어떤 다른 감정도 앞세울 수가 없었다.

"부른 적 없는데 왜 와서 또 간섭입니까. 도대체 어딜 얼마만큼 도망쳐야 그쪽한테서 벗어날 수 있는 건지 궁금하네."

"연지후."

"어쩌다 한번 맺은 인연. 만났다가 헤어지고, 그거 반복하는 게 일반적인 삶 아닙니까? 그쪽하고 나도 그러면 안 돼요? 이렇게까지 끈질기게 굴 줄 알았으면 진작 계약서라도 써 놓고 만날 걸 그랬네요."

"그게, 기껏 일주일 만에 돌아와서 겨우 할 말이냐."

명인의 표정도 사나워졌다. 절대 화내지 말자고, 무슨 일이 있더라도 추궁하지 말자고, 달려오면서 다짐했던 모든 생각들이 수포로 돌아가려 했다. 지후의 무심하게 툭툭 던지는 말들이 그를 건드렸다. 그를 잘 쳐다보지도 못하면서, 시선을 맞추지도 않으면서 하는 말들이 그의 이성을 긁어 댔다.

"난 돌아온 적 없습니다. 쓸데없이 그쪽이 찾아온 거지."

"내 인내심을 시험하지 마, 연지후."

"별로 댁 인내심 시험하려는 것도 아니고, 난 그냥 내 할 말을 할 뿐이죠. 딱 견적 나오잖아요. 이래서 머리 검은 짐승은 거두는 거 아니라고, 생명의 은인한테 인간이 이 모양입니다. 진짜 기 막힌 인간이죠. 나라면 한심해서라도 그냥 성질내고 가 버리겠네."

지후의 턱을 강제로 돌려 자신을 보게 했다.

"그렇게 내가 온 게 싫다면 내 얼굴을 보고 말해."

두 사람의 눈이 부딪쳤다. 하지만 지후의 눈동자는 그저 무심했다. 무엇을 어떻게 해도 상관없다는 듯.

찾았음에도 찾은 것 같지 않다. 그 눈동자가 텅 비어 있다는 걸 어떻게 자신이 모르겠는가.

"됐죠? 이제 뭘 더 말해 줄까요?"

결국 지후의 팔을 쥐고 있는 명인의 손아귀에 힘이 들어갔다. 순간 스스로도 막을 수 없는 파괴 본능이 일었다.

"이대로 더 힘을 주면, 이 팔을 부서뜨릴 수도 있어. 팔도, 다리도, 모두 다 부서뜨려서 어디에도 갈 수 없도록 가두어 둘까."

자신이 생각해도 섬뜩할 정도로 으스스한 목소리가 나갔다. 하지만 지후는 겁을 내지 않았다.

"원하는 대로 해요. 차라리 날 죽여 주든가."

그 말을 하며 녀석이 피식 웃었다. 그것은 조소.

자신도 반쯤 미쳐 가고 있었지만 녀석의 반응도 정상적이지 않았다. 녀석의 눈에서 낮은 안광이 번뜩거렸다. 그것은 확실히 광기와 비슷한 것이었다.

무엇인가. 도대체 무엇이 안 그래도 부서질 것 같은 이 녀석의 불안한 정신을 더욱 충동질하고 있는 건가. 무엇이 이 녀석을 이렇게까지 멀리 가도록 등을 떠민 건가.

"말해."

"뭘요."

"말하라고."

"하아, 왜 이러십니까? 지금껏 말했잖아요. 기껏 거둬 주고 입혀 놨더니 역마살 뻗어서 도망 다녔다고. 한곳에 오래 못 머무르는 건 내 천성입니다."

"연지후!"

명인이 지후의 어깨를 사납게 쥔 채로 확 끌어당겼다. 지후는 마치 실 끊어진 인형처럼 그저 수동적으로 딸려 올 뿐이었다. 느낌도, 냄새도, 아무것도 없는 껍데기뿐인 연지후였다.

명인의 몸이 부들부들 떨렸다.

"가자."

그는 자신을 내리누른 채 지후를 강제로 일으켜 세웠다. 하지만 지친 탓으로 맥없이 일으켜 세워졌던 지후는 서자마자 명인의 손을 탁 쳤다.

"난, 안 가요."

"따라와."

“안 간다고요!”

순간 명인이 지후의 얼굴을 확 감싸 쥐었다. 거절과 거부로만 똘똘 뭉쳐 있는 이 머리를 당장이라도 뭉개 버리고 싶다는 무서운 생각을 죽을 듯 억누르며 명인은 자신도 모르게 올라온 울분으로 눈시울이 붉어진 채 입을 열었다.

“같이 가. 아무것도 묻지 않을 테니까, 아무것도 요구하지도 않을 테니까 차라리 내 옆에서 고민해. 내가 불편하다면 차라리 내가 네 시야에서 멀어져 줄 테니까. 돌아가면, 사라져 줄 테니까.”

명인이 괴롭게 토로했다. 지후는 미동도 없이 그를 보았다. 그러다 갑자기 풋 웃어 버리는 지후 때문에 명인의 눈동자가 파동 쳤다.

“아, 진짜. 무슨 말을 하는 건데요? 왜 그래요, 혼자 심각해선? 아, 진짜 돌아 버리겠네. 나 좀 또라이인 거 몰랐어요? 정신이 가끔 헤까닥 할 때가 있어요. 첫날 발작하는 거 봤잖아요. 아, 그러고 보니 그걸 미리 말 안 했네. 내가 정기적으로 이 짓을 하는데 그걸 말 안 했어.”

웃는 지후를 명인이 확 붙들었다.

“연지후, 내가 미쳐 버렸으면 좋겠어?”

지후의 입가에 돌던 어색한 웃음기와 연극조의 가면이 사라지자 공허한 눈동자만이 남았다.

“그런 생각…… 한 적 없습니다.”

“아무것도 묻지 않겠다고 했잖아. 내가 말한 건 지켜. 그냥

힘들다고, 그 한마디면 돼. 그럼 그 이후 일은 내가 알아서 해. 거부하지 말고 의심하지도 말고 그냥 믿어. 다른 길이 없으면 일단 믿어 보는 거야. 절대 열어 보지 않을 테니까 나한테 네 마음을 맡겨. 의지해. 그러라고 내가 있는 거잖아. 네 짐 정도 는 들어 줄 수 있어. 잠깐 던져 주고 좀 자유로워지라고. 그런 어울리지도 않는 웃는 얼굴 따위 하지 말고!"

"나 참, 아까부터 대체 무슨 소린데요? 당최 알아들을 수가 없네. 뭘 멋대로 판단하고 넘겨짚는 건데요? 도와 달라고 손 내 밀 때 도와주는 건 친절이지만, 그 외의 건 다 간섭입니다. 아 무것도 묻지 않겠다고 그래 놓고 벌써부터 간섭하고 있잖아요. 됐습니다. 난 그냥, 이제 그만 끝내야지 생각했을 뿐입니다."

"……뭐?"

"손도 벌써 다 나았고, 별로 당신 집까지 따라 들어갈 생각도 없고. 어차피 서로 잠깐 노는 거, 지금까지 살던 호텔 같은 데 면 장소도 맞겠다, 드나들기도 부담 없어 딱 좋아 있었던 거뿐 입니다."

"……그만해."

"내가요, 이래요. 은혜도 모르고 주제도 모르는 놈이죠. 나 같 은 건 그냥 확 갈아 버리고 새로 이사 가서 새 집에서 그쪽이랑 어울리는 여자 만나서 그쪽이랑 어울리게 살아요. 이런 불안정 한 시한폭탄 같은 인간 끌어안고 있다가 인생 황 되지 말고."

"연지후!"

"아무튼 지금까지 고마웠습니다. 안 그래도 인사 정도는 하고 싶었는데 잘됐네요. 어차피 여기 더 있을 것도 아니었으니까 먼저 갑니다.”

지후가 꾸벅 인사까지 하고서 돌아섰다. 명인의 얼굴이 부들부들 떨렸다. 눈빛에 섬광이 이는 순간 성큼성큼 걸어가 지후를 붙들어 강제로 입술을 겹쳤다. 고개가 꺾일 정도로 사납게 입술을 밀어붙이며 명인은 지후의 옷을 벗기려 했다. 도대체 왜 이러는지, 무엇이 이 녀석을 갉아먹고 있는지는 모르겠지만, 지금은 이 녀석이 자신의 뇌를 갉아먹고 있는 것 같다.

그래. 지금까지처럼 이렇게 살면 돼. 그렇게 해서라도 붙들어 두면 돼. 언제나처럼 난 그저 네 몸을 원하는 육체만 있는 인간처럼…….

우리가 대체 왜 이래야 하는 거니, 지후야.

위험한 지경까지 분노가 치솟았다. 어쩌면 사납게, 지후의 인격을 박살 낼 정도의 강제적인 행동을 할지도 몰랐다. 위험했다. 신경 줄이 팅 끊어져 버려 이제 어떻게 돼도 상관없다는 듯 모든 걸 놓으려는 순간 명인의 의식이 천천히 현실로 돌아왔다.

이게 아니다.

이런 건 아니야.

그렇게 겨우 자신을 누를 수 있었던 건, 지후가 보인 반응 때문이었다.

그렇게까지 사나운 말을 툭툭 내뱉으며 사람을 열 받게 한 녀석이라면, 지금 이렇게 강제적인 행동을 취하는 그를 참아

낼 이유가 없다. 밀어내든가 같이 싸우든가 최소한 욕이라도 퍼부어야 할 녀석이 꼼짝도 않고 그의 거친 입술을 받고 있었다. 사납게 파고드는 손길도 다 허용하고 있었다.

하고 싶은 대로 하라는 듯.

방치.

아니, 그것은 차라리 포기.

표정도 없고 감정도 없다.

분노도 고집도 없다.

지후의 눈동자에서 늘 들끓곤 하던 불꽃같은 기운을 아예 찾을 수가 없었다.

무심하게, 마치 건너다보듯이 지후는 그냥 그 자리에 몸만 두고 있는 것 같았다.

명인의 손에서 서서히 힘이 풀렸다. 입술을 떼고서 지후의 어깨에 머리를 툭 기댔다. 지쳐 버린 마음은 황폐해져 너덜너덜해졌다.

"날 좀 살려 줘, 지후야."

더듬어 지후의 뺨을 만지다가 다시 내려와 서서히 지후의 등을 끌어당겼다. 그 어깨에 이마를 묻은 채로 지친 듯 토해 냈다.

"그만해라, 제발."

연지후가 마치 죽은 것 같다.

그래서 자신이 더 죽을 것 같다.

"이러지 마. 부탁이다, 지후야."

지후의 어깨가 서서히 떨렸다. 그러다 갑자기 눈물이 후드득

떨어졌다. 그 눈물이 명인의 머리카락을 적셨다. 그리고 지후
의 말이 터졌다.

"어차피 난 여자가 될 마음도 없고, 그쪽한테 정착할 마음도
없어요. 난 이렇게 무책임하고 뻔뻔하고 약속도 안 지키고 쓸
모도 없는 인간인데, 무엇 하나 노력하지도 않고 미래에 대한
계획도 없고 아무것도 없는데. 자신도 없고 그저 바보 같기만
한데 그런데……!"

지후가 소리 높여 외쳤다.

"나 임신했어요."

순간 명인의 몸이 그대로 굳었다. 그가 서서히 고개를 들었
다. 터질 듯 경악한 눈으로 그가 지후를 쳐다보았다. 어떤 말도
함부로 나오지 않았다.

"도저히 어떻게 할 수가 없어서 도망갔습니다. 그래요, 내가
한 행동이 겨우 그거라고요. 너무 끔찍해서 확 없애 버릴 생각
으로 도망갔는데, 이 꼴로 임신해서 산부인과 가니까 다들 이
상하게 쳐다봐요. 진짜, 그 와중에도 얼마나 우스웠는지 몰라.
애기한테도 창피하고 이런 등신 머저리 같은 게 엄마인 것도
미안하고. 쪽팔려서 배 쪽은 한 번도 쳐다보지도 못했어."

눈물도 아까운 듯 족족 닦아 버리며 지후가 말을 이었다.

"근데 나 같은 건 또 중절도 못 한대. 중절하려면 보호자를
데리고 와야 한대. 근데 난 그런 거도 몰랐어. 피임을 안 하면
임신할 거란 너무 당연한 사실도 몰랐고, 애가 얼마나 배 속에
있다가 나오는지도 몰라. 그딴 거, 난 전혀 몰라. 하지만 하나

아는 건 있어. 나 같은 거한테서는 절대 누구도 태어나선 안 된 다는 거.”

지후의 눈빛이 번들거리며 번뜩였다.

지후가 그의 팔에 매달렸다.

“그러니까 날 좀 도와줘요. 그쪽이 보호자니까……!”

결국 명인의 분노가 터졌다. 눈에서 붉은 실핏줄이 툭툭 터 졌다. 지후의 몸을 움켜쥔 채 명인이 미친 듯 소리쳤다.

절박한 표정. 지후는 정말로 절박하게 그에게 사정하고 있었 다. 그게 더 명인을 분노하게 했다.

“정신 차려, 연지후! 어떻게 이렇게 사람을 비참하게 해! 그 것 때문에 도망친 거라고? 그 아이를 없애려고 도망갔다고? 대체 왜 이렇게 사람을 절망스럽게 해!”

“그럼, 이 꼴로 뭘 어떻게 해야 하는데요!”

“나한테 말을 했어야지! 혼자 끌어안고 있을 문제가 아니잖 아. 이게 왜 도망칠 일이야! 왜 너 혼자 결정하려고 들어. 네가 모르면 내가 알 수도 있어. 네 아이만이 아니라 내 아이이기도 해. 없애 버려? 뭘? 대체 뭘! 어떻게 그렇게 잔인한 생각을 할 수 있어!”

“정상적인 애로 키울 자신이 없어! 내가 감히 뭘 낳아요! 아 기는 어쩌라고. 무슨 죄가 있다고? 내가 뭘 할 수 있을 것 같아 요. 나처럼 키우라고? 내가 누굴 낳아서 키울 자격이 있다고 생각해요? 나 같은 게, 나 같은 게…….”

소리치는 지후의 몸이 부들부들 떨렸다. 뒤로 넘어가려 하기에 명인은 그런 지후를 붙들고 괴롭게 토로했다.

"이러지 마, 지후야. 제발……."

"내가 어땠는지 알아요? 생리 멈췄는데도 편하고 좋네, 그런 생각만 했어요. 그게 임신 때문인지도 몰랐고, 생리가 멈췄다는 것도 한참 후에나 알았어요. 월경 주기고, 임신이고 난 아무것도 몰라. 어릴 때도 다들 싫어해서 다들 끔찍해 해서……. 근데 이제 생리를 안 하니까 그게 후련하기만 해서, 그랬다고요. 이런 엄마가 어디 있어요? 이런 병신 같고 끔찍한 인간이 세상에 어디 있어."

"사랑해."

갑자기 명인이 지후를 확 끌어안았다. 지후의 몸이 전기라도 맞은 것처럼 튀며 미친 듯 명인을 밀어냈다.

"왜, 왜 이래요. 갑자기 왜 이……."

"사랑해……."

명인은 절절하게 되뇌며 지후의 허리를 더욱 확 끌어안았다.

"하, 하지 말아요. 그쪽이 나한테 왜 그래. 내가 어떻게 만들었는데. 난 고작 이런 앤데. 안 돼. 나 따위한테……."

"사랑해……. 사랑해, 사랑해, 지후야."

"그만해요, 제발."

"사랑해."

결국 지후의 얼굴이 젖혀졌다. 눈꺼풀이 부르르 떨렸다.

"내가 뭔데……. 나 따위가……. 이런 짓까지 저질렀는데. 얼마나 끔찍한 짓을 저질렀는지 알면서, 봤으면서. 진짜 이런 인

간이 어디 있어. 결국 나랑 아버지랑 다를 게 뭐가 있어요. 내
가…… 도대체 무슨 짓을 했는데.”

결국 지후가 스르르 바닥에 주저앉았다. 눈물이 쉬지 않고
흘러내린다. 오열이 터진다. 마치 아이처럼 지후가 울었다.

명인은 지후의 한쪽 팔을 잡고 서 있었다. 심장이 터질 것처
럼 울고 있는 지후를 내려다보는 명인의 눈동자에 애틋함, 안타
까움, 서러움, 그리고 어쩔 수 없는 분노가 동시에 담겼다. 몸이
움직여지지 않았다. 어서 빨리 이 녀석을 안아 줘야 하는데. 울
지 못하게 해야 하는데……. 그런데 몸이 움직이지 않는다.

‘그래, 널 버리고 싶다.’

이 녀석의 말대로 이 손을 놓아 버리고도 싶었다. 녀석을 버
려 버리고 아무것도 없었던 것처럼 모든 걸 끊어 버리고도 싶
다. 할 수만 있다면…….

그 정도로 밉고 야속하다.

평생을 증오하고 증오해도 모자랄 정도로.

“혼자 괴로워하고, 혼자 결정하고, 혼자 판단 내리고, 혼자 떠
나 버리면, 난 대체 뭐냐. 너는, 정말 그럴 수 있었던 거였냐.”

어쩔 수 없이 드는 원망, 서러움.

생명을 지우려고 했고 그걸 자신에게 말해 줄 생각도 없었
다. 무엇보다 자기 자신을 전혀 지키지 않았다. 자기 자신을 전
혀 아끼질 않았다.

그 모든 게 그를 분노하게 했다.

밉다. 이렇게 가슴 아플 바에야 차라리 널 버리고 싶다. 연지

후 따위, 놓아 버리고 싶다.

하지만 결국 명인은 그 앞에 마주 앉아 지후의 허리부터 등을 당겨 가슴에 안았다. 끌어안은 명인의 눈에서 뜨거운 눈물이 흘러내렸다.

야속한 만큼 안타까워서…….

너무도 가엾어서.

"울지 마."

잠시 원망하고 미워했던 자신이 비참할 정도로 증오스러워서, 명인은 지후의 뒷머리를 끌어안은 채 참담한 눈물을 흘렸다.

"미안하다, 연지후."

눈물이 지후의 목 언저리를 적셨다. 천천히 지후의 눈이 떠졌다. 자신의 목에 닿는 건 분명 명인의 눈물이었다. 지후의 눈동자가 멈춘 듯 벌어졌다. 턱을 파르르 떨며 지후는 입술을 꼭 깨물었다.

"왜…… 사과해요. 미안해야 할 사람은 그쪽이 아닌데 대체 왜…… 왜 나한테 이래요, 정말."

"미안해."

명인이 더욱 지후의 몸을 끌어안았다.

결국 지후의 심장이 무너져 내렸다.

"미안해요……."

너무도 미안해서, 그를 차마 볼 수가 없는데.

그는 자신에게 미안하다고 한다.

이런 사람에게 자신은 무슨 짓을 저질렀는가.

이 사슬을 어쩌면 좋을까.

"나 같은 게…… 당신의 아기를 가져서 미안해요. 아기 인생 망치고 싶지 않아서 도망가 버렸는데, 결국 헤매면서 떠오른 생각은 내가 내 아기를 더 불행하게 하고 있단 거였어요. 이명인을 괴롭히고 있는 사람이 바로 나라는 거였어요. 갑자기 내 인생보다 다른 두 사람 인생이 더 신경 쓰이기 시작한 게 말이 돼요? 나 따위가 감히 다른 사람 인생을 걱정하다니, 그게 말이 돼요?"

지후는 명인의 옷깃을 더욱 꽉 움켜쥐었다.

"머리 터지게 고민했는데, 결국 내 고민이 두 사람을 아프게 한다는 걸 뒤늦게야 깨달아서…… 미칠 거 같았어요. 짐이 될 거 알면서도 나 좀 책임져 달라고……."

명인의 몸이 정지했다. 그가 천천히 지후의 어깨를 떼어 냈다.

지후가 명인의 젖은 눈에 손을 뻗었다. 죄스러워 죽을 것 같은 마음으로 명인의 눈물을 손끝으로 닦아 가며 말을 이었다.

"부탁하고 싶어졌어요. 사정하고 싶었어요. 나는 이 모양이지만 내 배 속에 있는 아기는 버리지 말아 달라고……."

명인이 눈을 크게 뜬 채로 지후를 계속 쳐다보고 있었다.

"그랬는데…… 막상 당신을 보니까 그 말을 하지 않는 게 그쪽을 위하는 게 아닐까. 도저히 입이 안 떨어졌어요."

"……."

"그 많은 시간을 고민했으면서도 난 결국 겨우 응석을 피웠던 거예요. 이 세상에서 유일하게 당신만이 날 감싸 주니까. 아무리 뛰쳐나가 방황해도 그 자리에서 기다려 줄 거라고…….
당신이라면 이런 나라도 받아 주지 않을까, 기대하면서…….
난 이렇게 이기적인데, 당신은, 불쌍해요. 어디서 나 같은 거나
만나서 가슴만 아프고, 너무 불쌍해.”

지후의 눈물이 또 터졌다.

지후는 이런 자신이 너무 싫었다. 지금까지 힘들게 한 것도
너무 미안한데 이렇게 괴롭게 만들어서 배 속의 생명에게 너무
미안하다. 하지만 마음처럼 쉽게 오열이 그치질 않았다.

“나 결국 당신을 지켜 주지 못했어요. 결국 여자가 돼 주지
못하고…… 도망쳤어요.”

명인이 지후의 얼굴을 들어 자신을 보게 했다.

“연지후.”

그가 낮게 입을 연다.

지후는 그를 바라보았다.

“연지후.”

재차 그가 부른다.

“연지후.”

지칠 줄도 모르고 지후의 이름을 불러 주었다.

지후의 눈에서 끊임없이 눈물이 흘러내렸다. 명인이 그런 지
후를 확 끌어안았다. 숨 막히게 지후를 끌어안은 채 그가 이를
악물고 말했다.

“그런 거 생각하고 말 문제가 아니잖아. 모르겠어? 왜 아직도
깨닫지 못한 거야. 왜 모르는 거냐고. 엄마가 되는 건 여자로

돌아가는 가장 빠른 방법이잖아. 넌 엄마잖아. 그럼 이미 세상에서 가장 여성스러운 여잔데 대체 뭘 더 하겠다는 거야.”

순간 지후의 눈동자가 세차게 파동 쳤다.

명인의 몸도 한없이 떨리고 있었다.

“두려워하지 마. 그저 임신이야. 여자라면 누구나 다 하는 임신이라고. 그게 당연한 거야. 내가 원했으니 네 배 속에서 생명이 싹튼 거야. 부자연스러운 게 아니야. 여자니까, 당연히 찾아올 운명이 찾아온 거야. 잘못 찾아온 생명이 아니야.”

몇 번이고, 몇 번이고 명인이 설명해 줬다. 몇백 번이라도, 몇천 번이라도 계속 말해 줄 수 있다는 듯.

지후의 심장이 누가 움켜쥐기라도 한 듯 조여 왔다. 가슴은 그렇게 찢어질 것 같은데 머릿속 한쪽은 해방되어 가는 것 같았다.

아아…….

입술을 깨무는 지후의 눈꺼풀이 파르르 떨렸다.

아아…….

명인이 지후의 얼굴에 애절하게 입술을 묻었다.

“아직도 모르겠어? 단지 축복일 뿐이야. 그것뿐이라고. 세상 누구보다 행복해야 할 일을, 너는 대체 왜 그렇게 아파한 거니.”

지후의 뺨 위로 명인의 뜨거운 눈물이 떨어졌다.

지후는 병실로 옮겨져 있었다. 울다가 지친 지후를 추슬러 차에 태워 올라왔지만 도착했을 때 지후는 보조석에서 혼절해 있었다. 명인의 심장이 쿵 내려앉았다. 정신없이 엑셀을 밟아 지후를 안아 들고 응급실로 뛰었다. 다행히 잠깐 혼절한 거라고 했지만 명인은 걱정으로 견딜 수가 없었다.

정신을 놓아 버린 건 피로와 극도의 스트레스 탓이었다.

그동안 제대로 먹지도 못하고 잠도 못 자고 혼자 헤맨 것 같았다. 그 영향이 고스란히 덮쳐 와 한꺼번에 쏟아진 듯했다. 가장 위험한 시기에 자신을 돌보지 않았으니 어쩌면 당연한 결과였다.

하지만 그 최악의 상황에서도 신비롭게도 생명은 잘 견뎌 주었다. 어쩌면 지후는 정말로 모질게 자신을 학대하는 것으로 태아를 자연사시키려 했던 건지도 모르겠다. 그런 생각을 할 정도였다면 스트레스는 상상할 수 없었을 것이다. 하지만 그런 상황에서도 배 속의 태아는 열심히 심장을 움직여 주었다.

"고맙다."

명인은 내내 잠들어 있는 지후의 침대 옆에 걸터앉아 지후와 또 아기를 향해 낮게 읊조렸다. 단 한시도 떨어지지 않고서 지후의 곁을 지켰다. 그 손을 꽉 잡고서 명인은 태어나서 처음으로 신에게 기도를 했다.

제발 지켜 달라고.

"내 말을 믿어. 네가 생각하는 것처럼 그렇게 비참한 일이 아니야. 어려울 것도 없어. 그런 게 아니야. 어째서 축복이 고통이 돼야 하는 거냐. 아기는…… 죄가 아니야."

처음부터 알고 시작한 만남.

처음부터 각오하고 지속해 온 관계.

녀석이 아픔을 짊어지고 있다면, 그 아픔을 오롯이 다 자신이 흡수해 감당해 주고 싶었기에 녀석을 사랑한 것이다. 연지후는 연지후이면 그뿐, 그 녀석이 그녀가 되지 않는다고 해서 문제 될 건 없었다. 다만 이 녀석 스스로 그걸 극복해 내지 못했을 뿐.

"하지만 넌, 여자인 거다. 어쩔 수 없이 넌 여자인 거야."

자신의 말로는 다 바꿔 줄 수 없는 걸 지후의 몸이 스스로 증명해 준 것이다. 그랬기에 녀석은 홀로 괴롭고 당황했던 게 아닐까. 삶 전체가 걸린 일이었기에 그 무게는 엄청난 부피로 지

후를 압박했을 것이다.

이 녀석이 가엾다. 충분히 열어 주었다고 생각했지만 지후는 결국 쉴 공간을 찾지 못했던 건가. 그게 참담해서 명인은 자신이 원망스러웠다.

"날 믿어. 아기를 믿어. 네가 만든 생명이야. 태어나는 게……죄는 아니야. 잘못 살아온 것도 없어. 고통스럽게 생각하지 마. 괴로워할 필요도 없어. 태어난 이유가 없는 사람은 이 세상에 아무도 없어. 넌 여기에 있으려고 태어난 거야. 나와 우리의 아기를 만나려고 태어난 거야."

꿈속에서라도 들어 주길 바라며 명인은 몇 번이고 되풀이했다.

너는 태어날 이유가 있었다고.

'나는 도대체 뭘까요? 처음부터 난, 필요 없는 인간이었을까요?'

'태어난 이유 같은 게 나한테 있었을까요?'

'살아갈 가치가, 나한테 있는 걸까요?'

명인의 심장이 꿰뚫린 듯 아팠다.

지후가 사라진 일주일 동안 오로지 괴로워하는 것밖에 할 수 없었다. 이 녀석이 혼자 감내했을 고통에 비하면 자신의 통증쯤은 아무것도 아니다.

그랬기에, 도저히 지후를 이기적이라 생각할 수가 없었다.

세상 사람들 모두가 지후를 이해하지 못한다 하더라도 자신만이 이해하면 된다. 이 녀석이 자신의 이해만 받아들여 주면 된다. 그 안에서 숨 쉬어 주면 된다.

사랑하기로 결정한 순간, 지후의 아픔까지 끌어안기로 했다. 통째로 받아들이지 않는 이상 그건 사랑하는 게 아니다.

이미 자신은 이 녀석이 없으면 안 되었기에.

명인은 천천히 고개를 숙여 바짝 마른 지후의 입술을 찾아 입을 맞췄다. 까끌까끌하게 갈라진 입술이 그를 더 아프게 했다.

"더 좋은 남자가 될게. 날, 믿어. 믿어야 해, 지후야."

누군가가 부르는 소리에 지후는 천천히 눈을 떴다.

하얀 벽.

수액이 떨어지고 있었다. 희미한 시야가 곧 선명하게 잡혔다. 병실인 듯했다. 분명히 누군가가 부른 것 같았는데 주변엔 아무도 없었다. 그 목소리가 아주 낯익으면서도 따뜻해서 지후는 꿈속에서나마 잠시 평온을 얻었던 것 같다.

머리가 어지러워서 상체를 일으키려다가 그만두었다. 환자복으로 갈아입혀져 있었다. 그제야 명인이 찾아왔던 것, 그를 또 아프게 했던 것, 그럼에도 그가 해 준 말들이 떠올랐다.

"악마……."

자신은 악마다.

결국 마음먹은 대로 하지도 못했으면서.

이렇게 허물어질 거였으면서.

그 사람의 보호와 배려 속에서 자신은 얼마나 더 그를 망쳐야 만족을 하겠다는 걸까. 도대체 얼마나 더 그 사람을 상처 줘야.

지후는 이마를 꾹 눌렀다.

옆을 돌아보자, 의자에 명인의 재킷이 걸려 있었다. 어쩔 수 없이 눈물이 핑 돌았다.

어쩌면 좋을까.

그가 속삭여 주던 말들이 떠올랐다.

자신이 없는 건 여전히 마찬가지다.

단지 그 정도가 아니라 두려웠다.

그의 곁에 있고 싶었다. 자신도 한 번쯤 그와의 미래를 꿈꿔 보고 싶었다.

하지만 대체 무엇을 준단 말인가.

무언가를 주는 방법을 자신은 전혀 모른다.

하지만 그 작은 바람조차 어긋나고 결국 엄청난 일이 일어났다. 자신의 배 속에 사람의 생명이 싹트고 있다는 것.

순간 눈앞에 검은 천이 드리워진 것처럼 앞이 보이질 않았다. 그 천은 끈덕지게 지후의 시야를 압박하고 얼굴 전체를 막아 숨도 쉴 수 없게 했다. 아무리 벗어나려고 해도 얼굴에 달라붙어 숨통을 막듯 그 천은 떨어지질 않았다.

두려웠다.

죽고 싶었다.

그래서 죽어 버리려고 했다. 수면제를 사 들고 여관방에 앉았다. 하지만 결국 그 모진 마음을 붙든 게 바로 배 속의 생명이었다.

아기 때문에 죽고 싶었는데, 아기 때문에 죽을 수 없었다.

몇 번이고 배 속의 아기에게 사과를 하며 지후는 펑펑 울었다.

대체 무엇일까. 생명이란 건.

기쁜 마음으로 생명을 잉태하고 태어날 날을 손꼽아 기다리고 탯줄을 끊은 아이를 팔 안에 받아 드는 순간 세상 엄마들은 과연 어떤 생각을 할까?

그저 기쁘게만 생각할 수 있다면, 생명의 경이로움만을 느끼며 행복할 수 있다면 얼마나 좋을까.

'내가 왜 태어났는지도 모르면서, 다른 생명을 받아들일 수 있어?'

그게 두려웠다. 자신이 아버지를 원망하는 것처럼 이 아이가 자신을 원망하면 어떻게 하나. 한 번도 행복하지 않았던 삶. 지후에게 삶은 혼란이고 괴로움이었다. 그 업이 자신의 아이에게까지 이어지는 건 아닐까. 그리고 또 한 사람. 이명인이란 남자.

결국 그 일주일의 끝자락에서 지후의 머릿속에 걸린 건 이명인이라는 남자의 얼굴이었다.

'사랑해.'

그의 절절한 외침이 송곳처럼 귓가를 파고든다.

나는…….

나야말로…….

그를 사랑한다.

감히 함부로 밖으로 내뱉을 수도 없는 말.

하지만…… 사랑해 줘요.

이런 나라도 사랑해 줘요.

무릎이라도 꿇고서 애원하고 싶다.

나도…… 사랑하는 사람과 행복해지고 싶다. 사랑하는 사람의 아이를 낳아 함께 살고 싶다. 자신도 사람이니 그러고 싶다.

그저 그것에만 기대서 이 생명을 축복으로 받아들이고 싶다. 기대를 걸어 보고 싶다. 간절하게, 그의 아이를 낳고 싶다.

이 정도 마음임에도 왜 자신은 그를 지켜 주지 못한 걸까.

"미안해요."

아픈 눈으로 지후는 천천히 천장을 올려다보았다.

"미안……."

눈물이 쪼르르 흘러내렸다.

배 속에서 듣고 있을, 너무도 불쌍한, 세상에서 가장 가엾은 내 아기에게도.

"미안하다, 아가야. 정말, 정말 미안해."

그때 천천히 병실 문이 열렸다. 도저히 명인을 볼 자격이 없었기에 지후의 심장이 불안하게 뛰었지만 또 그만큼 보고 싶어서 천천히 시선이 돌아갔다.

명인이 천천히 병실로 들어섰다.

지후는 천천히 자신의 손가락을 찾아 꽉 움켜쥐었다.

두 사람의 시선이 섞여 들었다.

침묵 속에서 명인의 시선이 지후의 얼굴을 훑고, 지후는 명인의 눈동자를 오래도록 바라보았다. 결국 지후의 눈시울이 붉어졌다. 아무 말 없이 지후는 마음이 시키는 대로 천천히 그를 향해 팔을 열었다. 순간 명인의 눈동자가 흔들렸다. 지후는 아빠에게 안아 달라고 하는 아이처럼, 그렇게 팔을 벌린 채로 명인을 간절하게 바라보았다.

긴 머리카락 아래에서 명인의 그림 같은 눈동자가 빛을 더했다. 그가 천천히 다가왔다. 그리고 아무 말 없이 조용히 지후를 끌어안아 주었다.

드디어 두 사람의 심장이 하나로 고요하게 맞닿았다. 말할 수 없는 안도감이 지후의 전신을 감쌌다. 명인의 마음도 한없이 잔잔해졌다. 그제야 미소 지을 수 있을 것 같았다.

그의 등을 끌어안은 채 지후가 천천히 입을 열었다.

"나 정말…… 아기 낳아도 돼요?"

명인의 표정에 아릿함이 스쳤다.

"나 같은 게…… 엄마가 돼도 돼요?"

명인은 애틋한 마음으로 지후의 뺨을 어루만졌다.

"나 이제, 두려워하지 않아도 돼요? 임신은 창피한 게 아니라고, 부자연스러운 게 아니라고, 잘못 찾아온 생명이 아니라고…… 축복으로 받아들여도 돼요?"

"그래."

"애기한테 죄짓는 게 아니라고 생각해도 돼요?"

"그래."

 몇 번이고 명인은 대답해 주었다.

"내가 정말 엄마가…… 돼도 돼요?"

"그래."

 지후의 눈동자에 반짝이며 눈물이 고였다.

"나 정말 아기 낳아도 되는 거죠?"

"그래."

"정말 그래도 되는 거죠? 사랑스러워해도 되는 거죠? 기뻐해도 되는 거죠?"

"그래."

"그렇게 잘못해 놓고, 사실은 낳고 싶었다고 말해도 돼요? 마음 한쪽에선 사실은 아기가 너무 사랑스러워서…… 그럴수록 더 미안해서……."

"……."

"이런 엄만데도 우리 아가한테 사랑한다고 말해도 돼요?"

 지후의 머리를 더 꽉 끌어안았다. 따뜻하게 어루만지며 말했다.

"왜 이렇게…… 오래 걸렸어."

 지후가 우는 건 싫었지만, 지금은 그저 울게 내버려 두자. 이게 마지막일 테니 지금만은 울게 두자. 그러니 아가야, 아빠가 엄마를 울게 돼서 미안. 이번 한 번만 이해를 해 주렴…….

 명인은 울고 있는 지후를 부드럽게 고쳐 안아 그저 기다려 주었다. 울고 싶은 만큼 울어서 앞으로 또 울고 싶어도 눈물이 말라 버려 다시는 울지 못하게끔. 절대 울지 못하게끔.

한참이나 후에 천천히 흐느낌이 잦아들 때쯤에야 명인은 지후의 얼굴을 들게 해 눈을 맞췄다. 그 뺨을 다정하게 쓸어 주며 말했다.

"하지만 몸이 이런 상태면 낳고 싶어도 힘들어. 밥 잘 챙겨먹고 쓸데없는 생각 하지 말고 무조건 좋은 생각만 하고 마음 편안하게 갖고."

"……."

"열병은 끝난 거야. 그저 잠시 잠깐 아팠던 거다. 이제 다 나았으니까 더 아플 일은 없어."

지후가 그의 가슴에 머리를 기댔다. 심장이 채워지는 느낌에 명인의 몸도 따뜻해졌다.

"앞으론 혼자 고민하기 전에 나한테 먼저 말해. 난 이제 단순한 이명인이 아닌, 이 배 속에 있는 우리 아이의 아빠니까."

지후의 눈동자가 크게 흔들렸다.

"아……빠……?"

"그래. 날 믿어. 날 의지해. 어디에서도 날 생각해."

지후가 천천히 고개를 끄덕였다. 그 뺨을 손등으로 쓸어내리며 명인이 낮게 말을 이었다.

"차라리 임신이라도 시켜 버리자고…… 싫다는데도 내가 강요해서 온 생명이야. 미리 너한테 설명했어야 해."

명인은 지후의 짧은 머리카락에 입술을 묻었다. 그리고 지후의 배 위에 가만히 손을 댔다.

"알겠지. 이 생명이, 연지후 네가 여자라는 증거란 걸."

지후의 눈동자가 한없이 떨렸다.

"내가 널 사랑하는 증거이고, 네가 내 아이의 엄마라는 증거이고, 네가 내 여자라는 증거란 걸."

지후가 한없이 고개를 끄덕였다.

"너 없으면 난, 살고 싶지 않아. 이렇게 누군가를 사랑할 수 있다는 게 신기해. 널 위해 최고의 남자가 될게. 그러니 너도 날 위해 최고의 여자가 되어 줘."

지후가 고개를 들었다. 손을 뻗어 명인의 얼굴을 감싸고 입술을 겹쳤다. 명인도 고개를 숙여 키스에 응했다.

'잘난 척하지 말아요. 댁 하나한테 여자가 돼서 뭐가 달라지는데.'

언젠가 그렇게 시작되었던 만남.

그때는 그저 '지나가는 누군가'일 뿐이었던 남자와의 키스가 정말로 연지후를 여기까지 이끌어 지금은 이렇게 여자로 만들었다. 이명인 한 사람한테 여자가 되어 무엇이 달라지겠느냐 했었지만, 현재 지후는 지금껏 살아온 삶 중에 가장 다른 자신이 돼 있었다.

"사랑해."

속삭였다.

"사랑해."

몇 번이고 고백한다.
'그 녀석' 연지후를, '그녀' 연지후로 바꾸어 준 사람.
이명인 당신을…….
"사랑합니다."

벌써 십 분째.

지후는 탈의실 안에 콕 갇혀서 밖으로 나가질 못하고 있었다.

퇴원하고 일주일이 지났다. 지후의 몸이 안정이 되자 명인은 여러 가지 얘기를 했고 지후는 대부분 그의 말에 동의를 했다.

레지던스를 나가 신축된 집으로 함께 들어가는 것, 결혼식, 명인의 부모님에게 인사드리는 것 등등 모든 것에 찬성을 한 뒤, 지후도 명인에게 자신의 요구 사항을 말했다.

지후의 요구 사항은 간단했다.

"아기 낳은 후에도 계속 이 일 할 겁니다."

그에 대한 명인의 대답도 간단했다.

"그것만은 들어줄 수 없어. 절대."

팽팽할 정도로 의견이 부딪쳤다. 안 그래도 거친 일을 그것도 아기를 낳은 후에도 계속하겠다니, 명인은 무서울 정도로 지후의 부탁을 타박했다.

"다른 걸 말해. 뭐든 들어줄 테니까."

"내가 원하는 건 그것뿐이에요. 나도 절대 안 돼요. 못 접습니다, 그것만은."

"그렇다면, 지금 당장 그만둬."

하루에도 몇 번씩 같은 문제로 반목했다. 명인의 생각은 단호했고 지후의 고집은 단단했다. 하지만 결국 명인이 꺾을 수밖에 없었다. '이 일만은'이라고 하는 지후의 생각을 그가 말릴 수는 없었던 것이다. 다만 현장 일이니만큼 조심하면서 일하고 혹시라도 배가 불러 오기 시작하면 바로 그만두고, 아기를 낳은 뒤에도 아이가 다 큰 후에 다시 시작하는 것으로 합의를 봤다.

오늘은 명인이 지후에게 요구한 몇 가지 중에 속해 있는 한 가지를 위해 이렇게 탈의실에 들어와 있는 것이었다. 바로 원피스를 입는 것. 그 바람에 지후는 벌써 옷을 갈아입었는데도 좀처럼 밖으로 못 나가고 있는 상황이었다.

"아 젠…… 갑자기 여장은 왜 하라는 거냐고."

초조해서 욕이 튀어나올 뻔했지만 지후는 급히 마음을 가다듬으며 참았다.

태교를 위해서 욕은 금지.

그런데, 사실 따지고 보면 여장도 아니었다. 하지만 지후에

게는 여장 그 이상도 이하도 아니란 게 문제였다.

민망하고 어색해 죽을 지경이다. 원피스 쪼가리라니, 태어나서 처음 입어 보는 것이기도 했거니와 다리 사이가 뻥 뚫려서 민망해 견딜 수가 없었다. 앉을 때도 다리를 쩍 벌리고 살아온 23년 삶이 아닌가.

"이 꼴로 다리 벌리고 앉았다간……."

고개를 설레설레 저으며 지후는 혀를 찼다.

일단 다리고 뭐고, 이 상태로 밖으로 나갈 수 있느냐가 가장 큰 관건이었다.

탈의실에 있는 전신 거울을 흘끗 봤지만 바로 눈을 감았다.

"저 요괴는 뭐냐."

명인이 단호하게 밀어 넣기에 떠밀리듯 들어오긴 했지만, 이건 뭐 사내 녀석한테 포대 자루 덮어 씌워 놓은 것도 아니고.

"예쁘기는커녕 토하기나 하지 않으면 다행이지."

식은땀이 등줄기를 타고 흘러내렸다.

"짧긴 왜 이렇게 짧아?"

무릎길이에서 찰랑거리는 원피스임에도 지후의 입장에선 핫팬츠보다 더 짧았다. 이래서야 아무것도 안 걸치고 있는 것 같다. 무엇보다 치마를 입은 자신이 자신 스스로가 낯설다는 것, 그게 가장 큰 문제였다.

"질식하겠다, 이러다간."

결국 지후는 큰마음 먹고 탈의실 문을 '콰당!' 열었다. 얼마나 세게 열었는지 근처에 있던 직원들이 깜짝 놀라 죄다 돌아

볼 정도였다.

일단 보여 주고 비웃음당하는 쪽을 택하자. 내숭 따위 집어 치워!

요즘은 이명인 앞에만 있으면 자꾸만 어색해져서 숟가락질 도 제대로 못하길 다반사였다. 대체 이건 무슨 조화인지, 어디 서든 지켜보고 있는 것 같아 심장이 쿵덕거려 미칠 지경이었다. 안 그래도 그랬는데 이런 모습으로 그 눈앞에 서자니 긴장해서 등줄기로 식은땀이 다 흘렀다. 대체 어떻게 행동해야 할지 더 모르겠다.

뭔가 조심스럽게 걸어야 하나? 어울리진 않겠지만 미소라도 한 방 띄워야 하나? 됐다 그래라. 괜히 쓸데없는 짓 했다가 더 이상할 수도 있다.

지후는 머쓱한 표정으로 나와서 차마 명인 쪽은 쳐다보지 못 한 채로 고개를 푹 숙이고서 딴 데만 주야장천 쳐다봤다. 그럼 에도 저쪽 어딘가에서 지켜보고 있을 그의 시선 때문에 긴장으 로 입이 다 바짝바짝 말랐다. 양손을 뒤로 둘러 맞잡고 어색하 게 발끝으로 바닥을 툭툭 차고 있는데 매장 여직원의 목소리가 들렸다.

"어머, 참 잘 어울리세요. 너무 나풀거리는 것보다는 이런 심 플하고 모던한 스타일이 잘 어울리실 것 같았거든요."

지후는 속으로 고개를 설레설레 저었다.

그런데 아무리 기다려도 이 남자의 반응이 도통 없어서 지후 는 어쩔 수 없이 흘끗 눈을 들었다. 순간 지후의 얼굴이 홍시처

럼 달아올랐다. 명인의 너무도 그윽한 시선이 거기 있었기 때문에.

그 깊은 눈빛과 마주하는 순간 바로 심장이 콩 튀듯 타닥타닥 튀었다. 마치 목탄으로 그려 놓은 듯 부드러운 음영이 지는 눈, 결 좋은 까만 앞머리칼이 이마 위에서 살랑거리고, 누군가가 다듬은 듯 단정한 얼굴선 하며, 저 비현실적인 외모는 그렇다 쳐도 저렇게 응시하듯 쳐다봐 오면 당최 어쩔 줄을 모르겠다.

그의 시선은 지후에게 달린 폭약에 불이 붙여지게 하는 것과도 같았다. 몸 구석구석 그의 시선이 닿지 않는 곳이 없는 것 같다. 그래서 금방이라도 활화산이 빵 터져서 전신이 공중분해될 것 같았다.

"어, 어떻습니까?"

명인이 긴 다리로 걸어오자 지후가 딴 데를 보며 볼멘소리로 물었다.

"꼴불견 같진 않나요? 되게 어색하죠? 여장은 처음이라 죽겠습니다."

명인이 큭 웃었다.

"너무 잘 어울려서 곤란하던 참이었다."

"에? 말도 안 돼. 이게 어떻게 잘 어울립니까? 저 쌈빡한 인간입니다. 솔직하게 말해도 상처 안 받는다고요."

"왜 그렇게 부정적이지? 내 말을 믿어."

"글쎄 말입니다. 신뢰도 0퍼센트라서⋯⋯."

"그러면 곤란한데. 이것저것 다 곤란해."

그가 지후 쪽으로 불쑥 상체를 기울여 왔다.

"심장이 뛸 정도로 예뻐서, 이래서야 벗기기가 너무 아깝잖아."

지후의 귓가에 대고 낮게 속삭임을 이었다.

"당장이라도 벗겨 버리고 싶어 미칠 지경이거든."

섹시한 목소리로 사람을 곤란하게 만드는 바람에 지후의 얼굴이 아궁이보다 더 달아올랐다. 그런데 왜 여직원까지 얼굴이 붉어져선 도망치듯 저기로 가고 있는 걸까?

오 마이 갓.

"들었네, 저 사람 들었다고, 이 변태 양반아."

자기 어깨로 명인의 어깨를 툭 쳐 버리고서 지후가 내빼듯 매장을 빠져나갔다. 명인은 싱긋 웃곤 지후를 따라 나왔다.

"뭐가 그렇게 급해?"

그렇게 짓궂은 짓을 해 놓고선 아무렇지 않은 얼굴로 따라붙고 있다.

"아, 모르니까 좀 떨어져서 걸어요. 거기서 그러고 싶습디까?"

"느낀 걸 있는 그대로 말하는 건 죄가 아니지."

"풍기문란은 죕니다! 눈치 없는 건 병이고, 염치없는 건 공공의 적이고."

"이제 머리카락도 곧 길겠지만 지금도 귀여워서 괜찮아. 꼭 요정 같기도 하고."

"무슨 말도 안 되는 품평입니까? 요정이 자살할 일 있답니까? 하긴 골룸도 요정은 요정이지."

"그렇게 자기 자신을 폄하하면 기분이 좋나?"

"그렇게 대놓고 닭살 돋는 소리 하면 기분이 좋습니까?"

"하아, 어쩔 수 없군. 넌 계속 그렇게 자기비하 해라. 내가 그만큼 열 배로 더 칭찬해서 상쇄시켜 줄 테니까."

담백하게 말하며 걷던 명인은 뭔가 이상해서 고개를 갸웃했다. 흘끗 내려다봤더니, 지후가 그의 팔뚝에 꼭 달라붙어 자꾸 파고들려는 기이한 행동을 하고 있었다. 이런 사람 많은 장소에서 당당하게 애정 표현 할 성격은 아니고…….

가만히 보니 지후는 다른 사람들과 일절 시선을 맞추지 못하고 명인에게만 매달려서 걷고 있었다. 워낙 앞을 안 쳐다봐서 사람들과 툭툭 부딪치기도 했다.

명인이 한숨을 흘렸다. 지후의 턱을 강제로 들어 자기 앞을 보게 했다.

"앞을 봐. 자꾸 부딪치잖아."

"이거 놔요. 민망하니까 그렇잖아요. 아, 진짜 신경 쓰이네. 그런 거 몰라요? 안경도 처음 쓰면 민망하고 낯선 거. 괜히 사람들이 자기만 쳐다보는 거 같고. 안경도 그런데 이건 오죽하겠냐고요. 벌거벗고 다니는 거 같아 미칠 지경인데. 엘리베이터라도 탑시다, 얼른."

"그렇게 서두르지 않아도 집에 가면 바로 다 벗겨 줄 테니까 지금은 그냥 걸어."

"사람이 심각해서 말하는데……!"

"오늘은 그 상태 그대로 밥도 먹고 영화도 보고 산책도 하고 전시회도 가고, 할 거 다 하고 들어갈 거야.”

지후의 눈이 경악으로 뒤집혔다.

“그, 그걸 다? 왜요!”

“점점 익숙해져야지.”

“점점 익숙해지는 겁니까, 그게? 엄청 몰아붙이고 있잖아요! 단계별 학습을 해야지 이건 뭐, 갓 유치원 졸업한 애한테 대학 가란 것도 이거보단 낫겠네.”

“그만 투덜거려. 뭐라고 해도 안 들어줄 거니까.”

“아, 더 좋은 남자가 될 거라더니 이게 그거였군요? 이게 뭡니까? 바로 사람 뒤통수나 치고.”

명인은 피식 웃었다.

자신도 모르겠다. 그저 연지후의 더 예쁜 모습이 보고 싶어서 미치겠다. 옷 하나 입혀 놓은 것만으로도 이렇게 사람 설레게 하는데 이것저것 세상에 예쁜 옷을 다 입혀 놓으면 그때마다 얼마나 더 사랑스러워질지를 상상하는 것만으로도 심장이 뛰었다.

“사람이란 게요, 한계가 있는 겁니다. 연지후는 여기가 최상이죠. 전 쌈빡한 만큼 자기 주제를 잘 알거든요. 이 이상도 이 이하도 아닌, 딱 이 선에서 평생을 쭉, 변함없이 살아갈 겁니다.”

명인이 고개를 저었다.

“음, 근데 말이죠.”

지후가 부르자 명인이 흘끗 봤다.

“이거 다리 사이가 되게 시원하네요. 여자들은 되게 편했군요!”

와하하하! 목청까지 보일 정도로 웃어 젖히는 지후 때문에 명인은 이마를 꾹 눌렀다. 기껏 처음으로 입은 원피스에 대한 감상이 그것이었던가.

천천히 지후의 시야가 밝아졌다. 명인이 등 뒤에서 지후의 눈을 가리고 있던 손을 열어 주자 그제야 앞이 보였다.

“여긴…….”

이곳은 지후가 짓고 두 사람이 앞으로 함께 살게 될 바로 그 집이었다. 그런데 그 집 바로 옆에 지후가 시공에 참여할 땐 보이지 않던 떨어진 별채 같은 게 생겨서 기이했다. 도대체 뭔가 싶었는데 눈앞에 펼쳐져 있는 내부는 바로 공방이었다.

그때 시기가 미뤄졌던 건 명인이 주용에게 따로 부탁해 공방을 추가한 때문이었나 보다. 이를테면 지후의 작업실이었다.

“와아…….”

“감상은?”

“가, 감상이라니. 이보다 더 좋을 수 없습니다! 진짜, 진짜 너무 좋습니다.”

각종 기계와 공구 들이 갖춰져 있고 작업대도 아주 크고 멋졌다.

“와아, 이거, 이거!”

물 만난 고기처럼 팔딱거리며 뛰어다니던 지후가 그때 뭔가를 발견하고 믿을 수 없다는 듯 어버버거리자 명인이 픽 웃었다.

“그래, 그거. 뭘 말하고 싶은 건데.”

차마 뒷말을 잇지 못하고 손가락으로만 찔러 대는 지후의 모습이 사랑스러웠다.

“이, 이거 에칭 기계잖아요!”

“그러게. 에칭 기계라고 하더군.”

“되게 비쌉니다, 이거!”

명인이 고개를 설레설레 저었다.

“하려던 말이 고작 그거냐?”

“고작이라니! 돈이 가장 중요한 거지! 거 사람 참, 멋대로 이렇게 비싼 걸 사들이면 어쩝니까?”

“싫어? 그럼 다시 팔고.”

“누가 팔랬습니까? 샀으면 제대로 써야 한단 소리지. 그리고 내가 아주 잘 쓸 수 있을 거란 소리지…….”

저도 양심은 있다는 듯 뒷말은 작게 중얼중얼 흘리는 걸로 마감했다.

“어쩌란 건지.”

“찔리지만 고맙단 뜻입니다. 와!”

그러더니 꽤나 기쁜 듯 이명인은 내팽개치고 에칭 기계에만 달라붙어서 정신없이 기계를 만져 댔다. 명인은 그런 지후를 말할 수 없이 다정한 시선으로 바라보았다.

“근데 제가 에칭에 관심 있단 건 어떻게 알았습니까?”

“최주용을 탈탈 털어 냈지.”

“……오, 우리 쓸모없는 사장님이 쓸데 있을 때도 있었구나.”

“그나저나 네가 관심 있다기에 구하긴 했는데 에칭이 대체 뭐냐? 뭔데 그렇게 넋이 폭 나갈 정도로 좋아하는 거지?”

“아, 이거요? 헤헤, 전부터 하고 싶었던 건데, 쉽게 말하면 유리에 그림 그려 넣는 겁니다. 집에 인테리어로도 쓰이고 영업하는 데도 쓰이고. 본 적 있지 않아요? 판화처럼 유리에 그림 새겨져 있는 거. 언젠가 한번 해 보고 싶어서 인터넷으로 동영상 찾아보고 책 보면서 혼자 공부했는데.”

“연지후가 의외로 학구파야.”

“당연하죠. 이게요 재미있기도 하지만, 유리에 새기는 그림이 어떤 건지에 따라 굉장히 예술적인 느낌도 들거든요. 작품으로서 가치를 지닌 것도 많다 이 말이죠.”

자신이 안아 줄 때도 저렇게 쉼 없이 미소를 지었던가. 세상에서 가장 행복하단 얼굴로 웃고 있는 녀석이 좀 괘씸하기도 했지만 그게 무슨 문제랴.

그때 지후가 갑자기 손을 우뚝 멈췄다.

“그런데 말입니다…… 이거 뭔가 좀 수상쩍은데요?”

“뭐가.”

“작업실을 집 옆에 만들어 뒀다는 건…… 적당한 기회에 일 못 하게 막으려는 건 아니겠죠?”

지후가 눈을 가늘게 뜨고 셜록 홈즈 뺨치게 추리를 했다. 사실 그런 의도도 있었기에 명인은 못 말리겠다는 듯 혀를 찼다.

“덫에 걸려 준다면야 나야 고맙지. 하지만.”

바로 온도가 뚝 떨어지려는 지후의 표정이 뒷말에 그나마 좀
풀렸다.

"네가 꼭 해야겠다면 더 막지는 않아."

"……."

"이미 결론이 난 문제이기도 하니까. 적당히, 걱정 안 해도
되게 하도록 해. 그건 명심해."

지후가 좀 불퉁한 얼굴로 고개를 끄덕였다. 여전히 녀석의
안엔 그가 손을 댈 수 없는 금단의 영역이 있지 않을까 싶었다.
그래서 그 문제에 한해선, 마음은 그렇지 않았지만 일단 겉으
로는 지켜보는 걸 택했다. 지후 같은 녀석은 괜히 잘못 억압하
면 튕겨 나갈 수 있다. 애초에 쭉 그렇게 살아온 녀석이다.

"그리고 또 말입니다…… 이게 재료 값이 엄청 들어가는 건
데. 그런 고로 멋대로 묻지도 않고 사 재꼈으니 일 저지른 사람
이 끝까지 책임지는 거겠죠? 난 모릅니다. 이명인 씨가 책임져
야 합니다, 재료 값."

마지막까지 챙길 건 다 챙기고 있다.

그래도 녀석이 웃으니 다행이었다.

창을 통해 햇살이 부서지듯 쏟아져 들어오고 있었다. 그 햇
살을 등지고서 소년처럼 해사한 미소를 짓고 있는 지후가 청아
할 만큼 순수해 보여서 명인의 온몸이 근질거렸다.

"재료 값이라…… 보상도 없이 그게 뭐냐."

명인의 입술이 짓궂게 끌려 올라가자 지후는 웃음기를 서서
히 지웠다. 그가 뭘 원하는지 그 표정만 봐도 이제 척 하면 딱

이었다. 지후는 슬며시 한 손을 뻗어 에칭 기계를 만지며 꿍얼
꿍얼 했다.

"키스 정도는 뭐."

괜히 얼굴을 확 붉혔다가 흘끗 쳐다보자 그가 손을 내밀었다.

"이리 와."

심장에 모닥불이 지펴졌다. 은근하게 시작된 그 온도는 결국
서서히 올라갔다.

지후는 천천히 손을 뗐다. 걸음을 옮겨 그에게 이끌리듯 다
가갔다.

명인의 손이 지후의 턱에 닿았다. 턱을 잡은 채 그가 허리를
숙였다. 입술이 닿고 혀가 섞였다. 키스를 하며 명인이 지후의
몸을 덜렁 들어 작업대 위에 앉혔다. 잠깐 입술을 떨어뜨리고,
작업대에 앉은 지후를 올려다보았다. 테이블을 양손으로 짚고
서 지후를 올려다보는 명인의 눈동자가 반짝거렸다. 표정 없어
보이는 그 윤곽 짙은 얼굴에서 눈동자만은 집요하게 표정을 담
고 있었다.

지후는 그 눈꺼풀에 키스했다.

명인의 손이 지후의 무릎을 건드리고 원피스 안으로 파고들
었다. 가느다란 허벅지를 미끄러져 올라가 허리를 쓸어 올리자
지후가 가빠진 숨결을 흘렸다. 옅은 신음이 같이 터졌다. 명인
은 원피스 안에서 움직이던 손을 멈추고 지후의 허리를 휘어감
아 자신 쪽으로 끌어당겼다. 한 치의 틈도 없이 꼭꼭 맞대고서
정수리에 머리카락에 뺨에 귓불에 입을 맞췄다.

　　서로의 몸이 데일 정도로 뜨거워졌다. 그대로 지후를 덜렁 안아 들어 별채를 나가 집 안으로 들어갔다.

　　두 사람만의 보금자리에서 둘은 서로를 바라보며 천천히 하나가 되었다.

　　최대한 인내심을 가지고 천천히 움직이며 명인은 지후의 입술에 쪼듯이 키스를 했다. 지후의 몸에 무리를 주지 않도록 움직이기가 쉽지 않았다. 하지만 지후는 온몸을 열어 그를 받아들였다. 그 몸짓이 애틋해서 명인의 명치 아래가 쿡 조여졌다.

　　"……괜찮아?"

　　지후가 천천히 고개를 끄덕였다. 열이 올라 붉게 상기된 눈가에 키스했다.

　　"내가 만약 이 집을 짓지 않았다면, 나는 널 어떻게 만날 수 있었을까?"

　　"못 만났을지도……."

　　"과연 그럴까?"

　　"하지만 언젠가는 만났겠죠. 왜냐하면……."

　　"왜냐하면?"

　　"난 당신을 만나기 위해 이 세상에 태어났으니까."

　　잔잔한 웃음기가 돌고 있는 지후의 중성적인 얼굴.

　　그 예상치도 못한 대답에 명인의 눈이 커졌다. 지후가 신음과 함께 속삭임을 이었다.

　　"내가 태어난 이유는…… 그거니까."

　　태어난 이유 같은 게 나한테 있었을까요?

이유는 있었다.

태어난 이유가 되어 준 사람과, 앞으로 살아갈 이유가 되어 준 배 속의 생명.

가장 외로웠던 한 인간이 가장 행복한 여자가 됐다.

연지후는 이제 혼자가 아니다.

밤이 점점 깊어 갔다.

키스는 그칠 줄 몰랐다.

땀에 젖은 두 개의 몸이 지치지도 않고 서로를 찾았다.

이성이 조금씩 더 끊어져 갔다.

이제 곧 겨울이 오겠지?

하지만 이제 추운 계절은 영원히 사라졌다.

이렇게 서로를 찾고 탐하고 있는 이 순간이 그치지 않는 봄이었다.

지후는 처음으로 악다구니를 쓰지 않고도 타인을 위해 자신의 고집을 꺾는 법을 배웠다. 그 남자, 이명인으로 인해.

자신의 안에 여자가 있다.

그를 탐하고 싶은 이 욕심이 살아 있는 한 자신은 여자였다.

Epilogue-Festival

공항에 선 지후는 작업화 코로 바닥을 툭툭 차고 있었다.

곧 뉴욕행 비행기 탑승 수속이 시작된다는 안내 멘트가 흘러나왔다. 지후는 명인, 유진, 주용과 함께 시형을 배웅하기 위해 나와 있었다. 갑자기 연락을 받는 바람에 작업복 차림 그대로 달려왔다.

"예쁜 원피스 입은 모습 정돈 보여 줄 줄 알았더니 마지막까지 그게 뭡니까? 칙칙하니 용감한 특전사처럼. 아마겟돈이에요? 지구 구하러 어디 유전이라도 파러 가요?"

자식이 빨리 수속하고 썩 꺼져 버리지 않고 주야장천 저런 소리를 하며 지후의 속을 박박 긁었다. 모두가 자신의 본래 성을 알고 있다. 그걸 거리낌 없이 말한다는 게 지후에게는 아직은 민망한 일이었다.

"뉴욕이 아니라 아마겟돈으로 보내 줄까? 이 자식은……."

"용감한 특전사로 만족해. 내 여자 원피스 입은 모습을 네가 왜 신경 써?"

지후가 말을 마치기도 전에 명인이 칼같이 잘라 버리고 구박하는 바람에 시형이 눈썹을 찌푸렸다. 지후는 흘끗 명인을 쳐다보곤 다시 시형에게 시선을 돌렸다.

고급 정장 차림, 단정한 모습으로 말쑥하게 선 그를 보고 있자니, 그제야 앞날 창창한 건축가라는 스펙이 피부로 와 닿았다. 이제 보니 그 자식, 뉘 집 자식인지 얼굴도 잘생기고. 하지만 뭐가 어떻든 저런 모습의 시형은 지후에게 낯설었다.

"저 가니까 서운하긴 하세요, 사수님?"

"헛소리하지 말고 잘 살기나 해. 여기저기 얻어터져서 울면서 돌아오지나 말고."

"악담을 해요. 하아, 진짜 마지막 인사가 그게 뭡니까?"

"그럼 용돈이라도 쥐여 주리? 아무튼 이렇게 보니 너 좀, 멋지긴 했구나?"

"하핫! 그렇죠? 이제야 인정해 주시네요. 참 긴 세월이었습니다."

시형의 얼굴이 그제야 반짝반짝 환해지고 명인은 미간을 꾹 눌렀다. 그때 주용이 난데없이 자기 동생을 와락 끌어안더니 보호하는 얼굴로 버럭 소리쳤다.

"야! 이명인, 네 마누라 단속 좀 해! 무식한 소리 할 대로 다 하고 그것도 모자라 남의 동생한테 침 흘리고 있잖아! 너 뭐

야? 파리지옥이야? 왜 남의 동생은 잡아먹으려 들어?”

“아, 누가 잡아먹는답니까? 줘도 안 먹으니까 걱정 마십쇼.”

주용을 인정사정없이 확 밀쳐 버린 지후가 시형에게 한 손을 척 내밀었다.

“아무튼 되게 잘나가는 놈이란 거 인정하고, 뉴욕에서도 잘하고, 한국을 빛내거라. 자, 악수.”

“악수 말고 키스는 어떨까요?”

“그래? 그럼 어디 주둥이 대 봐라.”

“연지후.”

“내가 지금 뭐라고 했냐? 자, 얼른 악수!”

배웅을 정상적으로 마치기도 전에 이명인에게 끌려가게 생겼다. 지후가 독촉하듯 시형에게 악수를 종용하자 시형이 피식 웃곤 지후의 손을 꽉 잡았다.

“저 세 살 위라죠, 사수님. 나중에 만날 땐 오빠라고 불러 주시죠.”

“한번 따까리는 평생 따까리야.”

“그렇다면…….”

악수하던 지후의 손을 순식간에 뒤집은 시형이 그 손등에 입술을 눌렀다 뗐다. 워낙 느닷없이 일어나 사태를 파악했을 땐 이미 모든 게 끝난 뒤였다.

뒤늦게 주용이 시형의 목을 콱 감아서 출국 게이트로 질질 끌고 가고, 명인은 눈썹을 찌푸린 채 시형을 노려보았다. 시형이 크게 웃으며 명인에게 손을 흔들었다.

“형 다음에 봐요.”

“거기서 쭉 살지 그래. 목숨이 중요하면.”

“목숨 중요하죠, 상당히. 사수님, 저 다녀오겠습니다. 누나, 뉴욕 오면 연락해요. 한잔 거하게 쏠게요.”

“들어가, 짜식아! 다신 돌아오지 마!”

주용에게 쫓겨나다시피 출국 게이트로 떠밀려 들어가며 시형이 한 번 더 네 사람을 돌아보았다. 한 사람씩 시선을 맞춘 그가 곧 멋지게 거수경례를 올려붙이곤 안으로 사라졌다. 지후는 뭔가 울컥한 마음으로 시형이 사라진 자리를 바라보았다. 이게 바로 제자를 떠나보내는 사부의 심정인가.

“가자.”

그때 계속 그 자리에 서 있는 지후의 뒤로 다가온 명인이 지후의 어깨를 끌어안고 강제로 질질 끌고 갔다.

“가, 갈 거니까 이거 좀 놓죠. 숨 막힙니다.”

“우선 닦아.”

그러더니 그가 손수건을 꺼내 지후에게 내밀었다. 갸웃하며 ‘뭘요?’ 물었더니 그가 뭘 묻느냐는 듯 눈을 치켜뜨고 구박했다.

“손 닦아! 그 손으로 계속 있을 생각이었어?”

어쩐지, 뜬금없이 눈물이라도 흘렸나 싶었더니.

“이명인 선생이 아니라 이난리 선생이지.”

주용이 툭 끼어들어 삐죽거렸다.

“질투하세요? 사모님이랑은 화해하셨나 모르겠네. 가방 값 꽤 나가죠?”

“어우, 이 쥐방울만 한 게! 이명인 너 진짜, 이 신기한 게 좋냐? 좋아?”

“누가 아니래. 아직 결혼식도 안 올렸으면서 공처가 애처가다 할 생각이니?”

유진이 진짜 재수 없다는 듯 휙 말하곤 또각또각 앞서 갔다. 명인은 그런 유진의 뒷모습을 물끄러미 쳐다봤다.

“아기는 정말 축하해.”

어느 날 유진이 한 말이었다.

“그래. 고맙다.”

“……기쁘니?”

“더할 수 없을 정도로.”

“지후 씨는, 괜찮은 거지?”

“혼자가 아니잖아. 내가 있어.”

유진의 눈동자가 잠시 흔들렸다가 곧 픽 웃었다.

“너도 재가 되고, 나도 재가 되고, 그 뒤에 재끼리 뭉쳐서 군불이라도 피워 보자고, 내가 말했던 거 기억나?”

유진이 그날 마지막으로 물었던 말이다. 명인이 고개를 끄덕이자 유진이 말을 이었다.

“그 말 취소할 거니까 잊어. 아무래도 넌 연지후한테 재마저도 다 깔끔하게 바칠 거 같으니까, 영혼까지 다 팔아먹은 남자한테 뭐하러 나 같은 여잘 덤핑으로 넘기겠어? 아무튼 네 아기 대모는 내가 할게. 사무실에서 보자.”

노유진은 그렇게 자신의 세계로 돌아갔다. 아무튼 멋지긴 멋진 녀석이라고, 명인은 생각했다.

지후가 갑자기 사라지고, 그와 함께 돌아오고, 임신 사실을 알고, 그건 명인과 지후 두 사람에게 아주 중요한 일이었지만 그 바람에 유진의 신세를 진 것도 사실이었다. 자신이 정신이 나갔을 때 유진은 회사를 지켜 주었다.

다만 지후가 돌아온 것으로 유진은 모든 걸 정리한 듯했다.

'대체 왜 내가 아닌 건지 그건 아직도 억울해! 지후 씨랑 확 맞장 떠서 빼앗아 버릴까 생각하기도 했어. 그런데 이상하게 막상 행동으로 옮겨지지는 않더라. 무슨 이유겠어? 내 짝사랑이 끝난 거겠지. 그렇게까지 다른 여자한테 충성하는 남자 따위 빼앗아 봐야 신 날 거 같지도 않고. 단물 다 빠진 남자, 그냥 너 좋아하는 사람이랑 같이 신 나게 살게 내버려 둘래. 그리고 아기랑도.'

노유진의 나름 자기 방식의 축전이었다.

"이명인. 근데 너 되게 기분 나쁜 거 알아?"

그때 갑자기 주용이 떠드는 바람에 명인은 고개를 갸웃했다.

"가만히 보니까 꼭 우리 시형이가 지후한테 관심이라도 있는 것처럼 자꾸 행동하는데 그거 명예훼손이야. 내 동생이 뭐가 아쉬워서 이런 망나니한테. 앗! 잠깐 배 속의 아기는 귀 닫고. 아무튼 손수건으로 손을 닦으라느니 뭐라느니, 우리 시형이가

이명인 너 같은 줄 알아? 애가 얼마나 눈이 높은데!"

"사장님 말 다 했습니까?"

"그래, 다 했다. 뭐? 어쩔래? 네가 이명인한테나 천하절색이고, 걸 그룹보다 더 예쁜 레전드지, 이명인만 없었으면 넌 그냥 목조계의 꼴통이야. 하긴 지금도 달라진 건 없지. 이명인 있는 꼴통."

"사장님, 우리 결혼식 오지 마세요. 출입 금집니다."

"어이구, 그러면 내가 서운할 줄 알고? 안 그래도 그날 바빴는데 잘됐네. 분명히 네 입으로 오지 말라고 했다. 나중에 다시 오라고만 해 봐, 내가 가나!"

"사장님!"

지후가 같이 버럭 소리를 지르자 주용이 움찔했다.

"……뭐? 왜? 내가 안 간다니까 좀 서운하냐?"

"아니요. 안 올 땐 안 오셔도 축의금은 내셔야죠. 월급 통장 상시 오픈돼 있으니까 번호는 아시죠? 그럼 이만 가시죠? 왜 안 가고 사람 속 득득 긁고 있습니까? 진짜 태교에 도움 안 되네."

주용이 열 받아 펄쩍펄쩍 뛰고 명인은 혀를 찼다.

"전 먼저 갑니다. 차 빼 놓을 테니까 치사한 친구분이랑 같이 오십쇼."

명인에게 말한 지후가 그대로 사라지자 주용이 명인을 흘긋 쳐다봤다.

"왜."

"넌 진짜 연지후가 좋냐?"

“그 이상한 말의 의도가 뭐냐.”

“진짜, 진짜 좋냐?”

“넌 싫냐?”

“당연하지. 어떻게 좋아, 저게!”

“글쎄 말이다. 난 ‘저게’ 좋네.”

“아, 아니 ‘저게’는 아니고. 워낙 오래 본 녀석이라 편해서…….”

“누가 뭐라더냐? 부르고 싶은 대로 불러라. 결혼식 때까지만 참아 줄 테니까. 이후엔 반드시 형수님이라고 깍듯이 불러야 할 거야.”

명인이 부드럽게 웃으며 말을 이었다.

“안 그러면 네가 요즘 다니는 술집, 어쩌다가 제수씨한테 알려 줄지도 모르겠다. 내가 입이 좀 싸거든.”

지후는 휴대폰을 구입하는 명인을 갸웃거리며 쳐다보고 있었다. 자신의 휴대폰도 멀쩡하고 그의 것도 마찬가지였는데, 갑자기 휴대폰을 보고 있으니 궁금할 수밖에 없었다.

“갑자기 휴대폰은 왜 보는데요?”

그래서 이리 기웃, 저리 붙어 가며 물었지만 명인은 묵묵부답이었다.

오늘 저녁엔 그의 부모님이 집으로 놀러 오라고 해서 본가로 갈 계획이었다. 그런데 그 전에 어디 들를 데가 있다고 해서 이렇게 따라온 길이었다. 한데 들를 데가 휴대폰 매장이었다니.

그의 부모님껜 이주일 전 처음으로 인사를 드렸고 인상적인 첫 만남을 가졌다. 그 이후 지금까지 좋은 만남을 지속하고 있었다.

명인이 자신의 부모님에게 지후의 성장 과정에 대한 얘기를 한 건지 안 한 건지는 모르겠다. 그의 부모님은 지후를 환한 얼굴로 맞아 주셨고 이후로도 정말 딸처럼 사랑해 주셨다. 너무 좋은 면만 봐 주시니 혹시라도 그가 미리 부모님께 뭔가 언질이라도 한 건 아닐까 하는 생각이 들었다. 어찌 됐건 반겨 주시는 건 감사한 일이었고, 지후도 두 분에게 잘하려고 노력했다.

어머님도 명쾌하시고 유쾌한 분이었지만 특히 아버님이 인상적이었다. 고민이라고는 없어 보이는 화통한 얼굴.

똑같이 늘 웃고 있긴 했지만 한편으론 슬픔을 매달고 있던 지후의 아버지와는 정반대의 분. 그럼에도 지후는 명인의 아버님을 보면 자신의 아버지가 생각났다.

그분은 집 안에서도 품격 있는 신사적인 차림을 하고 계셨는데 틈만 나면 당신의 인생 성공기를 줄줄 읊으셨다. 당신께서 어떻게 살아오셨으며 어떻게 남의 도움 하나 없이 이 세계에서 살아남았는지, 한 편의 드라마를 엮어 내시는 그 찬란한 언변을 지후는 감탄하며 들었다. 하지만 어머님은 다른 생각이었는지.

"아유, 그만해요. 그 시대엔 다들 그렇게 살았어요. 뭐 그렇게 대단한 거라고."

면박을 주셨다.

"이 사람이! 곱게 자란 양조장집 둘째 딸이 뭘 알아! 장인어른 돈으로 그 시대에 여대까지 나온 사람이 내 고생을 알아? 배고픈 걸 알아? 절실한 걸 알아!"

"귀에 딱지가 앉을 거 같으니 그렇잖아요. 며늘애 앉혀 놓고 참."

"며늘애는 내 딸 아니야? 아비가 무슨 고생을 하고 살았는지 알아야 할 거 아냐!"

순간 지후의 심장이 쿵 했다.

딸이라는 그 단어가 지후를 당황하게 한 것이다. 작은 습관도 한번 몸에 배면 쉽게 고쳐지지 않는데, 하물며 태어날 때부터 아들 소리 듣고 살아온 지후에게 그 소리는 아무리 애써도 자연스럽게 스며들지 않았다.

안절부절 어쩔 줄 모르는 지후의 손을 그때 명인이 슬쩍 잡아 주었다. 표정 없이 그저 앞만 보고 있었지만, 그는 말해 주고 있는 듯했다. 당황하지 말라고, 거부하지 말고 익숙해지라고.

그래서 지후도 심장이 그나마 차차 안정이 되었다.

"아, 나도 몰라요! 시끄러운 시아버지 되려면 그렇게 하든가."

"그런다고 내가 멈출 줄 알고? 난 달릴 거야! 어디 며늘애만 들어? 우리 손자도 듣잖아! 배 속에서부터 할아버지의 인생 성공기를 듣는 거야. 이게 얼마나 거룩한 태교야?"

"아버지."

"어, 응. 왜? 우리 아드님, 왜?"

"저도 좀 지루해지려고 해요. 제가 나중에 지후한테 따로 얘기해 줄게요."

"어, 그럴래? 하긴 나도 말하면서 좀 고리타분하지 않을까 싶었어. 그래, 그만하자. 우리 손자한텐 할아버지가 아닌 아버지의 성공기를 들려줘야지, 암."

……아들의 말엔 바로 꼬리를 내리셨다.

이런 부자 관계도 있구나 싶었다. 처음엔 좀 얼떨떨했지만 지켜보면 볼수록 보기 좋았다. 지후는 그랬다. 아들의 말이 지상 최고의 참언이라고 생각하는 아버님의 모습이, 그 애정 가득한 표정이 어쩔 수 없이 돌아가신 아버지를 떠오르게 했다. 형태는 조금 다를지 몰라도 본질은 같았다.

아버지란 존재는 그런 건가 보다. 자식을 한없이 사랑하고 귀하다 생각하는 것. 어쩌면 자신의 아버지도 이와 같은 마음이 아니었을까. 그래서 아버지가 왈칵 그립기도 했고 그만큼 가슴 한쪽이 따끔하기도 했다. 여전히 아버지를 생각하는 건 지후에게 쉽지 않은 일이었다.

아무튼 그의 부모님은 유쾌한 분들이셨고 단 한 번도 지후의 심하게 짧은 머리카락이며 이따금씩 툭툭 본능적으로 내보이는 사내 같은 행동에도 별다른 언질이 없었다. 놀라울 정도로 모든 걸 받아들여 주셨다.

며늘애는 내 딸 아니냐고, 그건 아버님의 입버릇 같은 말이었지만 그 말을 정말로 행동으로 보여 주시고 딸처럼 예뻐해 주셨다.

지후는 그럴 때마다 몸 둘 바를 몰랐지만, 그만큼 더할 수 없이 감사하기도 했다.

　　그리고 결혼식을 딱 일주일 앞두고 있던 그 어느 날, 아버님이 지후가 일하는 현장에 혼자 찾아오셨다.

　　지후는 그때 배가 차츰 불러 오는 시기였는데, 그럼에도 끝까지 일을 하겠다고 고집을 부려 명인에게 혼나고 한 소리 듣는 게 일과였다.

　　사실 주용의 배려가 있어서 그렇게 거칠고 힘든 일은 하지 않았다. 먼 현장엔 나가지 않고 주로 공장 안에서 하는 작업을 했다. 컨테이너도 짜고 창틀도 만들었다. 요즘엔 인건비가 싸서 주로 컨테이너 짜는 일엔 중국 사람들이 많이 고용됐다. 그래서 지후는 그들과 같이 일하며 중국어도 쏠쏠하게 배우고 있었다.

　　아무튼 자신은 그렇게 신이 났지만 역시 명인에겐 큰 걱정거리였을 것이다. 일에 대한 얘기만 나오면 그는 싸늘하게 열기가 식고 때론 화를 내기도 했다. 그래서 자신도 요즘엔 이 고집이 도대체 무슨 의미가 있을까 하는 고민에 마음이 무겁던 차였는데, 아버님까지 찾아오셨으니 혼나도 싸다고 생각했다.

　　"갑자기 찾아와서 놀랐지? 일부러 온 건 아니고 지나가다가 생각나서 들렀다. 프라하의 추억과 낭만…… 체코 프라하 소장품전에 들렀다 오는 길이거든."

　　"아…… 체코……. 네……."

　　느닷없이 분위기를 잡고 아련한 눈으로 말씀하시는 바람에 지후는 어설프게 대답했다.

　　체코…… 그게 나라 이름인가? 소장품전은 김치전 파전 같은 부침개는 아니겠지?

그래픽 회사를 운영하고 있는 예비 남편을 두고서도 연지후는 일자무식을 당당하게 유지하고 있었다. 미술 작품이라니 뭘 말하는 건지도 모르겠고 미술, 음악 이런 걸 보면 일단 하품부터 나온다.

"뭔가, 뭉클했단다. 분명 화려함으로 표현하고 있었지만 격동의 시대를 지나 온 아픔과 고통이 숨겨져 있었지. 아…… 그 아픔. 그 고통. 낙천적이고 유희적인 접근. '블라스타 보스트체발로바'의 작품 '피쉐로바'는 정말이지, 가슴이 뛰었단다."

아버님이 눈가를 촉촉이 적신 채 줄줄 읊어 주신 그 감성적인 평이 팸플릿에 적힌 글귀를 그대로 외운 거였다는 걸 지후는 나중에야 알았다. 그것도 그분의 아들에게 들어서.

또한 '블라스타 보스트체발로바'의 작품 중에 '피쉐로바'라는 작품은 없다. 민망한 일이었지만, '블라스타 보스트체발로바'의 '피쉐로바'가 아닌 '블라스타 보스트체발로바—피쉐로바'는 그냥 한 사람의 이름이었다. 이름이 길다.

그 여류 작가의 작품이 ≪1922년의 레트나≫였는데, 아버님이 그만 그 사이의 하이픈(—)을 작가와 작품의 이름으로 인식하셨다나 어쨌다나. 한마디로 '예술을 팸플릿으로 배웠어요'가 되겠는데, 그것도 명인에게 들었다. 사실 그에게 정정 사항을 들으면서도 지후는 그게 뭐가 다른 건지 전혀 파악이 안 됐다. 다만 하나의 궁금증은, 이름을 왜 그렇게 길게 지었을까?

"아무튼 각설하고."

안 그래도 난해한 체코 소장품전 속으로 아버님과 함께 뛰어들어야 하는 건 아닌가 걱정하고 있었는데 당신께서 먼저 각설을 해 주셔서 진심으로 다행이었다.

"지후야. 다른 건 아니고, 신혼여행 후에도 계속 일할 건 아니지?"

역시 일 때문에 찾아오신 거였다. 하긴 당연한 일이다. 이런 먼지 풀풀 날리는 곳에 있는 것도 신경 쓰이실 테고.

"아닙니다. 결혼식 전날까지만 일할 생각이었습니다."

"아, 그래. 전날까지. 이틀이나 사흘 전이 아니라 딱 전날까지겠지?"

지후는 결국 풋 웃었다.

"알아들었습니다. 오늘 내일 정리할게요, 꼭."

"그럴래? 내가 간섭하려는 건 아니고 그냥 아무래도 나이가 들다 보니 걱정이 많아져서 말이다."

"아니에요. 제가 괜한 고집을 부렸습니다. 제 생각이 짧았어요. 신경 써 주셔서 감사합니다."

"명인이한텐 내가 여기까지 쫓아와서 이러더라고 말하면 안 된다?"

"넵. 물론이죠! 저 그렇게 입 싼 녀석 아닙니다."

"그, 그래……. 그리고 한 가지만 더……. 머리는 기를 거지? 내가 말이다, 아, 아니 이것도 절대 간섭은 아니고 내가 긴 머리 며느리에 대한 로망이 있어서. 순전히 내 개인 취향이야."

지후는 또 푸하 웃음이 터져 버리고 말았다. 아버님과 있으

면 유쾌했다.

"아버님, 죄송합니다. 여러 가지 마음에 차는 며느리가 아닐 텐데도 늘 좋은 것만 봐 주시고 좋은 말씀만 해 주셔서요."

"아니다. 내가 자세한 건 못 들었지만 아무튼 명인이가 널 아주 아낀다는 건 알아. 그거면 됐지 뭐가 더 필요하냐? 자식이 행복하면 그게 부모한테도 최고의 행복 아니겠냐? 자식이 사랑하면 나도 사랑하면 되는 거지 뭐가 더 중요해? 아무튼 우리 아들이 말이야, 강가에 내놓은 애처럼 늘 우리 며늘딸을 걱정하면서 조바심을 내. 나도 같은 마음이라 싫어할지 알면서도 이렇게 찾아와서 간섭을 했다."

"아닙니다. 아니에요. 간섭 아니십니다. 앞으로도 계속 가르쳐 주세요. 제가 좀 덜렁거리고, 남들처럼 예쁘지도 참하지도 않고, 사내 같고 천방지축이고…… 아무튼 이 모양이라 죄송합니다."

"애야, 지후야, 너 그거 아냐?"

지후는 물끄러미 아버님을 쳐다봤다.

"나는 말이다, 늘 씩씩한 며느리에 대한 로망이 있었어. 사내다울 정도로 씩씩한 며느리. 그게 내 로망이었거든. 그래서 난 지금의 네가 너무 좋단다."

아버님의 말씀은 꿀처럼 달기만 했다.

지후는 정말이지 감사하지 않을 수 없었다.

그리고 깨달았다. 아버님의 로망을 요약해 보자면, '긴 머리의 씩씩한 사내 같은 며느리'가 된다는 건데.

아…… 정말이지 심오하구나. 체코 소장품전만큼이나.

그렇게 아버님이 가시고도 지후는 생각이 많았다. 돌아와서 공구를 다시 들었지만 결국 생각이 정리가 안 돼 툭 놓았다.
"후우……."
아버님의 진심 어린 걱정을 알기에 이제 잠시 쉬어야 한다고 생각했고, 명인에게도 아이가 클 때까지는 일 안 하겠다고 몇 번이나 약속했지만 아직 확신은 없었다.
이건 아버지와 자신 사이에 정해 둔 약속이었다.
아버지가 원한 건 아니었지만 지후가 스스로 한 약속. 아버지의 짧은 삶에 대한 추모와도 같은, 지후 쪽에서 한 약속이었다.
이제는, '내 인생의 의미를 알고 싶어서'라는 목적은 아니다. 내 인생의 의미는 이명인이란 남자가 너무도 뚜렷하게 알려 주었고 자신은 그를 통해 느꼈다. 그리고 배 속의 아기로 인해 그 의미와 목표는 점점 더 뚜렷해지고 소중해질 터였다.
하지만 그렇다고 아버지를 놓아 버려도 되는 걸까?
이 일을 놓는다고 아버지를 놓는 건 아니다. 알고 있지만 도저히 멈출 수가 없었다.
아직 아버지와 해야 할 말이 남았기에. 아니, 한마디도 한 적이 없었기에.
어쩌면 자신은 한 번도 아버지와 똑바로 마주한 적이 없었던 건 아닐까?

원망하지 않는다고 했지만, 사실은 아버지를 가슴 깊이 원망하고, 그러고 싶었던 건 아닐까. 그래서 아버지의 삶을 뒤쫓아 본다는 변명 뒤에 숨어서 자신은 아버지의 궤적을 따라가며 사실은 원망을 억누르고 있었던 건 아닐까.

바로 자신의 그런 감정 상태를 알기에 명인도 싫으면서도 자신의 고집을 지켜봐 주고 있는 건지도 모르겠다.

아직 지후의 안엔 아버지의 자리가 너무나 크다.

그리고 그걸 이겨 낼 뭔가가 지금의 자신에게는 없다.

떨쳐 내어 자유로워질 길이 없다.

휴대폰 매장을 나와서 명인이 지후를 데리고 향한 곳은 놀랍게도 아버지의 납골당이었다. 그리고 그가 지후가 보는 앞에서 납골당의 문을 열어 납골함 옆에 나란히 휴대폰을 놓았을 때, 지후는 그제야 그 의미를 알고 눈물을 터뜨리고 말았다.

아무것도 말하지 않았는데도 그는 자신의 감정을 알아주었다.

"집착이라고 하지 않을게. 네가 그 일을 계속해야 한다면 해야겠지. 하지만…… 네 마음이 편하지 않고 복잡한데 계속 의무를 가진 채 의무에만 떠밀려서 일하는 건 나로선 보기 힘든 일이다."

그가 지후를 막았던 건 그렇게 여러 가지 복잡한 이유가 혼합된 것이었나 보다.

"이 휴대폰을 켜 둘 테니까 생각나면 문자를 보내. 아버지가, 장인어른이 보고 싶을 때, 하고 싶은 말이 있을 때 아무 때라도, 언제라도 네 마음을 전해. 나 때문에 속상하고 화나는 일 있으면 흉도 보고, 기쁜 일이 있으면 자랑도 하고.”

지후는 명인의 가슴에 머리를 기댔다. 그가 지후의 머리카락을 쓸어 주었다. 마치 생전에 아버지가 지후에게 그래 줬던 것처럼.

“다른 딸들이 아버지에게 하는 것처럼, 그렇게 해.”

지후의 턱을 타고 눈물이 떨어졌다.

“지후야, 혹시 돌아가라는 건 아니었을까?”

그때 문득 흘러나온 말에 지후는 천천히 그를 올려다봤다.

“언젠가 네가 말했었지. 차라리 주민등록도 남자로 돼 있는 그 사람이 부러웠다고. 하지만 아버님은, 네가 돌아가시길 바라신 게 아니었을까.”

지후의 눈동자가 떨렸다. 자신도 모르게 부정의 말이 흘러나왔다.

“그, 그건…… 너무 무책임하잖아요. 어떻게 돌아가요. 방법을 모르는데…….”

어떻게든 부정하고 싶었다.

“아니, 난 그렇게 생각돼. 방법은 찾으면 되는 거야. 네가 찾을 수도 있고, 네 옆에 나타난 누군가와 함께 고민해 볼 수도 있고. 누군가를 만나라고, 그게 아버님 생각이 아니었을까. 돌아가라고 말해 주고 싶지만…… 이미 이 세상에 안 계셔서 그래서 지금 아주 아프신 게 아닐까.”

그 순간 지후의 젖은 눈이 번쩍 뜨였다.

뭔가가…… 떠올랐다. 아주 둔탁한 것이 머리를 치고 지나간 듯, 과거의 한때가, 어느 한 시절의 끊어진 영상이 떠올랐다.

생리가 터졌다. 할머니가 쓰러지시고 엄마의 표정이 어두워진다. 아버지가 냉정하게 돌아선다.

그때, 차갑게 돌아선 줄 알았던 아버지의 표정이, 냉정하게 돌아서는 것 같던 아버지의 옆얼굴이, 울고 있었다.

그 눈이 벌게져 있었단 게, 지금에야 떠올랐다.

아버지는, 보이지 않는 눈물을 참아 눌러 삼키고 있었다.

“아…….”

쳐다보지 않은 게 아니라 쳐다보지 못한 것이었나. 스스로 아들로 만들어 버린 딸, 그 딸의 몸에서 어쩔 수 없이 자기가 여자란 걸 보여 주는 피할 수 없는 증거가 나타났을 때, 그걸 지켜보는 아버지의 마음은 어땠을지.

“아아…….”

그걸 지금에야 떠올리다니.

이 사람의 말로, 이렇게 먼 거리를 돌아와 지금에야 깨닫게 되다니.

결국 지후의 목에서 오열이 터졌다.

명인도 아픈 눈으로 지후를 바라보았다.

지후의 부정이 중간에 오열로 희석되었다. 아마도 자신의 말을 받아들여 준 거라고, 명인은 그렇게 이해하고 지후의 애처로운 몸을 더욱 꼭 끌어안아 주었다.

“지후야. 이제 그만…… 장인어른의 아들 연지후에게서 해방

되자.”

오열을 멈추지 못하며 지후가 명인의 품으로 파고들었다.

해소.

그런 것이 아닐까, 명인은 생각했다.

지금 이 눈물은 슬픔도 괴로움도 아닌 해방 같은 것이라고.

그리고 명인의 생각처럼, 지후는 이제야 어깨에 얹어 있던 짐에서 벗어날 수 있었다. 감히 아버지의 인생과 맞닥뜨리려 했던 그 부담감에서 벗어날 수 있었다.

아버지의 아픔을, 그 혼란을 지금에서야 똑바로 마주 본다.

아버지가 애초에 무슨 생각이었건, 어떤 의도로 그러했건, 자신은 이미 그렇게 자랐고 아버지는 이미 돌아가신 분이다. 그리고 현재 그녀는 행복을 찾았다. 연지후로 돌아왔다. 그의 말처럼, 여자로 돌아가는 방법을 그가 알려 주었다.

만약 아버지가 그걸 원하고 있었다면 자신은 아버지에게 더 이상 죄송하지 않아도 된다. 아버지가 원한 것처럼, 이 사람을 만났으니까. 여자로 돌려줄 사람을 만나서 아버지의 마음에 남아 있을 짐을 덜어 주었을 테니까.

“고마……워요…….”

“내가 고맙다.”

그래, 그러면 된다.

이 사람의 곁에서, 자신은 여자가 된다.

태어난 그대로의 자신으로 돌아간다.

그리고 그 모습 그대로 아버지에게 미소를 지어 본다.

낳아 주셔서 감사하다고.

소중하게 키워 주셔서 감사하다고.

사랑해 주셔서 감사하다고.

이제야말로 아버지를 똑바로 쳐다보며 웃을 수 있다.

하루가 가고, 한 달이 가고, 한 해가 가고, 아기가 태어나고, 그 아기가 자라고, 봄이 되고, 여름이 지나고, 가을이 왔다가 겨울이 오고 또 봄이 왔다.

계절이 맞물려 돌아가면서 지후는 하루하루 더 행복을 차곡차곡 쌓아 갔다.

그리고 그해 봄, 벚꽃이 흩날리는 거리를 지후와 명인은 유모차에 아기를 태우고 천천히 걸었다. 아기의 고사리 같은 손이 꼼지락거리며 유모차 밖으로 나와 허공을 잡으려 든다. 그때마다 명인과 지후는 더없이 행복한 미소를 서로에게 보냈다.

한 해를 꼬박 기다려 벚꽃이 흩날리는 축제의 거리로 사람들이 몰려나왔다. 그 축제의 길을 지후도 명인과 함께 걸었다.

'사랑해요.'

마치 숨 쉬는 것처럼, 지후는 명인의 얼굴만 보면 자꾸만 그 말이 하고 싶다.

지후의 생각을 읽기라도 한 듯 명인이 손을 뻗어 지후의 손을 맞잡았다. 유모차를 끌고 가는 두 사람의 손이 단단하게 하나가 되어 앞뒤로 천천히 흔들렸다.

어제는 납골당에 다녀왔다. 이제 납골당 앞엔 아버지의 사진

뿐 아니라 지후 가족의 사진이 걸려 있었다. 지후와 명인, 아기까지 세 가족이 환하게 웃고 있는 사진이었다.

그 사진 아래에 지후는 편지를 썼다.

벚꽃이 지후의 얼굴 위로 떨어졌다. 어깨까지 자란 지후의 머리카락이 부드럽게 물결 쳤다. 미소 짓는 지후의 입술에도 벚꽃이 내려앉았다. 명인이 지후의 입술에 떨어진 벚꽃을 조심스레 떼어 내 주었다. 그리고 그 자리에 명인의 입술이 살짝 닿았다가 떨어졌다.

지후는 더없이 환하게 미소 지었다.

설렘을 담아, 자신이 가장 사랑하는 사람에게 그가 만들어 준 미소를 보낸다.

아버지, 제 문자들 잘 받고 계시죠?
사랑해 주셔서, 아껴 주셔서 감사합니다.
저는 지금 너무도 너무도 행복하답니다.
아버지의 딸 지후가

This love story is over. But love is forever.

작가 후기

'남장 여자'를 한번 써 보고 싶었습니다.

참 매력적인 소재죠. 그러다 보니 많은 작가님들께서 쓰셔서 대중적인 소재가 되기도 했군요. 그런데 '남장 여자'가 아닌 '남자로 알고 있는 여자'의 이야기가 나왔네요. 언젠가는 반드시 '남장 여자'를 써 볼 생각입니다.

처음 제목을 '축제'로 정하고, 대강의 아우트라인을 잡으면서 뭔가 축제 같은 이야기를 써 보자 했습니다.

그럼 도대체 뭐가 '축제' 같은 이야기인가. 축제 같은 사랑 이야기라고 하는 게 더 정확한 표현일 것 같습니다. 축제는 왠지 사람을 들뜨게 하고, 잠시간의 일탈을 느끼게 하고, 아드레날린의 정점을 찍게 하는 그런 이미지로 생각했거든요. 그런 최상의 아드레날린을 치솟게 하는 사랑 얘기를 한번 써 보자.

폭죽이 터지고 불꽃놀이가 하늘에 펼쳐지고, 극도의 흥분이 순간적으로 폭발하는. 그러니 자연 이야기는 19금으로 흘러갔는데, 부족하다고 생각하시는 분들은 제게 개인적으로 메일을 보내서 꾸짖어 주시길.

축제를 영어로 하면 'festival'이죠. 하지만 영어로 말하니 어감이 좀 떨어지네요. 제가 생각하는 이미지와 어울리는 어감을 말하는 겁니다. 역시 저에겐 이 글이 딱 '한글로' 축제 같은 글이라고 생각합니다.

평상시의 일상을 잊고 짧은 순간이나마 극치의 일탈을 경험하게 하는, 일생에 그런 최고조의 흥분을 느끼게 하는 축제를 과연 몇 번이나 경험할 수 있을까요. 가령 록 페스티벌에서 느끼는 그 흥분 같은 감정을요—여기서는 또 페스티벌이라는 단

어가 어울리네요. 아무튼.

사랑도 마찬가지가 아닐까요. 나 자신을 놓아 버릴 정도로 흥분하게 하는 사랑을 사람은 일생 동안 몇 번이나 경험할까요. 보통이라면 한 번도 힘들지 않을까요. 하지만 글 속에서 지후와 명인은 축제 같은 사랑을 했고 보답받았고 이뤘다고 우기고 싶습니다. 덕분에 저도 대리 경험을 했고요. 그 경험이 만족스러울지는 감히 지금 쓰지 않겠습니다. 그건 독자님들께서 판단해 주시는 것이니까요.

늘 제 부족한 글을 출간해 주시고 아낌없는 조언을 해 주시는 로코코 출판사와 박지해 편집장님께 감사드립니다.

그렇게나 기다리던 따뜻한 계절이 왔는데 즐거워할 새도 없이 벌써부터 더위의 압박을 느끼네요. 여러분 모두 올여름 너

무 덥지 않게 보내시길 바랍니다. 이게 요즘 같아선 쉽지 않은 일이지만요.

 그럼 지후와 명인의 이야기, 좋아해 주시기를 진심으로 바라며.

이정숙 드림